敏腕代議士は甘いのがお好き

Chiduru & Masaya

嘉月葵

Aoi Kaduki

エタニティ文庫

目次

敏腕代議士は甘いのがお好き

第一話

「折り詰めの中身は、こちらでよろしいですか？」

和菓子を敷き詰めた折り箱を傾け、店員の三宅千鶴（みやけちづる）は笑みを浮かべて問いかける。すると、客の女性は箱の中を一通り見回してからうなずき返した。

「はい、これでお願いします」

女性は、満足げな表情で答えた。

気に入ってもらえてよかった。菓子の選択と配置を任されていた千鶴は、小さく安堵（あんど）の息を吐く。そして箱の蓋（ふた）を閉じ、レジ裏の作業台へと向かった。

箱を薄紅色（うすべにいろ）の平判紙（ひらばんし）で包み、金色のシールでとめる。次いでリボンに手を伸ばしたところで、不意に子供の声が聞こえてきた。

「ねぇ、ママ。いつものお花のおまんじゅうは？」

「今日はもう売り切れちゃったみたいね。また今度、買いに来ましょうね」

ちらりと視線を向けると、声の主は先程の女性の娘のようだ。

小学校の低学年くらいだろうか。お気に入りの菓子がないことに口を尖らせ、母親のスカートの裾を左右に揺らしていた。

少女の言うお花のおまんじゅうとは、おそらくいつもショーケースに飾ってある上生菓子のことだろう。

だが、今日はあいにく売り切れてしまっている。もっとたくさん作っておけばよかったと、千鶴は眉尻を下げる。直後、不意に右手の甲に温もりを感じた。

振り返ると、この和菓子屋の店主夫人、多恵の姿があった。彼女は視線で厨房を指し示し、小声で囁いた。

「千鶴ちゃん、包装の続きは私にまかせて頂戴。さっき、中でお父さんが練り切りを仕込んでいたから、作ってあげたらいいわ」

「いいんですか？」

練り切りがあれば、少女の望む菓子を作ることができる。素直にそう喜びたいところだが、時刻はすでに閉店の十五分前。

これから店じまいや明日の仕込みをしなければいけない。そんな忙しい時間帯に、勝手をしてしまっていいのだろうか。不安に思い瞳を揺らすと、多恵はただ笑顔でうなずく。そして千鶴の手からリボンを受け取り、慣れた手つきで包装した箱に巻きつけていった。

「ありがとうございます」

多恵の思いやりに心から感謝すると、千鶴は小走りで厨房へと向かって行った。

それから五分ほどが経過した頃。多恵が包装を終えた菓子折りを客人に手渡し、世間話をしている最中に、千鶴は厨房から戻った。その手には小さなプラスチックケースが一つある。

千鶴は親子のもとに駆け寄り、少女と目線を合わせるようにその場にしゃがみ込んだ。

「さっき言ってたお花のおまんじゅうって、これでいいのかな？」

問いながら、右手をすっと差し出す。手の平に載っているのは、桜の形をした上生菓子だ。

それを目にした少女は、ぱあっと花が開くように笑った。

「可愛いっ！　これ、お姉ちゃんが作ったの？」

「そうだよ。気に入ってくれた？」

「うん」

元気のよい返事に千鶴は満面の笑みを浮かべ、小さな手の平に上生菓子を移す。するとすぐさま、頭上から母親の声が聞こえてきた。

「ご迷惑をおかけして、すみません。ほら、芽衣もちゃんとお礼を言って」

代金を払おうとしているようで、母親が申し訳なさそうに仕舞ったばかりの財布を手に取る。

自分が勝手にやったことを、気に病む必要はない。そんな意を込めて千鶴は微笑んだ。

「お代なら、この子からいただきますから」

「え？」

意味深に言うなり、千鶴は少女に向き直った。

「芽衣ちゃん、うちの店のお菓子は好き？」

柔らかい口調で問いかけると、少女はこくこくとうなずき返した。

「うん、大好き」

屈託のない笑顔に、千鶴は少女の頭を優しく撫でる。

千鶴の勤める和菓子屋は洋菓子店が乱立する地域にあり、若い世代は後者を好む傾向にあった。その上、昨今では、コンビニエンスストアやスーパーマーケットでも、洋菓子、和菓子を問わず、手軽に様々な菓子を購入することができてしまう。

だからこそ、少女の言葉は殊更に嬉しいものだった。

「そっか。じゃあ、芽衣ちゃんがもっともっと大きくなっても、ずっとこの店に来てくれるかな？」

「うん。芽衣がおっきくなって、ママになってもずっと来るよ」

「ありがとう」

母親が結ったのであろうツインテールを揺らし、少女はすんなりと未来への約束を口にする。千鶴は少女の頭を優しく一撫(ひとな)でしてから身を起こし、母親に向き直った。

「上生菓子(じょうなまがし)一つで破格の約束を取り付けてしまいましたが、ぼったくりすぎですかね？」

小首を傾げ、茶目っ気たっぷりに問いかける。千鶴の言葉で、母親はようやく少女から貰(もら)うお代がなんであるかを理解したようだ。千鶴に向かって深々と一礼した。

桜の上生菓子(じょうなまがし)を手に、軽やかなステップで去っていく少女と、笑顔でその後ろをついていく母親。二人の姿を見送った後、千鶴はくっと背伸びをした。

閉店時間の午後八時まであと五分。

そろそろ店じまいの準備をしようと思い立ったところで、突然背後からぱちぱちと手を叩く音が聞こえてきた。

「えっ？」

思わず声を上げて振り返る。すると黒いスーツ姿の男が一人、店の隅に立っていた。

いつの間に入店したのか。まったく気が付かなかった。千鶴は男を凝視(ぎょうし)する。

男は黒い短髪に、中肉中背で、ふちなしの眼鏡(めがね)をかけている。鞄(かばん)や靴などもダークカラーでまとめられており、一般のサラリーマンというよりも、ドラマで目にするＳＰや私服警官のように見えた。

警戒心剥(む)き出しで向けた千鶴の視線を物ともせず、男は一歩を踏み出す。そして胸元のポケットに手を差し入れながら、千鶴の目の前まで歩み寄った。

「驚かせてしまったようで、申し訳ありません。私は仙堂と申します」

名乗りつつ、名刺を差し出す。千鶴は慌ててそれを受け取って見る。そしてそこに書かれた見なれない肩書きに数回瞬きをした。

「衆議院議員赤坂正也、秘書？」

不思議に思い声に出して読む千鶴の目の前で、仙堂は鞄からＡ４のコピー用紙を取り出して見せた。

「実はこのお菓子を探しにきたのですが、どちらにありますか？」

「あっ、はい」

身分をきちんと明かしてくれたのだから、怪しい人ではなさそうだ。不躾な視線を送ってしまったことを反省し、慌てて差し出された数枚の紙に目を通す。それは、この店のホームページを印刷したものだった。

商品リストの中の数点に赤丸が付けられている。千鶴は該当する商品を手籠に入れていく最中、二枚目のリストを捲った途端、ぴたりと手を止めた。

特に目立つよう二重丸で囲われている商品は、この店の名物であるどら焼きだ。名物故に、今日は完売してしまった代物だった。

「すみません。こちらの商品ですが、すでに売り切れてしまっていまして」

恐縮しながら切り出すと、仙堂は小さな溜息を吐いた。

「それは困りましたね」

顎(あご)に手を当てて、なにかを考え込むような姿勢を取る。表情には表れていないが、彼から醸(かも)し出される雰囲気が困惑を物語っていた。

そんな仙堂を前に、千鶴は窺(うかが)うように問いかけた。

「あの、もしよろしければ、明日お取り置きしておきますが……」

遠慮(えんりょ)がちな提案に対し、仙堂は重い口を開いた。

「実は私の上司である赤坂は甘い物がそれほど得意ではないのに、なぜかどら焼きにだけは目がなくて」

どうやら彼の上司は特別な嗜好(しこう)をしているらしい。仙堂の説明を聞き、千鶴は目を丸くした。

疲れた時には必ずどら焼きを食す。そう決めているという彼の上司は、仙堂に度々どら焼きを買ってくるよう命じるらしい。しかし、それでいて仙堂がこれまでに購入してきた数々のどら焼きのどれにも、満足していないのだという。さらにたちが悪いことに、自分好みのどら焼きがどこの店のものかは一切教えてくれないそうだ。そのため、何年もの間、様々な店のどら焼きを買い歩いているのだと続けた。この店のことも、インターネットの口コミサイトで知ったようだ。

長期にわたり、上司の舌に合うどら焼きを探し続けるというのは、とても根気のいることだろう。仙堂の辛抱強さに、千鶴は感心した。

人にはそれぞれ味覚の違いがあるため、うちのどら焼きなら絶対に気に入って貰えるとは言い切れない。それでも、少しでも力になれればと考えた千鶴は、ふとあることを思い出して手を鳴らした。

「すみませんが、少しだけ待っていてもらっても大丈夫ですか？」

突然の申し出に、仙堂は小さく目を見開き、静かにうなずく。それを確認した後、千鶴は急いで厨房へと戻る。

それから数分の後、透明フィルムに包まれたどら焼きを一つ手にして戻ってきた。

「あの、こちらでよろしければお持ちください」

「これは？」

先程、売り切れたと言われたどら焼きを差し出され、仙堂は戸惑った様子で聞き返す。

対して、千鶴は苦笑しながら返した。

「わけあり品で、申し訳ないんですけど」

この店で一番人気のどら焼きの製造は、千鶴が一手に任されていた。

朝一番にまとめてその日の分の皮を焼くのだが、鉄板の温度を確認するために、最初に数枚の試し焼きをしている。仙堂に渡したどら焼きは、その時に保存しておいた皮に餡を包んで作ったものだった。

「正規品じゃないので簡易包装になってしまうんですけど、味は同じなので……」

同じ包装をすることは躊躇われるため、無地の菓子袋で許してもらいたい。

眉尻を下げて事情を説明すると、仙堂はわずかに目を細めてそれを受け取り、他の菓子が入った籠に一緒に入れてレジへと向かった。

「お会計は全部で千二百八十円になります」

紙袋に入れた菓子を手渡すと、仙堂は生真面目に返す。

「先程のどら焼きの分が入っていないようですが」

彼は、よほど記憶力がいいのだろう。千鶴は小さな笑みを零し、彼の誠意による申し出を辞退した。

「あれは正規品ではないので、お代はいただけません」

素人目にはわからなくても、焼き色に多少のムラがある。それに試食用として無料で提供することも、店の主人に了承を得ている。

断固としてそう主張する千鶴に、仙堂はしばし沈黙していた。

もしかして呆れているのかもしれない。でも自分以上に気前のいい店主夫婦の背中を見ながら働いてきた千鶴は、どうしてもお代を受け取る気にはなれなかった。だから、この日二度目となる問いかけをしてみた。

「では、どら焼きのお代の代わりに、またお店に来てくださると約束していただけますか？」

先程の少女とのやり取りに拍手をしてくれた彼なら、納得してくれるだろう。期待を込めて見遣ると、仙堂は小さく「必ず」と返し、おもむろに財布を取り出した。

お代を受け取り、本日最後のお客となる仙堂を笑顔で送り出す。その後、千鶴はようやく店の後片付けに取り掛かった。

＊＊＊

「ずいぶんと手間取っていたようだな。さっさと例の物をよこせ」

大通りに横付けされた黒いセダンの車中。仙堂が運転席のドアを開けたと同時に、後部座席に座っていた赤坂正也は不機嫌さを隠さずに言い放った。

数多くのメディアがこぞって取り上げる話題の衆議院議員、そして仙堂の雇い主である。

モデルのように、すらりとした長い脚。役者のごとく整った顔立ち。また家柄も申し分なく、三十五歳という若さで代議士という名声までも手にしている人物、と周囲から評されている。しかし今の正也の姿を見たら、マスコミ連中は仰天するだろう。

切れ長の吊り目を細め、組んだ脚の上をトントンと人差し指で叩く。また、反対の手で前髪を掻き上げ、ネクタイを乱暴に緩めた。

苛立ちを体現するような正也の行動に対し、仙堂は小さな溜息を吐いた。

「遅くなって申し訳ありません。どうぞ」

弁解しても無駄だと悟っているかのような表情で、仙堂は多くを語らず、購入してきた菓子が入った紙袋を差し出す。

正也はそれを奪い取り、がさがさと中身を確認する。直後、お目当てのどら焼きを探し当てて目の前に掲げた途端、眉をぴくりと動かして静止した。

「これは……」

エンジンをかけ、車を発進させようとしていた仙堂がその声に振り返った。

「インターネットで評判のどら焼きだそうですよ。既に売り切れていたみたいなんですけど、お店のお嬢さんのご厚意で分けていただきました」

言いながら、四つ折りにしてポケットに入れてあったネット記事を差し出してくる。

正也はそれを受け取ると、薄暗い車内でじっと目を凝らした。

表面に鶴の焼き印が押されているどら焼きは、『鶴の恩返し』という商品名で、千羽鶴にちなんで一日千個限定で売られているらしい。口コミ欄には、百件を超える書き込みがあった。

「味の評価はまだしも、縁起物の噂については半信半疑でしたが、とても人のよいお嬢さんとご夫婦がいらっしゃるのを見ると、あながち嘘ではないなと思いました」

いったとか、取引先へのお詫びの際に持参して事なきを得たという仕事関係の話が上手く口コミにさっと目を通したところ、このどら焼きを手土産にした際に商談が日に留まる。また、恋人の両親との顔合わせに持参して喜ばれたなど、私的な吉報も見られた。ゲンを担ぐために購入する者も少なくないようだ。

それらをただの偶然だと言い切ってしまうのは容易い。しかし、あれだけ人のいい者たちが揃った店ならば、彼らの売る商品に幸福の種が含まれていたとしても不思議はない。仙堂が、店内での出来事を交えてそう告げてくる。

彼の話を聞く傍らで、正也はどら焼きのフィルムを剥がし、大口を開けて齧り付いた。皮のもちっとした弾力を感じた後、餡の蕩けるような食感が口内に広がっていく。甘さも喉にまとわりつくことのないほどよいもので、思いがけずふっと表情が和らいだ。

だがそれも一瞬で、正也はすぐさま手を伸ばし、ギアに手をかけていた仙堂の肩を背後からぐっと掴んだ。

「おい、これを売ってたのはどんな女だった?」

「どのようなと言われましても……。おそらく二十代の小柄な方だったと思います」

困惑した様子で答える仙堂に、正也は小さく舌打ちをした。

ただの一店員を注意深く観察していたはずもなく、明確な特徴を述べることができないのだろう。そうはわかっていても、正也は苛立ちを隠しきれず、なおも質問を続けた。

「名前は？」

「確か、千鶴さんとおっしゃっていたかと」

仙堂が自信なさそうに答えると、正也は思案顔で再びどら焼きに視線を戻した。

「千鶴……」

ただ聞いた名を反芻する。その間、仙堂が車を発進させていいものか迷っているような視線を投げかけてくる。それに気付いた正也はふと顔を上げ、ミラー越しに仙堂と視線を合わせた。

「悪いが用事を思い出した。少しの間、ここで待っていてくれ」

告げるや否や、返事を聞かずに車を降りる。一瞬、サイドミラー越しに困惑顔の仙堂を視界の端に捉えたが、見て見ぬふりをした。向かう先は、先程仙堂が菓子を買ってきた和菓子屋だった。

もっと警戒をしておくべきだった。強い後悔を滲ませながら、千鶴は目の前の男を睨みつけた。

自宅アパートまで帰ろうと、勤務先である和菓子屋を出たのはほんの五分前。それから距離にして数百メートルしか進んでいないところで、酔っ払いと思しき男に捕まってしまったのだ。

「ねぇ、君、あの和菓子屋で働いている娘だよね？」

酒気で頬を染めた男の顔には見覚えがあった。店に客として何度か来たことのある人物だ。しかも、訪問先への差し入れだという菓子を選定している最中、しつこく連絡先を聞かれた記憶も残っていた。

その際には、店主と多恵が間に入ってくれて、上手く逃れることができたのだが――面倒な客だとは思ったが、その場限りのことだと危機感を持っていなかったのが災いした。

「君のこと、前から気になってたんだよね。ちょうどこれから呑み直したいと思ってたところだし、一緒に行こうよ」

男は陽気な声で言い放ち、嫌そうな態度を思い切りとっていた千鶴のことなどお構いなしに手首を掴んで歩き出そうとする。千鶴はその力に反発するように腕を引き、なんとかその場に留まろうと足にぐっと力を入れた。

よりによってなぜ今日、厄介な相手に出くわすのかと、心の中で愚痴を吐く。いつもは自転車で通勤しているのだが、今朝方前輪がパンクしていることが発覚し、徒歩での帰宅を余儀なくされたのだ。

店主が夜道は危険だと送迎を申し出てくれたのを遠慮してしまったのは、間違いだったのかもしれない。

そんなことを頭の片隅で考えつつも、今はこの事態を打開するのが先決だと思考を改める。そして猫目を一杯に吊り上げて、目の前の男を睨み上げた。

「私はこれから予定があるので、他を当たってください」

解放されることを願い、きっぱりと断る。だが、男は引き下がる気はさらさらないといった様子で返した。

「あれ、もしかして警戒してるのかな？　大丈夫だよ。店はこの近くだし、帰りもちゃんと送っていくからさ」

「だからお断り……っっ」

酔いのせいか、それともわざとなのか。男は勝手な提案を続けて、さらに強く千鶴の左手首を握りしめる。爪が柔肌に食い込まんばかりの力だ。

全力で腕を引き抜こうとしても、身を捩っても、拘束する男の力は増すばかり。継続する痛みに、千鶴の表情はだんだんと歪んでいく。

理性がどれだけ残っているかわからない相手を、強く刺激することは避けたかった。

しかし、穏便にやり過ごすことは不可能だと悟り、千鶴はとうとう声を荒らげて抗議をした。

「離してください！」

渾身の力で叫ぶも、あろうことか、男はさらに笑みを深めた。

話の通じない様子に今更ながら恐怖心が込み上げてきて、二の腕に鳥肌が立つ。

「そんなに嫌がらなくてもいいじゃない。ちょっと付き合ってもらいたいだけだって。もちろん、奢るからさ」

「あなたと食事に行く気なんてないって、言ってるでしょう」

言動全てでもって拒絶をしているのに、男はまったく退く様子を見せない。それどころか、千鶴の手を自分の方へ引き寄せようと力を込めてくる。

もうこれ以上は我慢できない。千鶴は込み上げてくる嫌悪感に耐え切れず、脚を思い切り後方に振り上げた。

「っ、いってぇ」

次の瞬間、男は苦痛の叫びを上げてその場に蹲る。その傍らで、千鶴は困惑したまま立ち尽くした。

男を撃退するために脛を蹴ろうとはしたが、実際にはまだなにもしていないのだ。

それなのに一体どうしたというのか。疑問に思っていると、不意に自分の右隣から別の男の声が聞こえてきた。

「いつまでぼうっとしているつもりだ？」

その声に、千鶴は弾かれるように振り返る。だが声の主を視界に収める寸前で、大きな影が目の前を過った。

慌てて視線で追いかけると、長身の男が一人、酔っ払いの胸倉を掴んで強引に顔を上向かせていた。

「酒の力を借りて女を思い通りにしようとは、恥ずかしい奴だな」

颯爽と現れた人物の声は、夜風に負けないほど冷たく響く。

自分に向けられたものではないのに、千鶴は思わずぶるりと身を震わせた。冷視されている酔っ払いは、間違いなく千鶴以上の恐怖心を抱いていることだろう。

だが酔っ払いは、精一杯の虚勢を張って見せた。

「なんなんだよ、お前は。離せよっ！」

「軽く掴んでいるだけだが？　ずいぶんとひ弱なことだ」

「くそっ」

つい数十秒前まで千鶴にしていたことを、今度は自分がされている——酔っ払いのその様は、失笑に値するものだといえよう。

シャツの首元を捻り上げる男の手を、酔っ払いは必死にもがいて剥がしにかかる。拳を振り上げて抵抗するが、それもいとも簡単に受け止められてしまった。

掴まれた拳を、ぎりっと強く握り潰されたのだろう。酔っ払いは「ぐっ」と低く呻き、さらに苦痛に顔を歪ませる。

そうして痛みが限界に達したのか、真っ赤な顔で再び怒鳴り声を上げようとした瞬間、突然その目が大きく見開かれた。

「あんたは……」

なにに驚いているのか。わけがわからない千鶴はただ黙って二人の様子を見比べる。

一方で、男は冷笑した。

「貴様のような無礼な輩に、『お前』とか『あんた』と言われる筋合いはないが……。どうやら、俺のことを知っているようだな」

侮蔑するような物言いで返すと、酔っ払いの顔色があからさまに青白くなる。急激に酔いが冷めていく様を見下ろしている男は、掴んだシャツをより一層強く捻り上げた。

「なら話が早い。今の職を失いたくなければ、さっさと失せろ。それから、わかっているとは思うが、金輪際彼女の前に現れるなよ」

片眉を吊り上げ、威圧する。それを真っ向から受け止めた酔っ払いは途端に大人しくなり、男が手を離すと同時にその場にへたり込んだ。

「さっさと失せろと言ったはずだが？」

放心状態の酔っ払いに、男はなおも念押しする。その声に弾かれるように顔を上げた酔っ払いは、脱兎の如くその場から逃げ出した。

あまりの急展開に、千鶴は思考がついていかずその場に立ち尽くす。しばしそうしていた後、ようやくお礼を告げようと顔を上げると、千鶴は再びその場で硬直した。

満ちた月を背負い立つ男の姿が、あまりに幻想的だったからだ。

長身で、思わず息を呑むほどの綺麗な顔立ち。見惚れてしまうような容姿の男性に出会ったのは、初めてだった。

彼の瞳は、睨まれたら恐怖で動けなくなってしまいそうなほどの鋭さがある。その一方で、一度見つめ合ったら視線を逸らすことができなくなりそうな、引力のようなものも感じる。

彼が、悪者をやっつけるヒーローさながらの登場をしたこともあり、千鶴はまるで自分が映画のヒロインになった気がした。

だがそれも、ほんのわずかな時間のこと。男が訝しげに顔を顰めたのを見た瞬間、千鶴の思考は一気に現実に引き戻された。

「あのっ、助けていただいて、ありがとうございました」

気が動転していたせいか、感謝の言葉は思いがけず大きな声となってしまい、千鶴は慌てて口を手で押さえる。

羞恥に頬を染めてうつむいていると、男は淡々と返した。

「大したことじゃない。だが、こんな時間に女の一人歩きはあまり得策とは言えないな。家はここから遠いのか？」

「えっと、歩いて十五分くらいです」

問いかけに、正直に答える。すると、男はあからさまに眉を顰めた。

今しがた、酔っ払いに絡まれた姿を見られたばかりだ。その上で、これからまた夜道を歩くのだと宣言したのだから、致し方ないだろう。

申し訳なさと恥ずかしさでいたたまれなくなり、千鶴は思わず言い訳を口にした。

「いつもは自転車なので、五分もかからないんです。でも今日はたまたまパンクしてしまって……」

タイヤに釘が刺さっていたことに気付かず、朝を迎えてしまった。不注意だったかもしれないが、不可抗力だとも思う。

そんなことを考えながら、どうして自分はこんな風に弁解しているのだろうと、千鶴は自問自答した。

お礼だけ告げて立ち去ればよかったのではないか。でも、危機管理能力のない軽率な女だと思われたくない。どうしてか、そう思ってしまったのだ。

すると男は千鶴の話を聞いた後、深い溜息を吐く。次いで、すぐ近くに停まっている車を指差した。

「あれに乗れ。家まで送っていく」

「え？　いえ、それは……」

思いもよらない申し出に、千鶴は一瞬目を丸くする。だがすぐに勢いよく顔の前で手を左右に振った。

助けてもらっただけで十分ありがたいのに、これ以上迷惑はかけられない。そんな想いと、この男もまた初対面の相手だという戸惑いが心に渦巻く。

しかし男は千鶴の言葉を聞き入れるつもりなどないのだろう。「いくぞ」と低い声で告げるや否や、千鶴の手を取りずんずんと車に向かって進んで行く。

完全に腰が引けている状態の千鶴は、引きずられるようにして歩み出すのを余儀なくされた。

「ちょっ、待ってください」

名前も知らない相手をどう呼び止めたらいいかわからず、その背に向かって声を上げる。すると男は足を止めた。まさか立ち止まると思わなかった千鶴は、彼の背に思いっきり衝突してしまった。

振り返った男の不機嫌そうな表情に、千鶴は肩を縮こまらせる。恐る恐る様子を窺うと、男は一つ大きく息を吐いた後、名刺を取り出した。

「そういえば、まだ名乗ってなかったな」

警戒される理由に思い至ったのか。ばつが悪そうに差し出されたそれを、千鶴はおずおずと受け取る。赤坂正也——ほんの少し前に目にした名前が記されていることに気付く。

正也の背後にある車の中を確認すると、先程店に来た仙堂の姿が見えた。

——この人がどら焼き好きの政治家さんなんだ。

普段接する機会のない職業のため、千鶴はまじまじと正也を見つめてしまう。一方、そんな視線に慣れているのか、正也は気にする素振りも見せずに口を開いた。

「さっきの男がまた来ないとも限らないからな。その時は、迷わず俺に電話してこい」

言い方はぶっきらぼうだが、言葉には優しさが滲み出ている。

千鶴は正也の申し出に素直に感謝するも、甘えることはできないと、困ったような表情を見せた。

それを遠慮と取ったのか。それとも、今後危険が及ぶ可能性を示唆したことに怯えていると思ったのか。正也は後頭部を掻きながら、先程よりも声を和らげて続けた。

「大丈夫だ。まかり間違って次があったとしたら、その時こそ二度と日の目を見られないようにしてやるから安心しろ」

「どうして……」

政治家という立場を忘れたように、物騒な物言いをする。きっと安心させようとしてくれているのだろう。それはわかったが、どうしてそこまで気遣ってくれるのかがわからない。

選挙区に住まう一市民だから。そう推察してみるが、偶然出会った一人一人にそこまで関わっていては、その身がいくつあっても足りないだろう。

千鶴は思わず理由を尋ねようとして、途中で口を噤んだ。助けてもらっておいて、理由を問い質すのは罰当たりな気がしたからだ。

だが、千鶴の表情から言わんとすることを察したのか、正也は苦笑いした。

「乗りかかった船だからな。この後、なにか問題が起きたとしたら後味が悪いし、俺の責任にもなる。それに……そこまでするだけの理由もある」

「え?」

「どら焼き、うまかった」

白い歯を見せて笑う姿に、千鶴は一瞬なにを言われたのか理解できず、ぽかんと口を開けてしまう。けれどすぐに自分の菓子を褒められたのだとわかり、かあっと顔を赤らめた。

黙ったことで、納得したと思ったのか。正也は再び千鶴の細い手首を掴み、車に向かって歩き出す。

その背後で、千鶴はもはや抵抗することなく、身体に燻る熱が早く引くようにと念じていた。

＊＊＊

「送っていただいて、ありがとうございました」

アパートの駐車場前に車を横付けしてもらい、千鶴は車中で深々と頭を下げる。そしてミラー越しに仙堂が軽く会釈したのを確認してから、後部座席のドアを開いた。

降車した後、正也たちを見送ろうとすぐさま身を翻す。それとほぼ同時に、反対側のドアが開かれた。

どうしたというのか。驚いて目を凝らすと、正也が車から降り立ち、千鶴の隣に歩み寄ってきた。

「ここに住んでいるのか？」

彼は千鶴ではなく、長年住んでいる彼女のアパートを見上げている。気のせいか、その横顔が厳しいものに見え、千鶴は身構えるように拳を握りしめた。

千鶴が一人暮らしをしているのは、なんの変哲もない木造二階建てのアパートだ。築十五年以上は経過していて、セキュリティといえるような設備は導入されていない。周囲に街灯は少なく、細い路地の奥という立地。それらと先程の出来事を加味しているのだろう。そう推察しながらも、千鶴はあえて気付かぬふりを決め込んだ。

「このアパートの管理人さんは、私の勤める和菓子屋の女将さんのお姉さんなんです」

二人は千鶴の父方の親類でもある。故に、店主夫婦同様、アパートの管理人の登代子も家族のような存在で、精神的な支えとなってくれている。千鶴は笑顔で説明するが、正也の表情が和らぐことはなかった。

しばしの間、二人の間に沈黙が流れる。できることなら、このまま自分の部屋まで走り去ってしまいたい。そんな衝動に駆られるものの、常識という鎖が足を地面に縛りつける。

それでも重い空気に耐え切れず、千鶴が再度別れの挨拶をしようとしたその時、タイミングよくアパートの一室のドアが開かれた。

「ああ、よかった。千鶴ちゃん、お帰りなさい」

名を呼ばれて視線を向けると、登代子が姿を見せた。

いつも帰宅時に出迎えてくれる彼女は、千鶴の姿を見るなり安堵の表情を見せ、サンダル履きに割烹着姿のまま駆け寄ってきた。なんの連絡もなしに、普段よりも帰宅時間が遅くなったため、心配してくれていたのだろう。

「連絡がないから心配してたのよ。あら、千鶴ちゃんの知り合いの方？」

暗がりの中でも目立つ容姿の正也を見て、登代子は首を捻りながら千鶴に問いかける。

対して、千鶴は返答に困って口ごもった。

「えっと、この方はですね……」

彼の素性をばらしてもいいのだろうか。千鶴は隣に立つ正也を窺う。

目が合った瞬間、言わんとすることを察してくれたのか。正也は登代子の前に一歩踏み出した。

「初めまして、赤坂正也と言います。彼女とは先程出会ったばかりでして」

続けて、夜道で酔っ払いに絡まれていたところを助けたという事実を告げた。

「赤坂正也ってあの……」

彼の名に聞き覚えがあったのだろう。確かめるような視線を送った矢先、少し遅れて正也の説明が頭に入ってきたらしい登代子は悲鳴に似た声を上げた。

「千鶴ちゃん！　酔っ払いに絡まれたって大丈夫なの!?」

千鶴の両肩に手を乗せ、無事を確認してくる。

その過保護と言うべき言動に、千鶴は苦笑いを零す。それでも、心配してくれる気持ちはありがたく、安心させるように微笑んだ。

千鶴の表情から大事はなかったと確認できたのか、登代子は安堵の息を吐くと、正也に向き直って頭を下げた。

「赤坂さん、ありがとうございました。私が迎えに行っていればよかったんですが……本当に申し訳ありません」

「そんなっ、登代子さんは悪くない」

肩を縮こまらせて登代子が謝罪したので、千鶴は慌てて制した。

自分の不用心が問題を引き寄せてしまったのであって、登代子の責任なんて微塵もない。必死に宥めようとする千鶴を一瞥し、正也はすっと姿勢を正した。

「いえ、酒の力を借りて無礼なふるまいをした輩が悪いんですから、お気になさらないでください。私はこれで失礼しますが、今後十分に気を付けて、またなにかあれば遠慮なく言ってください」

言い終えると、正也は登代子にも名刺を差し出して一礼する。その真摯な姿勢に、登代子は感心した様子で目を細めた。

「もうお帰りになるんですか？　せめて、なにかお礼をさせてください」

お茶の一杯でもと引き留めようとすると、正也は軽く片手を上げて固辞した。

「いえ、残務があるので失礼させていただきます」

「そうですか……」

仕事だと言われれば、無理を言うわけにはいかない。登代子が残念そうに肩を落としたのを見て、正也は小さく頭を下げ、千鶴に向き直った。

「で、自転車はいつ直るんだ？」

「え？　ああ、えっと……」

唐突に問いかけられ、千鶴は慌てて指折り数えた。

「修理じゃなくて、新しい自転車を購入することにしたんです。頼んだ商品が入荷されるのは一週間後だと聞いています」

パンクした自転車は、もう十年以上使っていた古い物だ。チェーンの錆びつきも気になっていたため、これを機に買い替えることにした。そこでせっかくなら好みの色の物をと思い、今朝取り寄せで注文したばかりだった。

こんなことになるのなら、在庫品で間に合わせておけばよかった。千鶴が後悔する目の前で、正也は顔を顰める。険を帯びた様子を肌で感じ、千鶴は彼を直視できずにうつむいてしまった。

今更注文を取り消して、自転車屋に迷惑をかけるわけにはいかない。もちろん、和菓子屋の店主夫婦や登代子に頼ることもしかりだ。

やはり帰りだけでもタクシーを使うのが得策だろう。そんな決心を声に出そうとした矢先、正也がおもむろに一つの提案をした。

「新しい自転車が届くまで、うちの者に送らせる」

「いえ、さすがにそんなことまでしていただくわけにはっ」

予想だにしなかった提案に、千鶴は目を剥いて驚愕を露わにする。そしてすぐさま断りを入れようとしたのだが――

突然隣からぱんっという大きな音が聞こえてきて、千鶴は大きく肩を震わせてそちらに向き直る。すると嬉々とした様子で、登代子が手を合わせていた。

「まぁ、よろしいんですか？　それなら安心だわ」

正也の申し出を、素直に厚意として受け取ったのだろう。登代子の歓迎の言葉を耳にして、千鶴はそれ以上なにも言えなくなってしまった。

登代子は親のような存在で、いかなる時も彼女にはかなわないのだ。

とはいえ、正也は数時間前まではお互いの存在も知りえなかった赤の他人。しかも、通りがかりに助けてもらったという借りがあるのに、その上毎日迎えにきてもらうわけにはいかない。

どう言って断るべきか。頭の中で忙しく考え込んでいる最中、登代子が千鶴の肩に手を置いて、屈託のない笑みを向けてきた。

「よかったわね、千鶴ちゃん」

「………はい」

こんな親切な人がいるなんて、この世の中も捨てたものではない。そう言って幸運だと喜ぶ登代子に、千鶴は曖昧な笑みを返した。

もはや、選ぶべき選択肢は一つしかない。腕組みをしたまま返答を待つ正也に向き直ると、千鶴は膝上に手を当てて深く腰を折った。

「ご迷惑をおかけしますが、どうぞよろしくお願いします」

丁寧に願い出る千鶴の隣で、登代子はうんうんと相槌を打つ。答えを聞いた正也は、ようやく口元を緩めた。

「こちらが言い出したことだ。迷惑だなんて考えなくていい。それに、大人に甘えられるのは子供の特権だからな」

「っ、私はもう二十七です！」

それまでの感謝も一気に吹き飛ぶような物言いに、千鶴は思わず怒鳴り声を上げた。手元に塩があったなら、関取よりも豪快に投げつけてやったことだろう。

千鶴の怒りの理由、それは正也が千鶴のコンプレックスに触れたからに他ならない。百五十五センチと小柄な体型で、大きく真ん丸の目に少し低い鼻。その上、身体の凹凸も少ないやせ形。ボブカットでなんとか隠している丸顔も、実年齢よりもかなり幼く見られる一因だった。

一年前に一人で映画館に行った際にも学生料金を提示されたが、まったく嬉しいとは思わなかった。今まで味わった屈辱ともいえる数々の記憶が呼び起こされ、千鶴は恩を忘れて正也を睨みつける。一方、正也は対照的に笑みを深めた。

「そのくらい、威勢よくしていろ」

「え？」

唐突に投げかけられた言葉に、千鶴は虚を衝かれた。

無礼な物言いは、遠慮させないための演技だったのだろうか。疑問に思っていると、正也は少し乱暴に千鶴の髪をかき混ぜた。

「ちょっ、なにを……」

「で、迎えの時間は今日と同じでいいのか？」

「あっ、はい。大丈夫です」

咄嗟に返事をすると、正也はこの日一番の優しげな笑みを見せる。そして登代子に軽く一礼した後、無言のまま仙堂の待つ車に向かって歩き出した。

あっけない去り際に、困惑顔で立ち尽くす。そんな千鶴に、登代子は意味深な笑みを零すと、夕飯を自分の部屋に食べに来るように言い残して先に帰ってしまった。

千鶴がようやく我に返ったのは、それから数分後。夜風にぶるりと身を震わせた時だった。

思考が正常に戻った途端、脳裏に一つの懸念事項が浮かんでくる。

「お礼、どうしよう」

もはや、一週間のお迎えという厚意を受け入れざるを得ない状況だ。

遠慮は無用と言われても、なにもしないわけにはいかない。

タクシーの代わりだと現金を渡すわけにはいかないし、どの程度の値段の品が妥当なのかも想像できない。あれやこれやと頭を悩ませていると、不意に仙堂と正也の言葉が脳裏を過った。

確か、仙堂は正也の好物はどら焼きだと言っていたはずだ。現に、正也本人からもうまかったと言って貰えた。それなら、自分の作ったどら焼きや和菓子を渡すことがお礼になるかもしれない。

安上がりになってしまうところは気が引ける。けれども今は他に良案が浮かばず、一旦それで自分を納得させることにした。

ようやく強張っていた肩の力を抜くことができ、気を取り直すために大きく深呼吸する。次いで荷物を置きに、自室に向かって階段を駆け上がった。

第三話

「じゃあ、お先に失礼します」

「お疲れ様、気を付けてね」

「はーい」

　多恵と店主に別れの挨拶(あいさつ)を済ませて戸を閉めると、千鶴は店の少し先に停車しているセダンに視線を向けた。

　正也の提案により毎日迎えにきてもらうことになってから、今日は二日目。少しでも仙堂を待たせる時間を短縮しようと車に駆(か)け寄り、後部座席のドアを開く。直後、千鶴はドアを全開にしたまま、その場で固まってしまった。

「なんで……」

　思わず口を衝(つ)いて出た言葉を隠すように、両手の平で口を覆(おお)う。目の前には、モバイルパソコンを膝(ひざ)に載せ、画面をじっと見つめている正也の姿があった。

　車に乗っているのは仙堂だけだと思い込んでいた千鶴は、予想外の光景を前に立ち尽くす。すると、夜風が頬(ほお)を撫(な)でた瞬間、正也の鋭(するど)い瞳が千鶴の姿を捉(とら)えた。

「おい、いつまでそこに突っ立っているつもりだ」

「っ、すみません」

仕事の邪魔をしてしまったかと、慌てて謝罪して正也の隣に身を滑り込ませる。その様子をバックミラーで確認した仙堂は、ドアが閉まるのと同時に車を発進させた。

なにか話し掛けた方がいいだろうか。無言の時間に息苦しさを覚え、千鶴はちらりと横目で正也を確認する。

視線の先で、正也が眉間を揉みほぐしている。よほど疲れているか。そう思った瞬間、千鶴の口から言葉が自然に滑り出た。

「お疲れ様です」

「ああ……」

やはり、その声には隠しきれない疲れが滲んでいる。会話をするのも億劫で、短く返したのだろう。

こういう時はなんと声を掛ければいいのか。それとも、黙っていた方がいいのか。

迷った挙句、千鶴はあることを思い出し、鞄に手を差し入れた。

「あのこれ、よかったら食べてください」

「どら焼きか」

「はい。中はサツマイモ餡です。今日も試作品で申し訳ないですけど、甘い物は疲れによく効きますよ」

ずいっと目の前にどら焼きを差し出すと、心なしか正也の口元が緩んだように見える。千鶴もつられて目を細めると、正也はふと意味深な言葉を呟いた。

「……変わらないな」

「え？　でもそれは……」

渡したのは新作の試作品で店頭には並んでいない。それなのになぜ、変わらないなどと言うのか。不思議に思って首を傾げるも、正也はただ曖昧に笑って返すのみ。戸惑う千鶴の前で、正也はおもむろにどら焼きを千切って口に入れる。それから「うまいな」と一言零し、次の一欠片を千切りながら問いかけてきた。

「お前、この後なにか予定はあるか？」

「いえ、特には」

反射的に顔を向けると、即座に正也の瞳に捉えられてしまう。全身を射抜くような強い視線に、千鶴ははっと息を呑んだ。

「なら、ちょっと付き合え」

言うなり、仙堂に行き先の変更を告げる。そんな正也の横顔を呆然とした様子で見つめ、千鶴は反論の余地を失ってしまった。

連れて来られたのは、店から車で三十分ほどの場所にある公園だ。高台から夜景が一望できるとあって、カップルの姿が多く見受けられた。

だが、千鶴が仙堂の携帯電話を借りて登代子に帰宅の遅れを告げている間に、そのほとんどは帰ってしまったようだ。いつの間にか、あたりには自分たちの姿しか見当たらなくなっていた。

「これでいいか？」

「はい、ありがとうございます」

きょろきょろと周囲を見渡す千鶴に、ベンチに座る正也が差し出したのは近くの自販機で購入したのであろう缶コーヒーだ。お礼を告げてそれを受け取ると、正也の隣に腰を下ろす。そして美しい夜空を見上げた。

思えば、もう何年も仕事のことだけを考えてきた。こうして夜景を見るどころか、空を見上げることすらなかった。

千鶴が感慨深く我が身を振り返っていると、正也がぽつりと呟いた。

「昔、よく弟を連れてここに来た。家には頻繁に他人が出入りしていたから、遊ぶ場所がなくてな」

正也の声がどこか昔を懐かしんでいるように聞こえて、千鶴はその横顔をじっと見つめる。きちんと聞いているという意思表示に相槌を返した。

「親父は帰って来ない日がほとんどだった癖に、家に帰る時はいつも他人を引き連れてきやがるから、迷惑極まりなかったな」

「………」

正也の言葉に、彼の父親が有名な政治家であったことを思い出す。常に周囲に人がいる様子が容易に想像できた。日常的に家に他人が出入りするのは、子供にとっても大きなストレスだっただろう。

正也は今、呆れ笑いをしているのに、どうしてか、千鶴には泣いている子供のように見えてしまう。

「運動会や授業参観に来ないのは当たり前で、母親の誕生日や結婚記念日だって家にいた試しがない。その癖によそでは家庭円満をアピールしたがるからたちが悪い」

正也の口から次々と語られる父親との確執。状況は同じではないが身に覚えのある感情を垣間見て、千鶴はきゅっと唇を噛みしめた。

「家庭を顧みない親父より、よほど俺の方が家族のために尽力してきたつもりだがな。それでも周りはむかつくほどあいつのようになれと言いやがる」

舌打ちまじりに紡がれる言葉に、千鶴は目を瞠った。

父親失格の男のようになれと言われることが、心底我慢ならない気持ちは痛いほどよくわかる。家族に対する複雑な心情を吐露する正也を前に、千鶴の胸の中が否応なしにざわめく。

それは自身もまた、血縁者との間に決して埋めることができない溝があるからに他ならない。けれど、そんな事情など知る由もない正也は自嘲気味に笑った。

「悪かった。久しぶりにジジイ共とやり合ったせいか、気が立っていてな」

「いえ……」

どうやら後援会の者たちとの会合で、父親を引き合いに出した叱咤激励を受けたことが、彼の疲労の主な原因らしい。苛立っていても、終始穏やかに対応しなければならない立場だ。悔しい想いを何度も呑み込んできたのだろう。

上手い慰めの言葉は依然見つからない。それでも、吐き出すことで少しでも彼の心が軽くなればいい。そんな願いを胸に、千鶴は夜風に揺れる髪を耳にかける。

ふと視線を感じて隣に向き直れば、正也がじっとこちらを見つめて問いかけてきた。

「お前は今の店に勤めて、長いのか？」

「そうですね。実家は東北にあったんですけど、高校進学から登代子さんのところでお世話になっているので、もう十年以上になります」

彼の身の上話を聞いた後だからか、人にはあまり言ったことのない話も、するりと答えられた。

「小さい頃から登代子さんたちには可愛がってもらっていて。父が亡くなってから頼ってばかりなので、早く一人前になって恩返しがしたいんですけどね」

登代子や多恵には子供がいないこともあって、まるで本当の母親のように接してくれた。多恵の夫である和菓子屋の店主は父親のような存在だ。そして、小学生の千鶴にお菓子作りを教えてくれた人でもある。

それはもしかしたら、物静かな彼なりの子供とのコミュニケーションの取り方だったのかもしれない。武骨な指から美しい和菓子が作られる様は魔法のようで、感動しきりだったことを今でもよく覚えている。

いつかきっと、自分も同じ魔法が使えるようになりたい。幼き日に抱いたそんな想いが、今日の千鶴を作っていた。

夜空に浮かぶ星を眺め、穏やかな気持ちで告白する。しかしそれも束の間のことで、正也の次の言葉で思考は一気に現実に引き戻された。

「家族はどうしてる?」

何気ない質問だが、それは千鶴の身体を強張らせるのに十分だった。それでも、千鶴は胸に渦巻くどす黒い感情を悟られぬよう、必死に何気ない体を装って返した。

「祖父は今、東北にある施設に入所していて、時々会いに行きます。母親は父が亡くなってすぐに再婚してしまったので、疎遠になっています」

これ以上は聞かないでほしい。そんな意を込めて語尾を弱めたところ、正也は「そうか」と言ったきり、それ以上の追及をしてこなかった。

それにほっと胸を撫で下ろす一方、二人の間に流れ出した沈黙には居心地の悪さを感じた。

明日に備えて、そろそろ帰った方がいいのではないだろうか。そう提案しかけた時、ベンチの上にあった千鶴の手の甲に、そっと温かな手が重ねられた。

「っ」

「小さい手だな。あの頃の弟の手もこれくらいだったか」

思わず手を引っ込めそうになるが、寸前で堪える。その理由は、正也の穏やかな笑みを直視してしまったからに他ならない。

おそらくかつての弟の姿を思い起こしているのだろう。仕事で疲れた彼の中に流れる穏やかな時間を守りたい。そう思い、千鶴はしばらくの間黙って手を繋がれていた。

それからどのくらいの時間が流れたのだろうか。無言のまま夜空を見上げていた千鶴は、そっと疑問を投げかけた。

「一つ、聞いてもいいですか？」

「なんだ？」

「どうして、毎日のお迎えを申し出てくださったんですか？」

普段から、困っている人を見れば助けずにはいられない性分なのか。それともただの気まぐれか。二日前から抱き続けてきた疑問を投げかける。

対して、正也はゆっくりと口角を吊り上げた。

「一言でいえば、お前のどら焼きが気に入ったからだな」

「本当ですか？」

からかわれているのではないだろうか。半信半疑で確認すると、疑われるのは心外とばかりに返された。

「俺はどら焼きの好みに関しては特別にうるさいんだ。あれを作れるやつに危険が及ぶくらいなら、多少の手間は惜しまないさ」

千鶴の作るどら焼きを食べるために、千鶴の安全を守る。嘘のような動機を至極当然のように語る正也に、千鶴は呆気にとられた。

だが、考えようによっては、そこまで自分の作るどら焼きを気に入ってもらえたということは、和菓子職人冥利に尽きるのではないだろうか。そう思い至り、自然に笑みが零れた。

「ありがとうございます」

「感謝は、どら焼きで返してくれればいい」

照れ隠しのような物言いに、千鶴はくすくすと笑ってうなずき返した。

それからしばしの後、正也は一度腕時計に視線を向けてから立ち上がる。手を繋がれたまの状態とあって、千鶴もそれに倣(なら)った。

「帰るか」

「はい」

元気よく返し、促(うなが)されるままに正也の半歩後ろをついていく。するとどうしたことか、十メートルほど進んだところで、正也はぴたりと歩みを止めた。

疑問に思って首を傾げていると、正也が顔だけで千鶴を振り返る。そして愉快(ゆかい)そうな笑みを湛(たた)えたまま、口を開いた。

「さっきの、やり直してもいいか？」

「さっきの？」

「ああ、お前を迎えにくる理由を言い直したくてな」

ついさっき、千鶴に手を差し伸べたのはどら焼きのためだと言っていた。それが嘘だったということだろうか。

困惑しながら改めて答えを待つ千鶴に向かい、正也は不敵に笑って見せた。

「女一人守れなくて、国会議員が務まるかってな」

本来、国会議員というのは国民の生活を守る立場にある。ならば、目の前で危険な目にあった女性に手を差し伸べるのは当然のことだろう。

取ってつけたような理由を言い直す正也に、千鶴はぷっと噴き出した。

「かっこいいですね」

千鶴もまた、冗談めかした褒め言葉を返す。最初にそれを聞いていたら、彼に対する印象はだいぶ違っていただろう。さしずめ、「気障な二枚目」といったところか。いつまでも笑いによる肩の震えを止められない千鶴に、正也は怒るどころか愉快そうに口角を上げた。

「お前、それは今更だろう?」

おどけるような口調に、今度は揃って声を出して笑い合う。二人は楽しげな声を響かせながら、仙堂が待つ駐車場まで緩やかな坂を下っていった。

第四話

「遅くなってしまって、すみません」

正也に助けられた日から数えて五日目の夜。最後のお迎えとなるこの日、仙堂の待つ車の後部座席に乗り込んだ千鶴は、息を切らしながら謝罪した。

閉店間際に来た客が、大量の手土産を購入したため、いつもよりも十五分以上店を出るのが遅くなったのだ。

貴重な時間を無駄にさせてしまい、千鶴はしゅんと肩を落とす。その様をバックミラー越しに見ていた仙堂は、軽く首を横に振った。

「気になさらないでください。待つのは慣れてますから」

正也が会議に入った時は、予定が二、三時間押すことも少なくないという。仙堂が慰めの言葉を告げてからハンドルに手を掛けると、千鶴はそれに待ったをかけ、持っていた紙袋を差し出した。

「あの、これを受け取ってください」

「これは？」

ハンドルから手を離し、仙堂は上半身を捻って紙袋を受け取る。中には菓子折りが二箱入っていた。

「うちのお菓子なんですけど、今日まで送っていただいたお礼です」

一つはどら焼きだけの詰め合わせ。もう一つは様々な菓子を詰め込んだ、店で一番人気のものだ。

この菓子折りが、一週間近くも迎えにきて貰った礼に見合うとは思っていない。それでもせめてなにかをしたいと思って用意したのだ。

ずっしりとした重みのあるそれらを、仙堂はそっと助手席に置く。そして再度背後を振り返った。

「ありがとうございます。赤坂も喜びます」

感謝されるのはなんとも面映ゆく、千鶴は困ったような笑みを返す。しかし仙堂が口にしたのは礼だけではなかった。

「お礼を貰ってしまってから言うのは憚られるのですが、実は千鶴さんに一つお願いがあるんです」

「お願い、ですか？」

改まった物言いに、思わず千鶴の背筋がピンと伸びる。

どのようなことを要求されるのか。身構えると、仙堂はわずかに目を細めて続けた。

「実は、少しお手伝いしていただきたいことがありまして。アルバイトのようなものと考えていただけるとありがたいのですが」

「え？」

意外な内容を聞いて返答に迷う。対して、仙堂はそれ以上の詳しい説明をすることなく、前に向き直った。

「詳細は、赤坂から聞かれた方がいいでしょう」

その言葉はこれから正也に会うことを示唆していて、千鶴は小さく肩を震わせた。

彼にももちろん、お礼を言いたいと思っていた。でもどうしてか、その名を聞いただけで胸がざわつくのだ。

とはいえ、菓子折り以外にも、きちんと彼らが望む形でお礼をしたいと思う。だからこそ、仙堂の申し出を断る理由はなかった。

千鶴は鼓動を落ち着かせるため、動き出した車の中から外の景色を見つめたまま、小さく深呼吸を繰り返した。

車に乗り込んでから、三十分ほどが経過しただろうか。

仙堂に連れて来られたのは、重々しい門扉（もんぴ）に守られた豪邸（ごうてい）と言うにふさわしい屋敷だ。説明されなくても、ここがどこであるかは表札に掲（かか）げられた「赤坂」の文字が告（つ）げている。

門前で車を止め、仙堂が運転席側の窓を開けると、警備員がびしっと敬礼で返す。そして間もなく、大きな金属音と共にゆっくりと門扉（もんぴ）が開かれた。

十数秒かかってようやく開いた門をくぐり、銀杏（いちょう）の木が左右に立ち並んだ道をまっすぐ進んでいく。それから噴水やいくつかの建物を通り過ぎ、突き当たりに建つ屋敷の前に車が横付けされた。

恩義に反してでも、断っておいた方がよかっただろうか。分不相応極まりない場所に来てしまったと、千鶴は怖気（おじけ）付く。同時に、正也が政治家だという現実を、まざまざと突き付けられた気分だった。

まるで鉛がつけられたように重い脚を、なんとか車外に出して石畳の上に降り立つ。

見上げるのは、ゆうに自分の住むアパートの二、三棟分はあろうかという屋敷だ。

必死に気を落ちつかせようとしている千鶴の前を通り過ぎ、仙堂が屋敷の玄関扉を開く。千鶴は無言のまま、彼の背を追って一階右手奥にある部屋へと導かれた。

仙堂が二回ノックして開いたドアの先には、ソファに寝転がって資料を読む正也の姿があった。

「ただ今戻りました」

報告の声が耳に届くと、正也は手元の資料をテーブル上へ投げ捨てて、その身を起こした。

「ご苦労だったな。お前も、よく来たな」

仙堂に片手を上げた後、正也は千鶴に向かって目を細める。その穏やかな笑みに、千鶴は思わず視線を泳がせてしまう。

一方、正也はそれに気付かぬ様子で、おもむろにテーブル上にあったポットを手に取る。次いでカップに紅茶を注ぎ入れ、自らの対面に置いた。

自分のために淹れてくれたのだろうか。そう思いつつ、彼との身分の違いを目の当たりにした直後ということもあり、千鶴はなかなか正也の傍に歩み寄ることができない。

棒立ち状態を続けていると、正也は怪訝そうな顔を見せた。

「なんだ？　俺が茶を淹れるのはそんなに意外か？」

「いえ、ありがとうございます」

多忙な彼を、これ以上煩わせてはいけない。そう思い立ち、千鶴はすぐさまソファに駆け寄り腰を下ろす。そのままの勢いでカップを手に取ると、正也はくつくつと喉を鳴らした。

「毒なんて入ってないから、安心しろ」

そんな懸念なんて、微塵も抱いていません。

声にならない非難を視線に込めるも、それを声に出すことなく、紅茶を口に含んだ。

「おいしい」

市販のティーバッグとは茶葉が違うからだろうか。渋みの少ないすっきりとした味わいに、それまでの緊張を忘れて素直な感想が漏れる。

感嘆の声に正也は満足げな表情を浮かべ、自身で注いだ紅茶を一気に飲み干した。

「それで、アルバイトというのはどういうことでしょうか？」

ようやく緊張が解けた頃合いで、早速目下の議題を口にする。

思い切ってさっさと用件を聞いてしまうに限るとばかりに問えば、正也はなぜか軽く首を捻って仙堂を見遣った。

「お前から話したんじゃなかったのか？」

すでに話はまとまっているとばかり思っていた——正也がそう告(つ)げると、仙堂は紅茶を優雅(ゆうが)に一口含み、しれっと答えた。

「詳細は本人から話すのが道理かと」

主(あるじ)を差し置いて、出過ぎた真似(まね)をするわけにはいかない。そんな風に謙虚さを取り繕(つくろ)っている体(てい)だが、仙堂が今まとっている雰囲気は面倒事をこれ以上押し付けるなと言っているようにも感じられた。

秘書という立場上、厳格な上下関係があるとばかり思っていた。しかし、二人の間には雇用関係ではなく、親友のような信頼関係があるようにも感じられる。

そんな二人の間で視線を行き来させていると、正也は苦虫を噛み潰(つぶ)したような表情で小さく舌打ちし、千鶴に向き直った。

「アルバイトと言っても、本業と同じで菓子を作ってもらいたいということだ。まぁ、時折給仕(きゅうじ)の方も頼みたいんだがな。もちろん材料や器具、調理場などはこちらで準備する」

「仕事が終わってから、ここに来てお菓子を作れということですか？」

「ああ」

まさか場所を変えて和菓子作りをしろと言われるとは夢にも思わず、千鶴は目を白黒させた。

わざわざここで作らなくても、店で売っている物を買った方が早い。そう言い返す前に、正也は先回りして言い放った。

「あいにく、要り用な時にいつでも店に行けるという身ではないんでな」

確かに、忙しい身の上であることは納得できるところだ。さらに正也はもう一つ、給仕についても重要な案件だと続ける。

「後援会や支援者家族との会合の時に現場を取り仕切ってくれていた者が、腰を患ってな」

正也は神妙な面持ちで、千鶴に手伝いを要請した理由について説明し始めた。

正也の父の代から赤坂家に仕え、後援会の重鎮にも顔の利く古参の使用人が、現在、腰の治療のために長期不在となっているのだという。

「後援会のジジイ共の中には、一癖も二癖もあるやつがいてな。日本人の茶菓子といったら和菓子だ！　と豪語しやがる」

さらに、和菓子ならなんでもいいというわけではないらしい。どんな和菓子を出しても重箱の隅をつつくような文句を言っては、給仕をする使用人たちを困らせているのだと続ける。

まるで、長年にわたりどら焼きの好みで仙堂を困らせてきた誰かのようではないか。そんな考えが脳裏を過るが、千鶴は賢明にも声には出さなかった。

「そこでだ。作り手のお前がいれば、なにを聞かれてもきちんとした対応がとれて、ジジイ共も多少おとなしくなるだろうと思ってな」

「はぁ」

「もちろん、お前の作る和菓子が気に入られると確信していることが大前提だ。だがジジイ共も天邪鬼なやつらだからな。イラつくこともあるだろうが、相手をしてやってほしい」

説明を聞き終えた千鶴は眉を八の字に下げて返事に困った。和菓子を作ることはなんでもないが、給仕や話し相手となれば別だ。

正也には恩があるし、自分の和菓子をそれほどまでに気に入ってくれたのなら、気持ちに応えたいとは思う。けれども任された役を上手くこなせる自信がなくて、千鶴は不安に瞳を揺らした。

困惑を隠せずにいる表情を見て、正也はさらに畳み掛けるように続けた。

「店が閉店してから、夜遅くまで菓子作りの勉強をしていると聞いた。この前の一件もあるし、ここでそれをやっては貰えないだろうか？」

もちろん、毎日の迎えはこれからも続ける。そんな破格の待遇まで提示されて、千鶴はさすがに驚愕した。

「一体誰からそのことを？」

仙堂が迎えにきてくれていた期間は、遅くまで店に残っていたことはない。もちろん、そんな身の上話をした覚えもない。

驚きに満ちた眼差し（まなざし）を向けると、答えを口にしたのは正也ではなく、仙堂だった。

「大家の方（かた）に私がお聞きしました。すみません」

勝手に私的な話を聞いてしまい申し訳ないと、頭を下げる。対して、責めるつもりのなかった千鶴は慌てて手を振った。

「いえ、謝っていただくことでは……。自主練習をしているのは、私がまだ和菓子職人として未熟だからです。なので、ご期待に沿えるとは思えません」

仕事に誇りを持っている。商品として提供している和菓子は、他のどの店にも負けない味だという自負もある。けれど、自分一人で賄（まかな）える品目は決して多いとは言えない。技量も、十分だと胸を張れるほどではなかった。

正也の仕事に関わる人たちに提供するのであれば、もっと熟練の職人に声をかけた方がいいだろう。お礼のための仕事が、彼にとって仇（あだ）となることを懸念（けねん）して断りを入れる。

千鶴が出した誠実な答えに、正也は前髪を乱暴に掻（か）き上げた。

「お前の作る菓子の味は、他のどの店よりもうまいと思ったから頼んでいるんだ。それに、素性（すじょう）もなにもわからない相手に、おいそれと頼めることじゃないからな」

素性云々（すじょううんぬん）を言うなら、自分だって大して深い話をしたことがあるわけではない。千鶴は再度否定の言葉を紡ごうとするも、寸前でそうすることができなかった。

目の前の光景を見て、絶句してしまったからだ。

「できる限りの礼はする。だから、頼む」

世の中で手に入らないものの方が少ないであろう男が、太腿の上に拳を置き、深々と頭を下げたのだ。動揺するなと言う方が、無理な話だった。

千鶴は零れ落ちんばかりに目を見開き、気付いた時には身を乗り出していた。

「ちょ、頭を上げてください。……わかりましたから！」

どうしてこんな事態になってしまったのか。混乱したまま悲鳴を上げるように承諾する。すると言質を取った正也は、すっと顔を上げて笑みを見せた。

思惑どおりに人を動かすために、頭を下げるなんて容易いこと。声にならないそんな思考が透けて見え、千鶴は口をぱくぱくさせて動揺を露わにする。

しかし、今更後悔したところで後の祭りだ。

術中にはまったことへの憤りはある。それでも、頭を下げさせるより、自分が諦めた方が心臓に優しいと思った。

「助かる。ありがとう」

「いえ……、まだなんの役にも立っていませんから」

仕事を引き受けたところで、期待に沿えるとは限らない。それに、なにか問題があれば、彼の方からすぐにやめてくれと言うだろう。

どっと疲れを感じながら呟くと、正也は満足げな表情で続けた。

「それからお前……、千鶴は車の免許を持っているのか？」

「え？　はぁ……免許？　はい、持ってます」

普段、男性から名前を呼び捨てにされることなどほとんどない。そのため、千鶴は慣れない呼称に動揺して、素っ頓狂な声を上げてしまう。

だがすぐに質問の内容を理解し、なんとかうなずき返した。

ペーパードライバーも甚だしいものの、免許証はある。元々取る予定などなかったが、店主夫婦と登代子に強く勧められて取得したものだった。

仕事で運転を頼むことがあるかもしれない。そう言って、店主は千鶴の代わりに一括で費用を支払い、教習所までの送迎を買って出てくれた。自分のことを想ってくれる彼の厚意をはねつけることなどできるはずもない。

家族同然に大事にしてもらっている喜びを改めて思い起こし、千鶴はふっと表情を緩めた。

「お店のご主人たちのご厚意で取らせていただいたんです。取得してからほとんど運転したことはないんですけど……」

彼の望む仕事内容に、車の運転も含まれているのだろうか。もしそうだとしたら、やはり断固として辞退しなければ。

そう決心する傍らで、正也は顎に手を当ててなにかを考え込む様子を見せる。そして数秒の後、仙堂に視線を送った。

「確か、車庫に軽が一台あったな。保険の確認をしておいてくれ」

「もう確認済みです。保険の内容については変更しておきました」

命じられる前に先回りしたことを報告する仙堂に、正也は満足げに片眉を上げる。そして千鶴に向かい、一つの命令を下した。

「明日から帰宅後、仙堂に運転の指導を受けるといい。この敷地内でも、十分に教習所の代わりになるだろう」

公道に出る際には、しばらく自分か仙堂が付き添う。そう続けられ、千鶴はわけがわからないと訴えた。

「明日にはもう新しい自転車が届くので、必要ありません」

ここで仕事をする時に迎えに来てくれるのであれば、車など必要ない。忙しい正也や仙堂に付き合って貰っても無駄足を踏ませることになってしまう。

断固として拒否する姿勢を見せる千鶴に、正也はあからさまに溜息を吐いた。

「誰も慈善事業で言ってるんじゃない。ここから和菓子屋に通うのに、必要になるだろうと言っているんだ」

当面は仙堂のスケジュールを合わせることができる。けれど、いつ不測の事態が起きるかわからない中、備えておくにこしたことはない。

淡々と告げられる内容に、千鶴は納得するどころか、疑問が増えていくだけだった。

「ここから通うって、どういうことですか？」

菓子を作って欲しいとは聞いたが、住み込みなんて聞いていない。それが条件になるなら、到底従うことはできなかった。

危険があろうがなかろうが、自分の帰りたい家は登代子がいるあのアパートだけなのだから――

瞳に怒りの炎を燃やして問いかけると、仙堂が淡々と割って入った。

「ここ、と言っても、敷地内にある別の建屋に住んでいただくことになります」

決定事項のように告げられ、千鶴は目を吊り上げた。

「そういうことでしたら、先程の話はお断りさせていただきます」

重要事項を黙っていたのだから、契約不履行にはならないだろう。語尾を強くして固辞すると、正也は眉間に手を当てて揉み解す仕草を見せた。

「こっちの話もしてなかったのか」

正也は千鶴の何倍も鋭い視線を仙堂に送る。一方、仙堂はそれを軽く受け流し、千鶴に向けて話を続けた。

「あとで登代子さんからお話があると思いますが……」

本来なら、細かい説明をするのは自分の役目ではないと言いたいのだろう。一度、ちらりと不服そうな目で正也を見遣る。

それでも、千鶴を不快にさせたことに責任を感じているのか、仙堂は申し訳なさそうに説明を始めた。

「千鶴さんのお住まいのアパートですが、今度改築する予定だそうです。なので、工事が完了するまでの間、こちらに住まわせて貰えないかと登代子さんから打診されました」

「本当ですか!?」

改築だなんて、そんな大事なことを登代子はどうして言ってくれなかったのか。家族だと思っていたのは、自分だけだったのか。

千鶴が動揺でなにも言えなくなっていると、仙堂はさらに畳みかけた。

「以前、千鶴さんをお送りした際にお話を伺ったんです。他の住人の分を含めて仮住まいを探していたそうですが、なかなかいい物件が見つけられなかったとのことで」

もちろん、登代子は千鶴を連れて行くつもりでいた。しかし、空いているのはどこも和菓子屋から距離が遠く、今のアパートよりも夜道が危険なところばかりだったのだという。

引っ越し先を見つけてから話そうと思っていたものの、思うようにいかず。困り果てて、藁にも縋る想いで仙堂に協力を求めたのだ。

すると偶然にも、千鶴にアルバイトをしてほしいという正也側の要望を耳にした。結果、トントン拍子に話がまとまったのだ。

「登代子さんは、千鶴さんのことをとても心配なさっていました」

まるで心の内を見透かしたかのような仙堂の言葉に、千鶴はほうっと息を吐く。

邪険にしていたから話せなかったのではない。どんな不便を強いても千鶴は納得してくれる。それがわかるからこそ、最良の準備が整うまで内緒にしていた。

冷静に登代子の考えを代弁され、千鶴も徐々に冷静さを取り戻していく。そしてしばしの後、正也に向き直って静かに頭を下げた。

「ご迷惑をおかけして申し訳ありませんが、少しの間、よろしくお願いします。それと、仮住まいを提供していただくのですから、アルバイト代はいりません」

千鶴が住むのは他の使用人たちと同様、敷地内にある１ＬＤＫの平屋の一戸建てなのだという。

登代子が骨を折って自分のために願い出てくれたのだ。彼女の厚意を無にするわけにはいかない。

そんな気持ちを込めて潔くお礼を言うと、正也はそっと目を細めた。

「住居は労働条件の一つだ。バイト代はそれとは別に考えてくれ」

あくまで、労働に対する対価は支払う。強く主張する正也に、千鶴はそれ以上反論しなかった。

自分も強情な方だが、彼の方がきっと言い出したら聞かない性格なのだろう。意外な類似点を見つけ、千鶴はそっと笑いを噛み殺した。

「では、お菓子で返せるようにします。食べたい物があったら、どんどんリクエストしてくださいね」

和菓子であれば、店主に相談して練り切りや餡など、必要なものを常に確保しておくことができるだろう。

後援会の人たちはもちろんだが、正也にもおいしいと言って貰える和菓子を作りたい。どら焼き以外にも、彼の好みが広がってくれれば嬉しいと思う。

そう告げると、正也は文字通り破顔した。

「それは十分すぎる礼だな」

仮住まいを提供したことに対する礼にしては、お釣りが出るほどだ。そう語る正也の笑顔は、子供のように無邪気なものだった。

出自がよく、国会議員であってもやはり人の子。千鶴はこの日初めて彼を身近に感じ、つられたように微笑んだ。

――しかし、わずかに抱いた親近感も、この日から約一ヶ月後の引っ越しの際には脆(もろ)くも消え去ることとなる。

練習に使えと差し出された軽自動車は新車同然で、提供された住宅も新築といって差し支えない綺麗さ。また、和菓子を作るために新設された厨房(ちゅうぼう)も、鏡面(きょうめん)のような輝きを放っていた。もちろん、冷蔵庫やオーブンは業務用の新品が設置されている。

それら破格の待遇に眩暈(めまい)を覚え、思わずその場にしゃがみ込みたくなったのは言うまでもない。

そして引っ越しの日の夜。早めに布団に入ったものの一向に眠気が襲ってくる気配はなく、千鶴は真っ白いクロスが張られた天井を見上げてぽつりと呟(つぶや)いた。

「お金持ちの感覚って、わからないわ……」

肌寒い季節はとうに過ぎ去ったはずだ。なのに軽い寒気を感じて頭から布団を被ると、子猫のように身体を丸めて眠りについた。

第五話

正也の屋敷で専属の菓子職人を兼業するようになってから、一ヶ月ほどが経過した頃。慣れない運転での通勤はまだ不安だろうと、この日千鶴は渡されたタクシーチケットを使って帰宅した。そして玄関を開けるなり、急いで着ていたブラウスのボタンに手を掛けた。

それを脱いだ後、クローゼットの中から昨夜の内にアイロンを掛けておいた桜色のブラウスを取り出して身にまとう。次いで綺麗に畳まれた黒いエプロンを手に取り、トートバッグの中へと移した。

これから正也の屋敷に行き、和菓子を作る予定だ。屋敷に着いた千鶴はエプロンを着けると、今度は調理の準備にとりかかった。

「今日はなにを作ろうかな」

独りごちれば、正也の姿が脳裏に浮かんでくる。

『最初に言っておくが、ここには俺の弟を始め、たまに親戚連中もやってくる。そいつらが間違えないように、俺のことは名前で呼べ』

アルバイト初日、そう言って仁王立ちで名前呼びを強要されたのだ。千鶴はその際の命令口調を思い出し、くすっと声に出して笑う。また、何度も「どら焼き」をリクエストしてきた光景も蘇った。

初めはその要求に素直に従っていた千鶴だったが、日々を重ねるにつれて悩むようになった。

今、千鶴の店で出しているどら焼きが気に入ったと言うのなら、生地の配合を変えるわけにはいかない。できるのは、せいぜい中餡を変える程度だ。

しかし、レシピが確立されているどら焼きを焼き続けるだけでは、自分が雇われた意味がないのではないだろうか。そう思い立ち、試しに道明寺粉を使った桜餅を作って出したのは、ここに来てから二週間ほどが経った日のことだった。

店で出しているどら焼きの餡は、ザラメと氷砂糖を混合して炊いている。だがここではあえて、全て氷砂糖を使って餡を作り直した。コストはかかるが、その分味があっさりと上品に仕上がるのだ。

さらにしつこい甘さが苦手という正也のために、餅に使う砂糖の一部を、甘味度が砂糖の半分以下という材料に置き換える工夫もした。

できる限りの手は尽くした。勝手なことをして口に合わなければ怒られたり、がっかりされるかもしれない。

その日、期待よりも不安たっぷりという心境で結果を待っていた千鶴のもとに届けられたのは、空になった菓子皿のみ。翌日同じように外郎を作って出してみると、それもぺろりと平らげてあった。

おいしいと思ってくれていたら嬉しい。そう思いつつも、我慢して食べてくれたのかもしれないという不安が消えない。

もしかしたら、気付かれないように捨てているのかもしれない。そんな後ろ向きな考えさえ芽生え始めた数日後、ようやくそれらを払拭することができた。

『あの、ここで作るお菓子って、今の感じでいいんですか？』

偶然、玄関先で帰宅した正也と顔を合わせることがあった際、思わずそう問いかけたのだ。

疲れて帰ってきた矢先に、自分本位な質問をしてしまった。声に出した後、即座に後悔する千鶴の目の前で、正也はふっと口元を緩めた。

『ああ、この前の餡が入った緑の餅はなんて言うんだ？』

『うぐいす餅です』

餅米を砂糖と水で練ったもので餡を包み、緑の黄粉に絡めた品だ。そう説明すると、正也は軽く相槌を打った。

『あれは気に入った。それからカステラも、しっとりしていてうまかった。また今度作ってくれ』

『はいっ』

具体的に食べた和菓子を思い出すように話す正也に、千鶴は笑みを隠し切れなかった。

元々甘いものがあまり得意ではない彼が、自分の作る和菓子を好んで食べてくれる。

努力が確かに実を結んでいることに、和菓子職人としての大きな喜びを感じた。

その時の高揚感を思い出し、千鶴は再び準備作業に取り掛かる。大きな袋に入った材料を棚から取り出し、必要な分を量って小袋に分けていった。

前は厨房で行っていたこの作業を、自室でするようになったのはつい先日のこと。厨房の戸棚に保管していた材料が、ある日突然綺麗になくなっていたためだ。

正也の屋敷で使っている厨房は、和菓子作り専用として新たに設置されたもの。千鶴以外に、ここには誰も立ち入らない。そう仙堂から説明を受けていたため、物がなくなるとは思ってもみなかった。

泥棒の可能性も考えてみたが、あれだけセキュリティのしっかりした屋敷の中だ。しかも、わざわざ和菓子作りの材料だけを盗んで行くなんてことは考えにくい。

仙堂に相談しようかとも思ったが、忙しい彼をただの憶測で煩わせたくない。そこで念のために、屋敷で働く使用人の一人に声をかけて尋ねてみた。すると、誰かが気を利かせてゴミ出しをしようと中に入り、誤って捨ててしまったのかもしれないとの意見が返ってきた。

言われてみれば、確かに材料がなくなっていたことに気付いたのはゴミ収集の日だった。また材料は大きなビニール袋の中にひとまとめにしてあったため、中を確認しなければゴミと間違う可能性もある。

いくら好きに使っていいと言われていても、他人の家の中だ。自分の落ち度で、危うく窃盗(せっとう)事件をでっち上げてしまうところだった。

そんな反省もあって、その日から材料は自室で計量し、必要最小限の物しか厨房(ちゅうぼう)には置かないことにしていたのだ。

「これでよしっと」

両手でなくては持ち上げられないほどの重さになったトートバッグを手に、千鶴は少しよろめきながら立ち上がる。そして戸締まりを一通り確認すると、車と玄関のキーが束(たば)ねられたホルダーを手に、急ぎ足で玄関へと向かった。

自宅から正也の屋敷まで、短い距離を軽自動車で移動する。その後、千鶴は厨房(ちゅうぼう)に入るや否(いな)や、持参したエプロンを腰に巻きつけた。

引っ越してから、鍛練(たんれん)を兼(か)ねて毎日のようにここで正也のためのお菓子作りをしている。だがそんな一ヶ月の中で、千鶴が正也の顔を見たのは片手で足りる回数だった。

それもそのはず。つい二週間前、日本列島を襲った低速で大規模の台風。三つ連続で襲撃したそれらの被害は甚大で、連日連夜の対策会議により帰宅が深夜を過ぎていたのだ。現場視察のために、急な出張になることも少なくない。

最後に見た正也の顔は、彼にしては珍しいくらいに疲れが滲み出ていた。

『お疲れ様です』

たった一言だけ記したメッセージカード。菓子と一緒にそれを彼のデスクに置いて帰るのが、千鶴の日課となっていた。

『千鶴さんの作るお菓子を食べると、正也さんのここから力が抜けていくので、見ていて面白いですよ』

仙堂が眉間をとんとんと軽く叩きながら、声を潜めて暴露した話を思い出す。

自分の作るお菓子が、少しでも彼の癒しになっているのなら、これほど嬉しいことはない。

「よしっ」

千鶴は目を開けると同時に袖を捲り上げ、拳を握って気合いを入れる。次いで手にしたのは、持参したトートバッグだ。

中から取り出した餡と栗の甘露煮を作業台に並べていく。この日のメニューは、栗をたっぷり入れた羊羹を作り、それを金つばにしようと考えていた。

「えっと、まずは羊羹型と鍋、それから耐熱のゴムベラが必要かな」

声に出して確認し、必要な機材を取り出すために収納棚の扉を開く。すると間もなく、中の変化に気付いてぴたりと手を止めた。

視線の先にある棚の中身は、明らかに誰かの手が加えられた状態だった。

「誰か、ここを使ったのかな？」

誰もいない空間に、千鶴の呟きが響く。

今日はまだ仙堂が帰宅していないため、疑問に答えられる相手はいない。だが昨夜に会った際には、誰かがここを使うとかそういうことはなにも言っていなかったと記憶している。

棚は物をたくさん収納できるようにと、天井近くまで高く聳え立っている。しかしながら、千鶴は小柄なため、頻繁に使う機材のほとんどは棚の半分より下に収めていた。それなのにボールやこし器、三角ベラや泡立て器、ゴムベラに至るまで、その多くが上段へと移動していたのだ。

一体誰がこんな配置にしたのか。屋敷に勤める使用人たちとはほとんど付き合いがないため、皆目見当もつかない。

先日のゴミ捨ての時のように、誰かが中に入って整理整頓をしたということだろうか。なんとかいいように取ろうと考えるも、自分を納得させることはできない。目の前の光景は決して厚意でやったものとは思えなかったからだ。

さすがに仙堂に確認を取るべき事態だ。そう決意する傍らで、千鶴はきょろきょろとあたりを見回した。

現状を嘆いていても、なんにもならない。考えるよりも、少しでも早く作業に取り掛かることが先決だ。そのために、器材を取るのに必要な脚立を探していた。

どれほど背の高い人だとしても、棚の最上段に物を入れるには踏み台が必要だったはず。注意深く目を凝らしていくと、冷蔵庫と壁の間にできた隙間に立てかけられている脚立を見つけることができた。

「これなら、ぎりぎり届くよね？」

三段ある脚立の最上段に上るのは怖い気もするが、頼れる人は誰もいない。そう思い、脚立を収納棚の前へと移動させた。

かたかたと揺らしてみると少し揺れるが、今は他に選択の余地はない。

千鶴は決心して一段、また一段と上って行く。そしてなんとか最上部に両足を着き、収納棚の一番上段にある羊羹型に向けて手を伸ばした、その時——

「え？」

かちゃっという小さな金属音が耳をついた直後、右足ががくんと下方に落ちた。次いで驚愕の声を上げた時にはすでに、千鶴の全身が大きく右に傾いていた。

＊＊＊

「一体どういうことだ！」

時刻は深夜一時過ぎ。帰宅して間もなく、正也は屋敷中に響くほど声を荒らげた。怒りを一身に受けるのは、正也より小一時間早く帰宅した仙堂だ。彼は神妙な面持ちで頭を下げた。

正也の怒りの原因は、数時間前に屋敷で起こった転落事故にある。帰って早々、負傷したのが千鶴だと知らされ、正也は急いで千鶴が眠る部屋へと向かった。

駆け出した勢いは周囲が目を瞠るものだったが、部屋のドアをゆっくりと開いたところは、まだ理性が残っていた証拠だろう。そっと部屋を覗いた際、目に飛び込んできた光景に、正也は思わずその場に立ち尽くした。

セミダブルのベッドでは、小柄な身体に見合う分だけ掛布団が盛り上がっている。布団からわずかに覗く右手には、包帯が巻きつけられていた。

眠っているからだろうか。微動だにしない身体に、不安に駆られてゆっくりと近付いていく。するとなにより痛ましく見えたのは、額に貼られた湿布だった。

年頃の女性の顔に大きな傷を与えてしまった。その事実に、彼女をここに連れてきた身として責任を感じずにはいられない。自分に対する怒りで、正也は拳を震わせた。

脚立の最上部から転落したにしては、比較的軽傷で済んだ。頭を打たないように身体を丸めていたことが功を奏したのだろう。不用意に床に手をついていれば、骨折は免れなかったはずだ。

それでも、取り出そうとしていた羊羹型とステンレスボウルに指がかかり、上から落下してきたそれらによって額を殴打してしまったのだという。不幸中の幸いだったのは、刃物が落下してこなかったということだけ。

事故は千鶴の不注意によって起きたものではないらしい。だからこそ、憤りはさらに大きい。傍から見れば、正也は鬼のような形相をしていた。

殺気立った今の自分では、千鶴と顔を合わせることはできない。彼女を責めていると捉えられ兼ねないからだ。

謝罪すべきところを、怯えさせてしまっては本末転倒。正也は平常心を掻き集め、大股で元いた部屋へと戻っていく。

その背を黙って見つめているだけの仙堂は、安堵の息を吐いた。

「状況を説明してくれ」

自室に戻った正也は、低く冷たい声色で仙堂に問いかける。

スーツの上着を投げ捨て、拳を握り締める正也の様を見遣り、仙堂は立ったままで返した。

「どうやら、脚立に細工されていたようです。それを使わなければならないように、収納棚の中身が入れ替えてありました」

端的に説明する仙堂の表情は、普段あまり感情を表に出さない彼にしては、わかりやすいほどに厳しいものだった。

「犯人はわかったのか？」

正也は、答えはすでにわかっているとばかりに、一際低い声で問いかけた。

千鶴も、使用人たちも知らないことだが、この屋敷には至る所に防犯カメラが設置されている。それを知らされているのも、録画映像を見ることができるのも、ごくわずかの限られた者だけ。

その権限を有し、正也の仕事に関する内容だけでなく、屋敷内の事情も把握している仙堂だからこそ、知っていることがあるはずだった。

真実を求める正也の鋭い瞳を前に、仙堂は微動だにせず、淡々と返した。

「実行犯の一人には、すでに話を聞いています。単独行動で協力者はいないと言っていますが、焚き付けた者の名は数名口にしました」

この広い敷地や屋敷の中を維持管理するには、信頼のおける使用人だけでは到底手が足りない。そのため、契約している派遣会社から何人も雇い入れていた。この一件の犯人は、その部外者の中の一人なのだという。

事件の内容から予想はついていたが、屋敷で働く者の犯行と確定したことに憤慨し、正也は爪が手の平に食い込むほどの力で拳を握り締めた。

「動機は？」

「脅しをかけて、千鶴さんを辞めさせようとしたのだと。彼女が特別扱いされていることに、嫉妬したと言っていました」

あまりに身勝手な言い分に、正也はぎりっと奥歯を噛み締めた。そしてしばしの沈黙の後、地を這うような唸り声を発した。

「で、そいつは今、どこにいる？」

問いかけに、仙堂は小さな溜息を吐いてから答えた。

「すでに派遣会社の担当者に引き取らせています。後日、調査結果と、この件に関する者たち全員への処分内容をまとめた報告書を提出するように要求しておきました」

当然この屋敷の使用人としては解雇処分となるが、それだけで終わりにすることは許さない。仙堂はそう要求したと、言外に含ませる。

先手を打たれた形に、正也は苦虫を噛み潰したような顔をした。

「出過ぎた真似をして、申し訳ありません」

怒りの矛先を失った正也に、仙堂が深く頭を下げる。その様に、正也は犯人に対する怒りだけでなく、自分の不甲斐なさにも憤った。

仙堂になんの非もないことはわかっている。それどころか、頭に血が上った正也が暴走しないようにと、配慮してくれたのだということも——

たとえ口先だけの脅しでも、正也が発した言葉は、大きく脚色されて世に広まりかねないのだ。

冷静に行動してくれた優秀すぎる秘書に、正也もまた謝罪で返した。

「いや……、悪かったな」

立場をわきまえた返答に、仙堂が安心したように口元を緩める。それに苦笑で返すと、正也はおもむろに立ち上がり、室内にあるガラスのショーケースの前に歩み寄った。

そこから取り出したのは、贈答品の焼酎と二つのグラスだ。正也はそれらを手に、大股でソファまで戻ると、乱暴に焼酎を手酌し、一気に呑み干した。

元々酒には強いが、いつもは嗜む程度だ。特に今は災害対策の任についていることもあり、ここ一ヶ月近く飲酒はしていなかった。

そんな自分が酒の力を借りなければ治まらないほどの憤りを感じている。それはか弱き女性、しかもなんの罪もない千鶴が悪意の標的にされたからに他ならない。

仙堂はそんな正也を咎めることなく、ただ黙って対面に座る。すると、正也は仙堂に向かい空のグラスを差し出した。

仙堂が無言でグラスを受け取ると、自身が呑んでいた酒をそこに注ぐ。正也と同様、普段はまったく酒を呑まない仙堂も、それを一気に呑み干した。

二人はそのままなにを話すでもなく、開けた瓶一本を空にするまで呑み続けていく。しかしいくら酒の力を借りても、先程目に焼き付いてしまった千鶴の痛々しい姿は、微塵も霞んではくれなかった。

「あんなくだらないことをする奴が、まさかこの屋敷にいるとはな」

不意に、正也が自嘲気味に呟く。それを受け、仙堂は持っていたグラスを置いて神妙な面持ちで頭を下げた。

「私の監督不行き届きです。申し訳ありません」

自身の非を潔く認め、謝罪する。

正也の身の安全を守ることも、私設秘書である彼の役目。正也が生活するこの屋敷に、他人を傷つける人間の侵入を許してしまったことは事実。信頼を裏切ってしまったと、仙堂が心からの詫びを口にする。

いつまでも頭を上げない仙堂を制するように、正也が口を開いた。

「いや、俺にも責任はある」

千鶴を呼び寄せておいて、彼女がここで平穏に過ごすための、万全の準備を整えていなかった。

新参者が来て破格の待遇を受ければ、嫉妬（しっと）をする者が出てもおかしくはない。

周囲との接点を最小限にしておきさえすれば、危険を回避できると思っていたのは自分の慢心だった。自戒の念を込めてそう続けると、正也はぽすっとソファの背もたれに寄り掛かる。そして天井を見つめたまま、ぽつりと呟（つぶや）いた。

「医者は回復までどのくらいだと言っていたんだ？」

「痛みや腫（は）れが引くまでに二週間程度はかかるかと。痛み止めはその分、処方してもらっています。彼女の職場と大家さんにはすでに連絡済みです」

やけに気が利いた対応だと、正也は驚いた。

自分より早かったとはいえ、帰って来てから一、二時間程度だろう。そんな短時間の間に、防犯カメラの映像確認や使用人への事情聴取（ちょうしゅ）、医者の手配をした上で、千鶴の周囲への根回しもできるとは――

改めて己の秘書の優秀さを思い知る。そんな正也の表情から、言いたいことが伝わったのだろう。仙堂は苦笑いで種明かしをした。

「千鶴さんが倒れているのを発見した時、私の顔を見た瞬間にお願いされたんです」

人の寄り付かない厨房（ちゅうぼう）で倒れた千鶴は、運よく意識を保ったままでいられたらしい。

全身に激痛は走るものの、意思通りに動かすことはできたのだという。

千鶴はそんな身体に鞭（むち）を打ち、床に這（は）いつくばって厨房（ちゅうぼう）から外に出た。そして傍を通りかかった使用人の一人に助けを求めたのだ。

倒れてから、三十分以上が経過していただろう。それから連絡を受けて医者を連れた仙堂がやってくるまで、さらに三十分。

ようやく仙堂と会った千鶴は、彼の顔を見た途端に、店主夫婦と登代子への連絡を依頼したのだという。

店主夫婦は最近、共に身体に不調を抱えている。特に夫人の方は重い腰痛のため、長時間立ち仕事をすることができない。だから店番も、店で使う材料を保管庫から出して運ぶのも、もっぱら千鶴の役割のため、気になって仕方がないと言っていたそうだ。

「医者に向かって開口一番、明日仕事ができるかどうかを聞いた時にはさすがに驚きました」

自分の身体のことは、自分が一番よくわかっているはず。それなのに、聞かずにはいられなかったのだろう。

赤坂家と昔から付き合いのある医師は、まるで子供をあやすように、無謀だと諭したのだという。

千鶴らしいエピソードだ。正也はその光景が目に浮かぶようだと、溜息を吐いた。

「ったく、いくらでも人材を回していいから、完治するまであいつをベッドに括り付けておけ」

おそらく医者になんと言われようとも、店主夫婦が困っていると知れば、無理をして仕事場に駆け付けようとするだろう。

よく言えば責任感が強い。その反面、それが結果としてさらに周りを心配させることになるとは考えられないくらいに、視野が狭いとも言えた。

ひどい言い草に聞こえる言葉にも、仙堂は反論せずに苦笑した。

「犯人よりも、彼女の方に監視が必要かもしれませんね」

すでに千鶴の代わりに店を手伝える人材を確保したのは言うまでもない。

仙堂の根回しのよさに、正也はあからさまに安堵する。対して、仙堂はふっと口元を緩め、さらに正也の知らない事実を口にした。

「仕事のこともそうですが……、貴方にお菓子を作れなくなって申し訳ないとも言っていたんですよ」

「…………」

自分が千鶴の憂いの一因になっているとは思わず、正也は押し黙った。

本来であれば、こんな場所に連れて来たことを責められてもおかしくはない。今回の事故に、千鶴の過失は一切ないのだ。

顔を合わせたら、どう詫びればいいのか。そう思っていたのに、まさか自分のことも気にしているとは夢にも思わなかった。

心中複雑な正也に、その心の動きを正確に読み取ったのであろう仙堂は珍しく茶化すように問いかけた。

「貴方の一番の望みは、お菓子を食べることではなく、千鶴さんが元気になることだとお伝えしましょうか?」

「……やめておけ。治りがさらに悪くなる」

そう吐き捨て、不機嫌さを隠さずグラスに残った酒を呷る。次いでソファから立ち上がると、無言のまま静かに部屋を出て行った。

第六話

「はぁ、いつまでこうしていればいいのかな……」

負傷してから早三日。千鶴の住む場所は、本邸の一室に移された。しかも行動範囲は、もはやベッドの上のみといっても過言ではなかった。シャワーやトイレ以外、部屋の外に出ることは禁止され、食事ですらベッドまで運ばれてくる始末。

動くことも身体の回復にとってはいいことのはず。何度もそう訴えたが、自分のおっちょこちょいさが災いした。昨日トイレに行こうと部屋を出た際に、廊下で危うく転倒しかけてしまったのだ。

偶然通りかかった使用人の一人に支えられてことなきを得たのだが、その後が悪かった。小さな失態はすぐに仙堂に知られ、付き添いなしに出歩くことを禁じられてしまったのだ。

普段から忙しく動くことが日常だった千鶴にとって、今の生活は息苦しいことこの上ない。しかも痛み止めの副作用のためか、動かなくても食事をすれば眠気は襲ってくる。それ故、今日も昼寝をしてしまい、まるで幼児のようだと罪悪感を覚えた。

夕食を終えたばかりの今はまだ眠気は襲ってきていない。それでも、またぼうっとしている間になにもない一日が終わるのだろうか。そんなことを考えていると、不意に通路から近付いてくる靴音が聞こえてきた。

その音は、身の回りの世話をしてくれている使用人の女性や、度々顔を出してくれる仙堂のものとは違うもののように思えた。

では、一体誰が来るというのか。疑問に思ったのも束の間、勢いよく部屋のドアが開かれる。向こうから顔を出したのは、まるで仇討ちをしに来たかのように厳しい表情をした、正也だった。

「赤さ……正也さん？」

引っ越し早々、名前呼びを命じられたのを思い出した千鶴は慣れない呼称で言い直す。

しばらく会っていなかったためか、咄嗟に身構え、声が上擦ってしまった。

だが正也はそれを気に留める様子もなく、ずかずかと部屋の中に入ってくる。そして千鶴の傍に歩み寄ると、勢いよく掛布団を捲り上げた。

「ちょっ、なにを……」

あまりに非礼な行動に、抗議の声を上げようとするが、それよりも早く正也が千鶴の腕を取る。その瞳は真剣そのもので、千鶴は言葉を失った。

正也は無言のまま、千鶴の全身を見回した後、目尻をさらに吊り上げて言い放った。

「まだ怪我が治っていないのに、いらぬ傷を増やすな。この馬鹿が」

「………」

彼の言いたいことはわかる。自分を心配しての言葉だということも理解している。しかし、それにしたってあんまりな言いようではないだろうか。そんな非難を込めて、千鶴は恨みがましい視線を送る。

しかし、そんな視線など痛くも痒くもないと言わんばかりに、正也はすっと顔を近付けてきた。

「背中の痛みはどうなんだ？」

転倒したその日、一番の痛みを訴えていた場所の具合を確認する。端整な顔が至近距離まで近付いてきたことで、千鶴の心臓がどくんと大きく跳ねた。

つい今し方罵倒してきたにもかかわらず、突然優しい声色で具合を聞くなんて、反則ではないだろうか。胸の中で愚痴を零しつつも、千鶴は尖らせた口を笑みの形に変えて返した。

「大丈夫です。これでも結構運動神経はいい方なんですよ」

落下の原因は、脚立のねじが錆びていて強度が落ちていたためだと聞いている。そのことで仙堂から謝罪を受けたが、不慮の事故だ。誰のせいでもないと思っていた。

仕事で多忙な彼に、自分のことでこれ以上気を揉ませるのは望むところではない。そう思い、元気をアピールするように努めて明るい声で返す。

対して、正也は否定も肯定も返すことはない。ただ眉間にぐっと皺を寄せ、黙って部屋を出て行ってしまった。

なにか、怒らせることを言ってしまっただろうか。心配いらないと伝えたかっただけなのに、誤解を招いてしまったかと冷や汗をかく。

追いかけて謝罪するべきか。先程怒られた事実などすっかり頭の中から抜け落ち、千鶴は自分の掛布団に手をかける。次いでそれを撥ねのけようとしたその時、再び部屋のドアが開かれた。

「正也……さん？」

思わず語尾が疑問系になってしまったのは、予想外の光景に呆気にとられてしまったから。ドアの向こうから入ってきたのは正也に間違いない。けれどどうしてか、その手には薄手の毛布が一枚抱えられていた。

「えっと、私はこれで十分ですよ？」

寒がっていると思い、気を利かせてくれたのだろう。そう思って断りを入れてみるが、正也はなにを馬鹿なことをと言わんばかりに、片眉を吊り上げた。

「これは俺の分だ。放っておいたら、お前はまた無謀なことをしかねないからな。仙堂やここの奴らの面倒にならないように、俺が直々に見張っていてやる」

この人は一体なにを言っているのか。千鶴は思わず口をぽかんと開く。だがすぐに我に返り、焦りながら言い募った。

「まさかここで寝るつもりですか!?」

冗談じゃないと、上擦った声で叫んだ。

休めという割に、まったく休めない状況を作り出そうとしているのはなぜなのか。嫌がらせではないかと本気で疑ってしまう。

「ちゃんと大人しく寝ていますから、一人で大丈夫ですよ」

「ほぉ？　俺が来る前に布団から飛び出そうとしていた奴がよく言うな」

この人の目は、一体どこについているのか。まさか正也を追いかけようとしていたことに気付かれていたとは思わず、千鶴は返す言葉を失った。

その間にも、正也は毛布を広げて千鶴のいるベッドの下に寝転がろうとしている。慌てて我に返りそれを制そうとして、千鶴ははたと気が付いた。

ここに来た際にはわからなかったが、正也は仕事帰りにしてはずいぶんとラフな格好をしている。お風呂上がりのようで、髪が濡れている状態だった。

そんなことを考えている千鶴が見つめる先で、正也は毛布の中に入り込もうとしていた。

「ちょっと待ってください。毛布が濡れちゃいますよ」

追い出すよりも、まず先にやらなければならないことがある。千鶴は大きな声で待ったをかけ、正也に向かって手を伸ばした。

「ここに座ってください」

正也の服の袖(そで)を掴(つか)み、いつになく強気で言い放つ。自分の座るベッドの上をぱんぱんと手の平で二回叩いて促(うなが)すと、正也はじっとこちらを見つめた後、大人しくそこに腰かけた。

「まったく、髪くらい乾かしてから来てくださいよ」

これ見よがしに溜息を吐き、苦言を呈(てい)す。汗をかいた時のためにと、使用人の女性が用意してくれたタオルを手に取った。

無茶をするなと怒るくせに、自分のことにはどうして無頓着(むとんちゃく)なのか。文句を言うのをなんとか堪え、後ろを向いている正也の髪の上にタオルを被せる。それからまるで大型犬の世話をするように、わしゃわしゃと乱暴に髪を拭いていった。

なすがままの正也の後ろ姿を見ているうちに、それまでの動揺やささくれ立った気持ちが落ち着いていく。

しばし穏やかな沈黙が流れた後、あらかたの水分をタオルに吸い込ませた頃合いで、千鶴は躊躇いがちに口を開いた。

「私が転んだと聞いて、心配してくれたんですか？」

申し訳なく思いながら問いかけると、正也は大したことではないと返した。

「仕事を言い訳にないがしろにしていたら、お前を預けてくれた人たちに顔向けできないからな」

いつになく優しい声色に、千鶴の鼓動が高鳴る。そしてタオルをベッド脇のチェストに置き、作業終了を告げた。

「さて、さっさと寝るか」

すると正也が、これで文句はないだろうと言い放ち、今度こそ床に腰を落ち着ける。

その様に、まだ諦めていなかったのかとこめかみに痛みを感じつつ、正也の袖を引っ張った。

「お願いですから、自分の部屋に戻ってください。この部屋を外から施錠してくれて構いませんから」

そうすれば、自由に外を動き回ることはできなくなる。同じ部屋で一緒に寝なくとも、彼の目的は達成されるだろう。

しかしながら、正也は首を縦に振ってはくれなかった。

「お前の出歩きは禁止できても、危険がゼロになるわけじゃない。この屋敷にいても安全じゃなかったんだ。俺にはお前を守る責任がある」

きっぱりとした宣言に、千鶴は咄嗟に口元を手の平で覆い隠した。行き過ぎた行動は全て、自分を守ろうとしてくれる気持ちがあってのもの。ようやく動機を正しく認識した途端、身体の内側がかあっと熱くなってきた。

「どうしても戻ってくれないんですか？」

問いかける声が震えているのを自覚する。正也は当然だとばかりに答えた。

「俺がここに残るのが嫌なら、俺の部屋に一緒に行くか、それともお前の家に行くか。好きな方を選べ」

場所が変わるだけで、同じ部屋で眠るという結果は変わらないらしい。意味のない選択肢を提示され、千鶴は困って眉尻を下げた。

「そんなところで寝たら、風邪を引いちゃいますよ」

弱弱しく否定をしてみるものの、もう半分以上は諦めている。そんな千鶴に、正也は飽きることなく抵抗を見せた。

「俺はもうずっと風邪を引いたことがないから、まったく問題ない」

ああ言えばこう言う人だ。こうも自信たっぷりに言われると、呆れるよりもおかしくなって笑いが込み上げてくる。

もうお手上げだ。強情さで競ったところで、彼には敵わない。千鶴は軽く両手を上げて、降参を示した。

「床じゃ冷えますから、隣にどうぞ」

恥ずかしさはあるものの、それが自分にできる精一杯だった。

千鶴のためにここに留まると言うのなら、せめて寝心地の悪い想いはさせたくない。ましてや、大事な身だ。風邪を引かせてしまったら、多くの人に迷惑がかかる。

心の中で言い訳をしつつ、なんとか自分を納得させようとする。そんな葛藤を知ってか知らずか、正也はしばらく押し黙った後、「いいのか？」と小声で確認してきた。

「怪我人をどうこうしようとする人じゃないって、信じてますから」

暴走している感はあるが、善意でやってくれていることはわかっている。それに、自分をどうこうしなくても、いくらでも女性と夜を過ごすことができるであろう人だ。

そう思い至った瞬間、千鶴は胸にちくりとした痛みを覚える。けれどその理由を考えることを放棄して、ベッドに身を投げ出した。

正也がいるのと反対の方を向き、猫のように背を丸める。どのくらいそうしていただろうか。しばらくして、正也が千鶴の隣に身を滑り込ませてきた。

ベッドはセミダブルサイズだが、千鶴が小柄なため、二人が並んでも少しの余裕はある。それでも窮屈な想いをさせないように精一杯ベッドの端へと移動する。だがその意図を無視するように、正也は片腕を千鶴の首元に、もう片腕を腰に回して抱き寄せた。

「ちょっ、なにを……」

身体が密着したことで、千鶴は驚愕のあまり目を見開く。髪のすぐ真上から正也の息遣いを感じてしまい、顔を上げることはできなかった。

一方、正也は上機嫌そうな声で返した。

「そんなに端に行って布団から出たら、お前こそ風邪を引くだろうが。それにあいにく、枕は一つしかないんでな」

そう言えばそうだったと、隣に置いてきた枕の存在を思い出す。それは今、正也の頭の下に敷かれている。だから代わりに自分の腕を差し出したと言いたいのだろう。

「わっ、私は枕がなくても全然平気です」

このままでは、彼の腕が痺れてしまう。それになにより恥ずかしすぎて、今にも顔から火が出そうだ。耳の裏まで真っ赤に染め上げて断りを入れてみるが、肝心の相手はそれを聞き入れる気はまったくないようだ。千鶴の頭上に顎を乗せ、眠る体勢に入ってしまった。

自分の腕を枕として差し出す代わりに、千鶴を抱き枕にするつもりか。傷に障(さわ)らぬよう、真綿で包むように優しく抱きしめられる。背中から伝わってくる温もりに、千鶴は毒気を抜かれていく想いだった。

ずいぶんと疲れていたのだろう。早くも規則正しい寝息が耳をつき、千鶴もまたつられて目を閉じる。

マスメディアを介して見る彼は、いつも気が張っているようだった。けれど自分といる時は、別人ではなかろうかと思うくらい自然体で口が悪い。

それは正也が仙堂に接する時と似ていて、自分にも気を許してくれているように感じられる。それを心のどこかでおこがましい考えだと否定する一方で、気付かぬうちに口元が緩んでいた。

身体の中から込み上げてくる熱と、パジャマ越しに伝わってくる体温。それらに導かれるように、千鶴も深い眠りの世界へと誘(いざな)われていく。

――この安らかな休息は、千鶴にとって大きな転機となる事件が起こる前の、嵐の前の静けさであった。

第七話

「失礼します」

ノックと断りの言葉に続いて、執務室のドアが勢いよく開け放たれる。ネットを使い、海外の要人との会議を行っていた正也は、姿を現した仙堂を見て顔を顰めた。

普段なら、こちらから声をかけるまで部屋に押し入ってくることはない。よほど緊急の用事があるのだと推測できた。

なにか大きなトラブルがあったか。それとも、仙堂をもってしても対応しかねるような来客が訪問してきたのか。頭の片隅で予想を立てながら、パソコン画面に映る相手に会議の終了を告げて回線を切断した。

「なにがあった？」

なにも起きていないはずがないという前提で問いかける。確信がこもった物言いに、仙堂は淡々とした口調で返した。

「会議中に申し訳ありません。急な来客がありまして」

「誰だ？」

トラブルではなかったと安堵する一方で、事前の連絡なしに訪問してくる客とは一体誰だと首を捻る。

気安く自分を訪ねてくる相手など、数えても片手で足りる程度だ。その中には招かれざる客も含まれるため、知らずに正也の眉間に皺が寄る。

しかし、仙堂が口にした名は、予想のどれにも当てはまらない相手だった。

「実は登代子さんがいらっしゃっていまして、千鶴さんのことで相談があるんだそうです」

仙堂の説明に、正也は軽く目を見開く。だが、すぐに表情を改め、腕時計に視線を向けてから顔を上げた。

「この後の予定はどうなっている？」

「十九時から、後援会の方との食事の予定が入っています」

今後のことを聞かれると予想していたのだろう。仙堂はスケジュール帳を確認するまでもなく、即答する。

得られた情報から、正也は迷いなく結論を口にした。

「ジジイ共に上手く言って、予定を先延ばしにしておいてくれ」

「よろしいのですか？」

正也に判断を委ねた以上、仙堂は答えなど予想できていたはずだ。にもかかわらず、わざわざ確認してくる彼に、正也は苦い表情をする。

自分の反応を楽しんでいるに違いない。表情からは真意が読み取れないが、長い付き合いでそれが理解できるからこそ、さっさと話を終わらせるように念押しした。

「どうせ殺しても死なないような連中だ。老い先もたっぷりあるだろうから、会食の予定が多少先になっても文句は言わないだろう。もちろん、お前なら言わせないだろうしな?」

仕返しとばかりに、事を丸く収めるのはお前の役目だと告げる。暴君のような台詞を受け、仙堂は小さく頭を下げた。

「承知いたしました」

相変わらずの無表情で告げると、仙堂はそのまま部屋の扉を開く。

正也はそれに促されるように席を立ち、携帯電話をサイレントモードに切り替える。

そして登代子が待つという応接室へと向かって歩き出した。

「お忙しいのに、面倒をかけさせちゃってごめんなさいね」

「いえ、お気になさらないでください」

応接室に入るなり、登代子は慌てて立ち上がって深々と礼をする。

その必要はないと、正也は努めて柔らかい口調で言って、ソファに腰を下ろすように促(うなが)した。

「千鶴さんのことで、相談があるとお聞きしましたが……」

世間話をしにきたわけではないだろう。そんな意を込めて、早々と議題を持ち出す。

すると、登代子は緊張で喉(のど)が渇(かわ)いていたようで、まずは出された紅茶に手を伸ばした。

ごくりと喉(のど)の鳴る音が、部屋の中に大きく響く。喉(のど)を潤(うるお)したことにより、少し気持ちが落ち着いたのか、登代子はがま口のバッグを開き、中から白い封筒を取り出した。

彼女の表情は、心なしか強張っているように見える。それが事の深刻さを物語っているようで、正也の肩にも無意識に力が籠(こも)った。

「これは……？」

差し出された封筒を受け取り、表書きと裏書きに目を向ける。受取人は登代子で、差出人は見たこともない相手、田所美奈子(たどころみなこ)となっていた。

疑問に思って顔を上げると、登代子は少しの間をおいてから躊躇(ためら)いがちに口を開いた。

「千鶴ちゃんの、母親から届いた手紙です」

すでに封が切られている封筒の中には、三枚の便箋(びんせん)が入っていた。

中身を自分が読んでもいいものか視線で問いかけると、その意を汲(く)んだのであろう登代子は軽くうなずき返した。

了解が得られたのを確認してから、正也はそれを広げてさっと目を通す。普段から速読に慣れているため、ほんの一分程度で読み終えると、その表情は厳しいものへと変わっていた。

　無言のまま、手紙を背後に控えていた仙堂に手渡す。それから姿勢を正し、神妙な面(おも)持(も)ちで問いかけた。

「事情を説明していただけますか？」

　真剣な眼差(まなざ)しを向ける正也に、登代子は安堵(あんど)の表情を見せる。そして重々しい口調で、本題を口にし始めた。

「千鶴ちゃんの父親は、あの子が中学生の頃に事故で亡くなったんですが、それよりもずっと以前から母親との仲は上手くいっていなかったんです」

　だからこそ、父親の死後自分のもとに来たのだと登代子は続ける。

　千鶴の母親は、人の親としてきちんと振る舞える人ではなかった。ぽつりと登代子の口から洩(も)れた言葉には、怒りよりも悲しみが滲(にじ)み出ていた。

　正也はあえてそれについて詳しく追及することはない。なぜなら、先程目にしたばかりの手紙が、登代子の言葉を裏付けていたからだ。

　苗字が違うのは、千鶴の母親が再婚したから。そして手紙の内容は、再婚相手の親が倒れて介護が必要となったため、千鶴に仕事を辞めて介護を手伝うように説得してくれと書いてあったのだ。

「千鶴さんが今あなたのもとで暮らしているのは、母親が彼女と同居するのを拒んだからなんですか？」

疑問を直球で投げかけると、登代子は静かに首を横に振った。

「結果としては同じことかもしれませんが、あの子が母親を拒絶したという方が正しいです。千鶴ちゃんは、母親が父親を死に至らしめたと思っていますから」

衝撃的な言葉に、正也は目を見開く。その視線の先で、登代子は沈痛な面持ちで、千鶴の過去を話し始めた。

「あの子の母親は、もともと依存心が強い人だったんです」

千鶴の母親は、一人娘として、両親に溺愛されて育ったためか、人に甘えることが上手く、周囲の人間に守ってあげなくてはと思わせるような女性なのだという。

それは千鶴の父親にとっても同様だった。責任感が強い性格の父親との相性はよかったようで、結婚してしばらくは、おしどり夫婦と言われていたらしい。

そんな夫婦の関係が崩れたのは他でもない、千鶴が生まれてからだった。

「ずっと自分がお姫様だったのが、千鶴ちゃんが生まれてから一転して母親としての責任を求められるようになって、それが我慢ならなかったんでしょうね」

大人になりきれなかった、子供のような人。登代子の目に美奈子はそう映ったのだと苦笑した。

家庭の歯車が完全に狂ったのは、千鶴が小学生に上がったばかりの頃。昇進に伴い、父親の休日出勤や深夜労働が増えてから、美奈子は不満を爆発させるようになった。

不仲な両親を見て育つ千鶴は、同年代の子供に比べてかなりおとなしい性格となった。自分の感情を抑えて、大人の顔色を気にする様子に、登代子ら親類たちは父親に対して離婚を勧めていたのだという。

そんな中、千鶴が中学三年生の頃に、悲劇は起こってしまった。

それは大雨の日。雷にも負けない大声で、携帯電話を片手に父親を罵(ののし)る美奈子がいた。

その日は二人の結婚記念日。父親は早めに帰宅することを約束していたのだが、交通機関のダイヤが乱れて深夜の帰宅を余儀(よぎ)なくされていた。

そんな父からの事情説明と謝罪のための電話の際、美奈子は「今日中の帰宅がままならなければ離婚する」と怒鳴(どな)って電話を切った。不運にも、千鶴はそれを耳にしてしまったのだという。

そして夜十一時、父親は駅付近のレンタカー屋で車を借り、帰宅する方法を選択。その道中、スピード超過でスリップした大型トラックに追突され、帰らぬ人となったのだ。

「母親がそんなことを言わなければ、事故は起こらなかったと思ったんでしょう。しかも、父親が亡くなってから、母親が一年足らずで再婚したものですからなおさら」

父親が亡くなる前から、美奈子は再婚相手と不倫関係にあったのではないか。そんな疑念を抱いた千鶴は、父の死後、美奈子の携帯電話を盗み見て、彼女の不義を確信したのだという。

　そんな自分勝手な女のワガママで、なぜ父親が亡くならなければならなかったのか。父親っ子であった千鶴は強い憤りを覚え、辛かったのだろうと登代子は続けた。

「父親が亡くなってから、千鶴ちゃんはすぐに志望校をこちらの地域の学校に変えて、中学の間は父方の祖父母の家から通っていたので、ずっと母親とは会っていないんです」

「それでこの要求ですか……」

　自らの非で娘と決別し、それを弁解する機会を持たずに十年以上過ごした上で、再婚相手の親の介護を要請するとは――

　世間一般の常識で対抗できる相手でないことは、事実だけで十分に理解できた。

「失礼ですが、彼女の父親の遺産は？」

　話を聞く限り、千鶴は高校生の頃から今の勤務先である和菓子屋でアルバイトをしていたはず。

　まさか遺産を母親に奪われ、経済的に困っていたということなのか。正也がそんな懸念を抱いて問うと、登代子は小さく首を振った。

「なにかの予兆でもあったのか、今となってはわかりませんが、あの子の父親は亡くなる前から弁護士に相談して、きちんと遺言書を作っていたそうです」

三十代という若さで、もしもの時を考えている人は少ない。父親の行動に、登代子は愁いを帯びた表情を見せた。

「でも、千鶴ちゃんはそれを使う気にはなれなかったんでしょう」

受け取った遺産を父親の命の重みだと思ってしまったのかもしれない。だから大学進学を勧める周囲の説得を押し切り、和菓子屋への就職を決断したのではないだろうか。少なくとも、登代子はそう思っているのだと続けた。

「あの子が私や妹夫婦を本当の家族のように慕ってくれている気持ちはちゃんとわかってはいるんです。それでも、これでよかったのかと思う気持ちはあります」

元々、千鶴は中高共に上位の成績で、奨学金を受けて大学に進学することも可能だった。また、登代子や店主夫婦も援助は惜しまないと言ったのだが、千鶴の気持ちを変えることはできなかったのだという。

最初は登代子のアパートに住むのにも家賃を払うと頑なに主張した千鶴を、「娘同然なのに水くさい」と、登代子と店主夫婦、三人がかりで必死に説得したのだと苦笑した。

「彼女の母親からの連絡は、頻繁にあるんですか?」

「ここしばらくはなかったんですけど、頻度はだんだん高くなっているように思います」

美奈子の義両親の体調の悪化と比例しているのではないかと想像できた。

だが登代子はもちろん、他の親類の誰一人とて千鶴に取り次ぐことはない。千鶴は母親のもとを離れる際に携帯電話を解約してしまったため、登代子や店主夫婦を通してしか連絡できないらしい。

それに親子の決別の事情は、親類の誰もが知るところだ。それ故（ゆえ）、千鶴の父親側の親類が盾（たて）になってくれただけでなく、美奈子側の親類も美奈子に非があることを認めているのだろう。積極的に仲裁（ちゅうさい）を申し出る者がいなかったことは、不幸中の幸いだった。

「こんな手紙を送ってくるなんて、あの人は自分がしたことはもう時効だとでも思っているのか、もしくは最初から罪の意識すらないのかもしれないんですよね」

嘆（なげ）くような登代子の呟（つぶや）きに、正也は厳しい表情を見せた。

今回の一件は、どう処理したとしても遺恨（いこん）を残さずにはいられないだろう。介入する方法を誤れば、千鶴の心にさらに深い傷を刻んでしまうかもしれない。

同じ懸念（けねん）を抱いているであろう登代子は、涙混じりに訴えた。

「千鶴ちゃんに話せば、きっぱりと断るのはわかっているんです。でも、傷付かないわけじゃない。優しい子なんです」

言い終えると同時に、登代子はハンカチで目頭を押さえながら小さく頭を下げた。

「急にこんな話をされても、困っちゃいますよね。ごめんなさいね。でも最初にお会いした時からなんとなく、あなたは千鶴ちゃんのことを大切に思ってくれているような気がして」

そう告げられ、正也はわずかに目を見開く。胸の内が表情に出やすい方ではないつもりだ。だが一方で、千鶴に対するこれまでの言動は、他者に見せるそれとは別物だったという自覚はある。千鶴を大切に思う登代子の目から見れば、それは殊更に目立っていたのかもしれない。

なにはともあれ、登代子が自分を信頼して千鶴の過去を打ち明けてくれたのだと疑う余地はない。正也は決意を新たに、すっと姿勢を正した。

「お話しいただいて、ありがとうございます。できる限りのことをさせていただきます」

信頼を裏切ることのないよう、最善を尽くす。

力強く宣言すると、登代子は何度も頭を下げて、目尻に浮かぶ涙をハンカチで拭った。

「ありがとうございます」

ようやく心からの笑みを見せた登代子に、正也はしっかりとうなずき返した。

「お前は知っていたのか？」

登代子が帰宅した後、しばし聞かされた話を噛みしめて沈黙を貫いていた正也は、ようやく重い口を開いた。

使用人の運んできた食事に手を伸ばす気になれず、目の前に座る仙堂に問いかける。対して、仙堂は取り分けた料理と酒の入ったグラスを差し出しながら答えた。

「父親が亡くなったことや、母親が再婚したことについては調べがついていましたが、母親との不仲の事情までは把握していませんでした」

屋敷に住まわせる以上、簡単な素行調査はしなければならない。だが千鶴の人柄を信頼すれば、そこまで個人的な事情を調べ上げることはしなかった。そんな仙堂の説明に、正也は納得して腕を組んだ。

「世の中は、ままならないことが多いな」

ぼそりと呟き、深い溜息を吐く。

これまで政治家という立場、それから一個人として、様々な人間を見てきた。その結果、殊更に実感するのだ。

清廉潔白な人生を歩んでいれば常に幸せが訪れる――そんな単純な法則が成り立つのであれば、誰もがまっすぐに生きていけるだろう。しかし現実は、正直な者ほど悪者の餌食になったりするのだ。

「人一人の力なんて、ちっぽけなもんだ。寄り集まってルールを作って、社会のためにと口先で言ってはみても、誰もが私利私欲を捨てられないんだからな」

政治家の中で、国民一人一人のために国をよくしようという想いだけを抱え、志(こころざし)高く居続けられる者なんて存在するのだろうか。正也の呟(つぶや)きには、そんな想いが込められていた。

政治家という立場を得るには資金が必要で、誰もが平等に手を挙げられるわけではない。支援してくれる者たちだって見返りがなければ動かないだろう。それは自分とて例外ではない。

だからこそ、憤(いきどお)らずにはいられなかった。ただ自分の道を胸を張って歩いていこうとしている千鶴を、傷付けようとする人間がいることに――

彼女の瞳に宿(やど)る暗い影と、それでも未来を見つめて地に足をつけて生きていこうとする強さ。そんなひたむきな姿を見ることで、救われていると思う自分がいた。

千鶴の瞳を見つめることで、そこに映る自分が濁(にご)っているかどうかを確かめる。まるで鏡のようだとも感じているのかもしれない。

結局、彼女に関わろうとするのは自分自身のためなのだ。そう自嘲(じちょう)する正也を前に、仙堂はおもむろに問いかけた。

「一つお聞きしても?」

「なんだ?」

一を話して十を理解するような男が、質問してくるのは珍しい。

片眉を上げて問い返すと、仙堂は静かに続けた。

「あなたが彼女にこだわる理由を、お伺いしてもよろしいですか？」

どら焼きの味が好みに合っていたという理由だけで、ここに住まわせて働かせると言い出したことが理解できないのだと言う。

これまで、千鶴の人となりを見て害にならないと思えばこそ黙認してきたのだろう。だが、これ以上千鶴の事情に介入するのであれば、知っておく必要がある。そう判断して質問したのだと理解できた。

対して、正也はふっと表情を緩めて、昔を懐かしむような表情を見せた。

「あいつは覚えちゃいないだろうがな。俺は過去に千鶴に会ったことがあるんだ」

それはまだ正也が大学生で、千鶴に至っては中学生の頃のこと。

当時、正也は海外に留学していたのだが、長期の休みで日本に帰国した際に、後学のためにと後援会の会長たちに説得され、父親の仕事に同行させられた時期があった。

そんなある日、父・博正に講演の依頼があって東北出張に出向くこととなった。それはちょうど、次の選挙まで三ヶ月を切った時期だった。

海外で過ごしていた正也は知らなかったことだが、当時、自宅には博正の対抗馬の陣営と思われる者たちからの嫌がらせが度々行われていたらしい。

そして来る東北出張の日、悪意は正也に向けて牙を剥いたのだ。

　講演先の有力者たちとの会食に同行する気になれず、食事をしようと一人で夜の街を歩いていた時、突然風体の悪い三人の男に呼び止められた。彼らは正也を引きずるように路地裏に連れ込むと、父・博正に出馬を見送らせろと脅しをかけてきたのだ。

　家族を脅せば出馬を見送ると思っていたのか。それとも、早いうちから後継者である正也を潰しにかかったのか。いずれにせよ、無駄足だと気付くわけもない彼らは汚い言葉を投げつけてきた。そして正也が脅しに屈しないと判断するや、暴力に訴えてきたのだ。

　自分の身は自分で守れ。小さい頃から、そう強く言われてきたため、正也は武道に長けていた。相手が三人といえども、喧嘩で負けないだけの自信もあった。

　しかし、正也は攻撃を受け止めることだけに徹した。喧嘩で勝てたとしても、勝者になれるとは限らない。そう考えていたからだ。

　彼らを打ちのめす姿をもしもなにかの記録に残されたら、それをメディアに取り上げられてしまったら、身体に受ける傷よりも遥かに大きな深手を負うことになる。冷静にそう判断し、十分ほど男たちの暴行に耐え続けていた時——

　突然大通りの方から、女のものと思しき大声が聞こえてきた。

「お巡りさんこっちです！　早くっ！」

　警察を呼ぶその声に、三人の男たちははっとしたように顔を見合わせた。

「おい、さっさと逃げねーとやべぇぞ」

「馬鹿野郎！　だから見張ってろって言ったじゃねぇか」

「そんなことを言ったって、俺だけつかまっちまうかもしれねぇだろうが」

一人が正也の身体をアスファルトに向かって突き離し、三人は仲間割れのような言い合いを始める。その間にも、女の声が大きくなってきた。

「こっちです。その路地の奥です！」

その矢先、ようやく三人は罵り合いをやめて正也に向き直った。そして一人が舌打ちをしてから、正也の襟元を掴み上げた。

「お前、二度とこんな目に遭いたくなかったら、父親をちゃんと説得しろよ！　いいなっ！」

そう言い残し、再び正也の身体を突き放して壁に打ち付ける。するとすぐさま、男たちは声がした方と反対方向に向かって駆け出していった。

終わりの見えない暴力がようやく止み、正也は血で濡れた口元を袖で拭う。次いで地面に腰かけたまま、背後のビルの壁に背を預けた。

助かったと安堵する気持ちがある一方で、駆けつけてくる警察にどう説明するべきかを考えていた。

正直に話せば、メディアを巻き込んでの大騒ぎになることは目に見えている。自分の素性（すじょう）をばらさずになんとか丸め込む方法はないか。思考をフル回転させていると、不意に近付いてくる足音が目の前で止まった。

「大丈夫ですか？」

聞こえてきた声に正也はゆっくりと顔を上げる。するとそこには、セーラー服姿の少女が一人、立っていた。

おそらく中学生だろう。あどけない顔の少女を見て、正也は思わず顔を顰（しか）める。正也のその表情から負傷した箇所が痛んだと解釈（かいしゃく）したのか、少女は気遣わしげに問いかけてきた。

「警察を呼んだと言うのは嘘だったんですけど、本当に連絡した方がいいですか？　それか救急車でも」

「いや……」

呼ばないでいてくれた方が助かる。その一言とお礼を告（つ）げるべきなのに、素直にそうすることができず、正也は難しい顔で押し黙った。

男たちが立ち去ったからいいものの、もしも嘘がばれていたら彼女自身が危ない目に遭（あ）っていたかもしれないのだ。見ず知らずの、それも年端（としは）もいかない少女が痛めつけられる姿を想像するだけで、苦（にが）る気持ちを堪（こら）えることができなかった。

「悪いことは言わない。こういう時は、見て見ぬふりをした方が自分のためだ」

言った後で、助けて貰っておいてどの口が言うのかと、自嘲気味の笑いが込み上げる。対して少女はなにも言い返すことなく、じっと正也を見下ろしていた。

その視線に耐え切れず、去るように促そうとした矢先、少女は突然鞄に手を差し入れて、少し膨らんだ紙袋を取り出した。

「これは？」

傷薬でも持っていたのだろうか。そんな疑問を投げかけると、少女はなにも言わずに正也の顔の目の前に袋を差し出してくる。仕方なくそれを受け取って中を確認してみたところ、二個のどら焼きが入っていた。

一体、なにを思ってこれを自分に渡してきたのか。腹が減っているような間抜け面に見えるのか。正也が困惑していると、少女がぽつりと呟いた。

「元気の出る薬です。少なくとも私にはとっても効いたので」

子供の考えること。少女の言い回しに、そんな言葉が脳裏を過る。だが、少女にからかっている様子はない。ただ真剣に正也を元気付けようとしていることが伝わってきた。

こんな少女にも心配されるくらい、今の自分はぼろ雑巾のようなのだろうか。正也は苦笑しながら、おもむろにどら焼きを包む透明フィルムをこじ開けた。

大口で齧りつくと、皮は自分の記憶にあるそれよりももちもちとした弾力がある。中の餡は舌に触れた瞬間とろりと蕩け、苦手とするようなくどい甘みは感じられなかった。

「うまいな。どこの店のものだ？」

甘い物はどちらかといえば苦手だ。しかし、貰(もら)ったどら焼きはお世辞(せじ)抜きで、今まで食べたどの和菓子よりもおいしいと思えた。

こんな状況下で、世間話をしていることが滑稽(こっけい)に思え、正也は笑いながら問いかける。

すると少女はなぜか視線を彷徨(さまよ)わせた後、小さな声で答えた。

「おじさんの店で習って、私が作ったものです」

まさか少女の手作りだとは思わずに目を丸くする。すると少し少女の身体が縮こまったように見えて、咄嗟(とっさ)の質問が口をついて出た。

「お前も、和菓子屋になるのか？」

自分でも驚くほど優しい声色(こわいろ)で問うと、少女は小さくうなずいた。

「いつか……」

ぽつりと零(こぼ)したところで、遠くから酔っ払いたちが近付いてくる声が聞こえ、少女ははっと顔を上げた。

自分を助けてくれた挙句(あげく)に、酔っ払いに絡まれてしまっては夢見が悪い。そう思い、正也はここから去るよう促(うなが)した。

「俺みたいになりたくなかったら、さっさと行け」

恩知らずな物言いになってしまうが、少女は怒ることなく、小さく頭を下げて走り去っていく。

ぱたぱたという足音を聞きながら、なぜか正也の口元は笑みを象っていた。

仙堂にそんな過去の出来事を語り、その時の少女こそが千鶴なのだと告げる。

どら焼きを貰った際、少女の鞄についていた手作りと思しきシルバーのキーホルダーに書いてある名前を見た。なぜそんな細かいことを覚えているかと言うと、どら焼きがとてもおいしく、しかもどら焼きにあった鶴の刻印と千鶴の名前に関連性があって、記憶に残ったのだと種明かしをする。

「まさか和菓子屋が都内にあるとは思わなかったがな」

その一件から間もなく、正也は留学先に戻らなければならなかった。それからインターネットで検索したり、東北に行く度に気にかけて探していたものの、千鶴の言うおじさんの店を見つけることはできなかった。

もう二度と会うことは叶わない。きちんと礼を言えなかった後悔の念を抱き続けていたところ、まさか十余年の時を経て、再会することができるとは――

柄にもなく、少し運命的なものを感じてしまった。

「長い付き合いですが、あなたがロマンチストだとは知りませんでした」

「ほざけ」

真面目に語った話を茶化され、吐き捨てる。けれど、からかいだけが込められた言葉ではないとわかっているからこそ、それ以上怒ることなく酒を呷った。

過去を語り終えたところで、少し気が落ち着いた正也はようやく目の前のつまみに手を伸ばした。

「会いたいとも思わないくらい過去のことになっていたのにな」

言ってみて、本音は少し違うことに気付く。会いたいと思わなかったのではない。会えないから、会いたいと思わないようにしていたという方が正しい。

二十歳を過ぎたいい大人が、まさか女子中学生相手にそのような気持ちを抱くとは――

助けてもらったとはいえ、認めたくはなかった。しかし千鶴と再会できた今となっては、この気持ちを認めざるを得ない。

「それはそうと、なにも俺と同じような境遇でなくてもよかったのに」

これは運命の悪戯か。自分を救ってくれた少女もまた家庭に恵まれなかったなど、どこの安物ドラマだ。

そう語る正也に、仙堂は生真面目な顔で返した。

「似ていて、よかったのかもしれませんよ」

予想だにしていなかった言葉を受け、正也は箸を持つ手を止めて顔を上げる。すると仙堂は珍しく、見てわかる程度に薄い笑みを見せた。

「似ているからこそ、千鶴さんの気持ちに寄り添えるのではないですか？」

その問いかけに、しばしの沈黙の後、ふっと頬を緩めた。

物事には善悪があるように、表と裏がある。別の視点で見れば、不利だと思われることが最大のメリットにもなりえる。視野を広げてくれる一言に、感謝を込めて返す。

「そう考えると、少しは親父に感謝をしたくもなってくるな」

千鶴との出会いは、正也にとって不幸な出来事が発端だった。けれどあの一件がなければ、出会うことはなかったのだ。

父親との長年にわたる確執とて、千鶴を救うために必要だったのだとしたら不思議と疎ましさを感じない。そんなふうに考えてしまった自分に戸惑いつつも、正也は心にある焦燥感を収め、ふとグラスに映る自分を見つめた。

そして考えるのは、今は弁護士となった弟の京也のこと。二人は父親が代議士だったこと、そして自身の職業もあって、周囲には利用価値の高い駒だと思われてきた。故に、付き合う人間も、周囲によって選別され、勝手に排除されてきた。

恋人はおろか、友と呼べる存在も少なかった。だからこそ、意識的に他人を遠ざけ、執着しないようにしてきた自覚もある。

そんな中、恋愛に関して自分と同じく冷めていた弟の運命の歯車が回り出した。天涯孤独の身でありながら、ひたむきに祖母の遺した定食屋を守ろうとしていた女性・美羽と出会い、初めて女性を心から愛したのだ。

そのことは、正也の心の中に少なからず変化をもたらした。

大物政治家の息子であり、弁護士の肩書きを持つ京也のもとには、正也と同じく、数々の縁談が持ちかけられていた。無論、正也も京也も意に介さなかった。だがある時、そのうちの一組の親子が暴挙に出た。

京也を手に入れるために、恋人である美羽を排除しようとしたのだ。

最愛の彼女を傷付けられ、怒りに身を震わせて修羅の顔で報復を宣言した京也。人を愛するということは、これほどまでに人を変えてしまうのか。そんな驚きをもって、弟を見つめたことはよく覚えている。

同時に、込み上げてきたのは羨ましさと諦めだ。奇跡は誰にでも訪れるわけではない。千鶴に出会うまでそう思ってきた。けれども今なら、あの時の弟の気持ちが理解できる。千鶴に対する自分の気持ちが、日に日に大きくなっていくのを感じる。弟と同じ位置に、追いつくことができた気がした。

「仙堂……」

「すぐに取り掛かります」

一を言わずとも、十までなにが言いたいのかをわかってしまうのか。

以心伝心か、彼が優秀すぎるのか。正也は笑みを深め、仙堂のグラスに自分のそれを軽くぶつけた。

わざわざ言葉にする性質ではないが、仙堂もまた憤っているのだろうと推察できる。自分よりも周囲の者の選り好みが激しい性格だ。そんな仙堂が千鶴を認めたのだと思うと、素直に嬉しかった。

ようやく表情を和らげた正也を見て、仙堂は再び問いかけた。

「それで今、あなたにとっての彼女はどういう存在ですか？」

命の恩人か。それとも別の想いがあるのか。核心に迫る質問に、正也は驚いて目を見開いた。

「珍しいな。お前がそこまで踏み込んでくるのは」

基本的に、公私共によほどのことがない限り、無駄口を叩かない優秀な秘書だ。なにか思うところがあっても、自分の胸の内で解を導き出して黙認することが常だったはず。

それがどうして、今回に限って問いを繰り返すのか。窺うような視線を向けると、仙堂にしては珍しいほどわかりやすく口角を上げた。

「大事なことでしょうから」

誰にとって大事かは言わずもがな、だ。からかいを含んでいるであろう言葉に、正也はちっと舌打ちで返した。

「もうわかっているんだろうが」

最初に手を差し伸べたのは、確かに恩人だったからだ。彼女のことを知り、共に過ごす時間を持ちたいと思ったのもそう。

だが、共に過ごす時間が増えていくうちに、自分の中で気持ちが変化していくのを感じていた。千鶴の怪我に憤った時や、過保護なまでに親切心の押し売りをした時には、まだ明確になっていなかった感情。それが今日、はっきりと認識できた。

もう子供扱いはできない。一人の女性として、千鶴を特別に思っている——

同じように家庭環境に恵まれなくとも、選択した道はまるで違う。自分は父以外の家族を大切にする気持ちはあっても、他人を愛することを諦めた。いつかあいつに、お前は間違っていたのだと知らしめてやる。そんな反骨精神を糧に生きてきた。

一方で、千鶴は母親からの愛情を得ることを諦めた後も、人を愛する気持ちを放棄したりはしなかった。大切なのは血の繋がりではない。自分を大切にしてくれる人に感謝し、それ以上の想いで返すこと。

一度傷つけられたことのある人間が、また誰かに手を伸ばすのは怖いし難しい。それをよく知るからこそ、千鶴の強さに驚き、そして尊敬もした。

彼女は、誰よりも心が強い。

千鶴を愛おしく思う気持ちを隠すことなく表情に出す正也を見て、仙堂は感慨深そうに呟(つぶや)いた。

「一段と人間らしくなられたようでなによりです」

冗談めかした言葉の中に、仙堂の本音が隠れているように感じる。彼は今、秘書として、仕える政治家の成長を喜んでいるのではない。友人として、正也が人並みの幸せを見つけていく様(さま)を喜んでくれているのだろう。

それがわかるから、正也はそっと目を伏(ふ)せた。

「お前がいてくれてよかったよ」

普段なら決して口にしない感謝の言葉を口にする。

もちろん、仙堂はそれに礼を言うことも謙遜(けんそん)もしない。ただわずかに細められた目元だけが、彼の上機嫌さを物語っていた。

第八話

転落事故からひと月ほどが経(た)ったある日の午後六時過ぎ。最近は怪我の具合もよくなり、千鶴は和菓子屋の仕事に復帰していた。そして今日、いつもより早く帰宅した千鶴は、落ち着かない様子で自室の中をぐるぐると歩き回っていた。

その理由は今朝の出来事に遡る。出勤前になんの前触れもなく正也が千鶴のもとを訪ねて来て、言ったのだ。

『今日は仕事を早く上がれる予定だから、外で飯を食うぞ。店主には話を通してあるから、寄り道せずに帰ってこいよ』

いつの間に、そのような連絡を取る間柄になっていたのか。今の今までそうとは認識していなかった千鶴は、驚きと呆れが混在する気持ちを持て余していた。けれど、命令口調で言われれば従う他ない。店主夫婦の勧めもあって、いつもより三十分近く早めの帰宅と相成った。

しかしながら家に帰ってみると、急に不安が込み上げてきた。正也が連れて行く場所が、ファミリーレストランやラーメン店でないことは明白だからだ。

この場合、TPOをわきまえた服装とはどのようなものをいうのか。手持ちの服からなるべくフォーマルなワンピースを選んだものの、鏡を見れば服に着られている感が否めない。

もちろん、他に選択肢がない以上、これで手を打つしかないとわかってはいる。それでも姿見の前で右往左往していると、玄関先からエンジン音が聞こえてきた。

どうやら仙堂の到着は予想したよりも早かったようだ。千鶴は物音を耳にするや否や、慌てて鞄を掴み、仙堂の運転する車の後部座席に乗り込んだ。

それから約一時間かけて、外部機関との打ち合わせに出向いていた正也を迎えに行き、予約してあるという場所へと向かう。

打ち合わせはあまりスムーズに進まなかったのか、正也は車に乗り込むなり無言のままネクタイを緩めながら目を瞑り溜息を吐く。千鶴は、そんな正也を横目で盗み見ると、探るように問いかけた。

「あの、これからどちらに行くんですか？」

問いかけると、正也は閉じていた瞼を開き、ゆっくりと千鶴を見つめる。その瞳が鋭い光を放っているように見え、千鶴は思わず身構えた。

疲れているところに声をかけたのは失敗だっただろうか。彼を怒らせてしまったのかと不安な気持ちが急速に膨らんでいく。

しかし、正也から返ってきた答えは、質問とはかけ離れたものだった。

「お前、今の生活に不満はないか？」

「え？」

唐突な言葉に、思わず素っ頓狂な声を上げてしまう。その声が静かな車内に響き渡り、慌てて口を手で覆った。

千鶴の反応が気に障ったのか、元から不機嫌だったせいか、正也は怪訝そうに眉を顰めて言い直した。

「ウチでの生活で、なにか嫌な想いをすることはないかと聞いているんだ」

転落事故の一件があったからか、殊更に気遣ってくれるのがわかる。それを嬉しく思う反面、困ったのも本音だ。

言動は粗暴なところがあっても、千鶴を助けてくれた優しい人。そして手の届かない、雲の上にいるような人。

そう思っているのに、否応なしに気持ちが揺らぐことが多くなってきている。あの日、隣で眠ったからか、今までより彼を身近に感じてしまっている自分を、これまで何度も戒めてきた。

それでも彼が心配してくれているのだとわかり、千鶴は手を左右に大きく振った。

「あっ、ありません。まったくです」

正也の眼光に押されて言わされたのではなく、素直な気持ちだった。

今の待遇に不満なんて持ったら、それこそ夜道を誰に襲われても文句が言えない。それではただの身のほど知らずだ。

それに口には出せないが、自分が作るお菓子を正也が楽しみにしてくれているという実感は、仕事をする上でも大きな励みになっていた。

正也は千鶴の真意を探るように、瞳をじっと見つめてくる。それから数秒の後、千鶴の言葉に嘘偽りがないことを悟ったのか。正也は視線を外して、ぽつりと呟いた。

「ならいい」

彼の声がいつになく小さく聞こえ、千鶴は心配になって問わずにはいられなかった。

「なにかあったんですか？」

仕事の話は口にできないことの方が多いだろう。でも皆まで言わなくても、ストレスを抱えているのなら自分にぶつけてくれてもかまわない。そんな意を込めて問いかける。

正也はしばしの沈黙の後、唇を薄く開きかけるが、なにかを言う前に、前方から仙堂の声が聞こえてきた。

「そろそろ到着します」

その言葉にはっとして、フロントガラスの前方を見遣る。有名なシティホテルの看板が視界に入ったかと思った次の瞬間、車は地下駐車場入り口を潜っていた。

想像通り、かしこまった場所での食事だったようだ。千鶴は困惑しつつも、急いで髪を整える。するとふと隣から視線を感じて身を翻した。

見上げれば、正也が自分を凝視している。このワンピースが似合わないと思っているのだろうか。背中に嫌な汗が流れる感触がして、千鶴は拳を握った。

その目の前で、正也は静かに口を開いた。

「千鶴、俺はお前が安全で居心地がいいと思える場所を提供したい。預かった手前、それは責任でもあると思っている。だが、それを叶えるために一時的な痛みや犠牲を払うことあるだろう」

「…………」

突然、どうしたというのか。今日の正也はなにかがおかしいと、千鶴の頭の中で警鐘が鳴る。

真意が理解できない以上、返す言葉など見つからない。そんな戸惑いがわかっているであろう正也は、千鶴の手を自分の手の中に包み込むように握った。

「たとえこの先どんなことがあったとしても、お前は俺が守る。だから俺を信じろ」

信じてほしいという希望ではない。それは命令だった。

言い回しが妙に彼らしいと思う一方で、命令が懇願にも聞こえる気がするから不思議だ。心なしか、いつもの覇気ある瞳の中に不安を宿しているようにも見える。

聞きたいことは山ほどあった。いつもはポーカーフェイスの彼が不安を悟られるくらいの危険がこの身に迫っているのかと、恐怖がないわけではない。でも、なにがあってもこの人がいれば大丈夫。そう思えるのもまた事実だった。

彼の存在が、自分の中でそれほどまでに大きくなっているのだと実感する。それが妙にくすぐったくて、千鶴は穏やかに微笑んだ。

「はい、信じます」

余計な言葉は一切言わず、揺るぎない響きで返す。刹那、正也の瞳が大きく揺れたように見えた。

やはり彼は不安だったのだろうか。正也も自分と同じ人間なのだと感じ、千鶴はわざと笑い声を零した。

「口は悪いし、王様みたいな振る舞いをする時があっても、やると言ったらやる。頑固で真面目な人だってことも、ちゃんとわかっていますから」

これでも人を見る目はある。手放しで褒めるのはさすがに恥ずかしく、千鶴は茶化すような言葉の中に本音を込める。

仕事については一切手を抜かず、疲労困憊していても、過密スケジュールを文句なくこなす。有言実行の彼に人がついてくるのは、彼自身がその誠実な背中を見せてきた結果なのだとわかっていた。

すると、正也は苦笑しながら千鶴の額を指で小突いた。

その表情からは、先程垣間見えた不安の色が消えている。そのことに安堵している間に、車はホテルの入り口近くの駐車スペースに停車した。

先に車を降りた仙堂が後部座席に回り込み、千鶴側のドアを開く。促されるままに履き慣れないヒール靴で着地すると、正也がすぐ傍まで歩み寄って来ていた。

「行くぞ」

不意打ちに優しく微笑まれ、千鶴は緊張も相まって胸を摩る。そしてゆっくりと前を歩いていく二人に続き、ふわりふわりした感覚で一歩を踏み出した。

扉が開き、正也と仙堂に続いてエレベーターを降りると、千鶴は先を行く二人に問いかけた。

「この階でいいんですか？」

食事なら、ホテルの最上階にあるレストランに行くものと思っていた。しかし、二人が降り立ったのは、客室しかない階だ。

疑問に思いつつも二人の後をついて行くと、途中で仙堂が顔だけで振り返り、「大丈夫です」と答えてくれた。

もしかして、ルームサービスを頼むのだろうか。だとしたら、他の客たちの前でマナーを気にせずに食事ができる分、気が楽になる。

声には出さず推察しながら足を進めると、到着したのはその階の一番奥の部屋だった。

部屋の前に辿(たど)り着くと、正也はおもむろにドアを二回ノックする。中に誰かいるのか。

千鶴が不思議に思いながら眺めている目の前で、彼は暗証番号を入力してからドアを押し開く。次いで、中に向けて声をかけた。

「お待たせして、申し訳ありません」

明らかに、中に誰かいる。そう思った矢先に、仙堂が開いたドアを手で押さえ、こちらを見つめていることに気付く。

待たせてはならない。そう思って仙堂の腕の下を潜るように部屋の中に足を踏み入れる。途端、そこにいる人物を見て硬直した。

「千鶴、来てくれたのね」

歓喜に満ちた表情で手を叩き、ソファの一席から立ち上がったのは見間違うはずもない、自分の母親だった。

「どうして……」

約十年ぶりの再会だが、感動などない。

喉の奥から苦いなにかが込み上げてくる。まるで縄が首に巻きつけられたように、言葉が出てこなかった。

十年余り前の決別の日からずっと、母親はこの世で一番の憎悪の対象といっても過言ではなかった。

田所美奈子という名の他人より遠い存在は、そんな心情など察することなく、千鶴に駆け寄ってこようとする。だが、それを制したのは正也だった。

さっと手を伸ばす彼の背を見て、その存在を思い出す。

どうしてこんな茶番を用意したのか。そんな恨み節が頭の中で何度も繰り返される。

けれども正也は千鶴に背を向けたまま、庇うように立っているのみ。決してその疑問に対する答えを与えてはくれなかった。

一体、彼はなにを思い、そしてなにをしようとしているのか。まさか、自分たち親子の仲を取り持とうとでもいうのか。

勝手な予想をしては、怒りに似た感情を持て余す。それでも、問い質さずにいられたのは、記憶の片隅に車内でのやり取りが残っていたからだ。

彼は厳しい表情で、千鶴が安全で居心地がいいと思える場所を守るために、痛みや犠牲を払うことがあると告げた。そして強い意思の光を宿した瞳でもって、言い切ったのだ。

『たとえこの先どんなことがあったとしても、お前は俺が守る。だから俺を信じろ』と――

その言葉を受け、自分は『信じる』と返した。だからこそ、怒りに身を任せて飛び出すわけにはいかなかった。

正也が自分を傷付けるために、この場を設けたはずがない。心の中で自分に強くそう言い聞かせることで、千鶴はなんとか駆け出したくなる衝動を抑え込む。

一方、美奈子は正也がいる手前、千鶴の傍に行くのを諦めてソファに座り直す。だが、絶えず千鶴に微笑みかけていた。

背を向けたまま、なにも言わない正也。うつむき、決して母親と目を合わせずにいる千鶴。そして笑みを浮かべている美奈子。

混沌とした状況の中、第一声を発したのは仙堂だった。

「お飲み物はいかがですか？」

美奈子に歩み寄り、テーブルの隅に置かれたルームサービスのメニューを差し出す。いつからここにいたのか、テーブル上にあるカップは、中身が空になっていた。

「あっ、そうですね。いただこうかしら」

美奈子は手を叩いて嬉しそうに言い、フレッシュジュースを指して頼む。それを受けた仙堂は電話に向かい、飲み物四つと共に数点の食事を注文する。その背後で、千鶴は厳しい表情で立ち尽くすのみだった。

美奈子を前に、水一滴だって口にしたくはない。食事をしながら談笑なんて、冗談ではない。これ以上ここにいるのは、一秒だって無理だと目を吊り上げたその時、まるでタイミングを見計らったように正也が振り返った。

途端に、千鶴の瞳に非難の色が宿る。その理由を、正確に理解しているのだろう。正也は少しだけ力のない笑みを返した。

「彼女からお前に宛てた手紙が届いたと、お前の家の大家から相談されてな。さっきの俺との会話を覚えているなら、とりあえず今は耐えてほしい」

そんな言い方、ずるい。千鶴は非難の言葉を呑み込み、苦い顔で押し黙る。

おそらく、事前に美奈子に会うと聞かされていれば、どんな説得にも応じなかっただろう。走っている車から、飛び降りることさえいとわなかったかもしれない。

千鶴の頑なさを把握しているからこそ、騙し討ちのようなことをしたに違いない。

それでも彼を信じると誓った以上、幕の開いた舞台から逃げ出すわけにはいかない。

千鶴は美奈子と決して目を合わせることなく、正也の手に背中を押され、重い足取りでソファに腰を下ろした。

ルームサービスが届いてからしばらく、室内は沈黙に包まれていた。それを破るようにして声を発したのは、美奈子だった。

「千鶴、元気だった？　会わないうちに、また綺麗になったわね」

傍から見れば、一人暮らしを始めた娘に久しぶりに会う母のような物言いだ。美奈子はまるで二人の間に確執などまったくないような、にこにこ顔で話しかけてくる。

その顔をちらりと一瞥し、千鶴は再びうつむく。そして確信した。やはりこの女には、なんの罪の意識もないのだと。

美奈子の態度に嫌悪感を覚え、千鶴はぎりっと歯を食いしばり、膝に置いた拳に浮き上がった血管を凝視する。

母を罵ることは容易い。しかしそれは体力と精神力の消耗に繋がるだけで、意味がないことはすでに熟知していた。

千鶴がなんと言おうと、美奈子の性格も思考もまったく変わらない。彼女は自分の言いたいことを言うためだけに、目的を果たすためだけにここにいる。

元より、娘の気持ちを少しでも考慮する母親であれば、これほど根深い遺恨を抱えることはなかったのだ。

『あなたはいつもあの娘のことばっかりで、ちっとも私のことを考えてくれないじゃない!』

何度も聞いた、父に対する罵りの言葉。

『お母さんはこれからお友達と出掛けてくるから、ご飯は自分で用意しなさいね』

都合のいい時だけ自分を母と言い、テーブルの上にお金を置いて出ていく後ろ姿。

『なによ、その反抗的な目は。本当に可愛くない子ね。言いたいことがあるなら、言えばいいじゃない』

後ろめたいことがあるからか、目が合う度、向けられた蔑むような瞳。全部全部、鮮明に覚えている。

『寂しかったから、早く帰ってきて欲しかっただけなのに。そんなに責めるなんてひどいわ』

父の死後、親類や友人たちの前で悲劇のヒロインを演じる母に耐え切れず、大声で罵ったことがあった。その時には、演技としか思えない大粒の涙を流し、周囲の同情を買おうとした。それが一番、許せなかった。

父の遺影に泣いて詫びなければならない立場にありながら、自分の不幸を嘆き散らす。そんな母親だったからこそ、別れてから一度も会いたいとは思わなかったのだ。

その時のように演技の涙でも見せられては面倒。少しでも早くこの場を去るために、彼女の要求を聞き出した方が得策だと思えた。

だがそんな決心も、美奈子の陽気な声を聞いていると揺らいでいく。

「本当にお父さんによく似ているわね。でも、輪郭は私の方に似たのかしら」

その口から、父の話をするなんて。猫撫で声で発せられる言葉が頭の中にこだまして、吐き気が込み上げてくる。

耐え切れず、嗚咽を抑え込むように口元に手を伸ばしたその時――

「っ」

突然肌に感じた感触に、千鶴は息を詰めて肩を小さく震わせた。

血の気を失い、青白くなるほど強く握りしめていた左手。それを覆うように、大きく骨ばった温かな手の平が乗せられたのだ。

驚いて隣を見上げると、正也がほんの一瞬だけ千鶴と視線を合わせる。彼の瞳はまるで『大丈夫だ』と言っているようで、先程までの不快感は不思議と消えていた。

千鶴が見つめる前で、正也はゆっくりと美奈子に向き直る。それはメディアを通して何度か目にしたことのある、彼が仕事の時に見せる凛とした横顔だった。

「部外者の私たちが立ち会うことになり、ご迷惑をおかけします」

礼儀正しく頭を下げる正也に、美奈子は慌てて手を大きく左右に振った。

「いえいえ、これもなにかの縁だと喜んでいるんですよ。それにしても、まさかうちの子が有名な政治家の先生にお世話になっているなんて、夢にも思いませんでしたわ」

美奈子の口から出た「うちの子」という言葉。それに対し、千鶴の中に再び怒りが込み上げる。

目の前の女とは生物上の繋がりしかない。母親らしいことなんて、なに一つして貰った覚えもない。そう叫ぶ寸前で、察知したように重なった手をぐっと握り込まれる。

一秒でも早くこの苦痛の時間が終わりますように――

心の中で強く唱えながら、千鶴はようやく震える声で言った。

「一体、なんの用があってここに来たんですか？」

いまだに一度も視線を合わせずに、本題を切り出せと要求する。一方、美奈子は驚いたように目を見開き、ゆっくりと首を傾げた。

「あら、聞いてなかったの？」

てっきり、納得してくれたとばかり思っていた。そう言わんばかりの口調で問う美奈子に、正也が即答した。

「登代子さんに話を伺ってから時間がなかったもので。千鶴さんにまだ詳しい説明ができていなくて、申し訳ありません」

「そうですよね……。お忙しいんですから、仕方がないですよね」

千鶴が事情を知らなかったのは自分の責任。先手を打って正也が謝罪すると、美奈子はそれ以上なにも言うことができずに受け入れる姿勢を見せた。

謝罪したことで、正也は自分の味方だと思ったのだろう。美奈子は安堵の表情を浮かべる。力強い後ろ盾があると信じて疑わず、美奈子は千鶴に向き直り、自身の口で本題を告げた。

「実はね、あなたのお義父さんのお母さん、おばあちゃんが脳梗塞で倒れて介護が必要になっちゃったのよ。おじいちゃんも糖尿病で透析をしているから看病はできないし、私一人じゃとても二人も面倒を見られなくて。だから、あなたにも手伝ってもらいたいのよ」

「…………」

病院も施設も飽和状態で、完全介護をして貰えるわけではない。それに祖父母はすでに年金暮らしでもある。二人共に施設に入れられるだけの余裕もない。なにより、祖父母自身が家にいたいと希望していて、夫も施設に入れることを嫌がっている。

そんな勝手な事情をつらつらと話す美奈子に、千鶴はぐっと歯を食いしばった。

自分の父親は亡くなった父、一人だけだ。一度も会ったことのない相手、それも父を裏切り続けた末に結婚した相手を平然と千鶴の義父と言ったことに、吐き気さえ覚える。

千鶴にとって赤の他人以下の男の両親を介護しろと要求するなど、正気の沙汰なのだろうか。千鶴のことを、安価で自分に都合のいいように動かせる駒だと言っているも同然だ。美奈子には母親としての自覚どころか、人の心すらもないように思えた。

だから、同じ土俵にだけは上がるまい。その気持ちだけで、千鶴は懸命に冷静さを装って返した。

「私にとっての祖母はすでに亡くなっていますし、祖父は施設にいます」

祖母は千鶴の父が亡き後、千鶴の今後を憂いながら後を追うように病に倒れて亡くなった。その後、千鶴がしばらく身を寄せていた祖父も、千鶴が登代子のもとへと旅立って以来、それまで暮らしていた家を手放して施設に入所した。

未来を生きる千鶴の足枷になりたくない。千鶴が何度足枷になんてならないと否定しても、祖父は決して折れることはなかった。

今では距離があるため、月に一、二度訪問するのがやっとだ。それでも祖父はいつまでも変わることなく、千鶴との再会を涙混じりに喜んでくれる大事な家族だった。

それに引き替え、美奈子の方の祖父母は会えばいつも父の文句を言っていたため、千鶴はまったく寄りつかなかった。彼らの介護ですら、全力で拒否しただろう。それなのに、美奈子の再婚相手の両親の介護などありえない。

軽蔑に等しい想いで睨みつけるが、美奈子はまったく臆することなく、へつらうような笑みを浮かべていた。

「そっちじゃなくて、再婚したお義父さんの方よ。血が繋がらなくたって、あなたの父親に変わりはないでしょう？」

今回の提案については、すでに現夫にも相談済み。千鶴が納得してくれれば、養子にすることも考えている。そう続ける美奈子の言葉に耐え切れず、千鶴は目の前にあったテーブルを思いっきり殴りつけた。

こんなに話の通じない人間が自分の母親だなんて、悪い夢であって欲しかった。養子にして貰えると喜び、飛びつくとでも思っているのだろうか。

大きな物音に驚いて目を丸くする美奈子に向かい、千鶴は侮蔑をたっぷり込めた物言いで返した。

「顔すらもよく知らない男を父親と思って、その親の面倒を見ろって？　頭がおかしいんじゃないの？」

「そんな言い方するなん………ひっ」

美奈子が話している途中、もう一度目の前のテーブルに拳を強く叩きつける。蹴り上げなかったことは、せめてもの自制だった。

ここまでストッパーになってくれた正也の前で、恥の上塗りなどしたくはない。そうは思っても、どうにも我慢できなかった。

「馬鹿なことを言ってるって、自覚はないの？　あなた、私に母親らしいことを一つでもしたことあった？　あるなら今すぐここで並べ立ててみなさいよ」

語尾を荒らげて叱責すると、美奈子はびくっと首を竦ませる。その瞳には涙が浮かんでいた。

しかし、千鶴には罪悪感など微塵も生まれない。この女の泣き顔など、同情を得るための演技でしかない。

厳しい表情を崩さない千鶴を前に、美奈子は必死の抵抗を見せた。

「あなたは、なんでいつもそんなきつい言い方をするの？　まだ、お父さんは私のせいで死んだって思っているの？　酷いわ」

「あんたのせいじゃなくて、誰のせいだって言うのよ！　あんたになんか、もう二度と会いたくなかったのよ！　なんであんたの方が生きて……」

「千鶴」

決定的な一言を吐き出そうとした瞬間、紙一重のタイミングで重ねられた言葉。待ったをかける正也の声に、千鶴ははっとして向き直る。そして怯えながら彼を見た。

今、自分はおそらく鬼のような顔をしているだろう。こんな顔を見られるなんてと、胸が締め付けられる。

しかし、千鶴に向けられた正也の瞳は、慈しむような温かな光を宿していた。大きな手が、震える背中の上でぽんぽんと二度跳ねる。千鶴が涙を堪えて唇を噛み締める横で、正也は美奈子に向き直った。

「彼女も興奮しているようなので、これ以上の話し合いは難しいと思います」

ここで幕引きだ。そう告げる正也に、自分の要求が受け入れられなかったことに焦った美奈子は慌てて引き留めた。

「まっ、待ってください。誤解なんです。私は千鶴の母親として、ちゃんとっ」

しゃくり上げながら、身の潔白を訴える。美奈子の縋るような目が正也を映した瞬間、千鶴の頭の中が一瞬で沸騰する。だが罵る言葉を発するよりも前に、隣から漂う冷たい空気に押し黙った。

「二人の間には、決して埋められない認識の違いがあるようですね。お互いのためにも、今後このような機会は設けない方がいいでしょう」

「え?」

まとう雰囲気に険があるのに、正也は笑みを浮かべている。だからこそ、美奈子は一瞬なにを言われているのか認識できなかったようで、思いがけず疑問の声を上げた。

そもそも、正也は自分の味方ではなかったのか。手紙を読んで、協力してくれるつもりだったから、この場を設けてくれたのではなかったのだろうか。そんな考えが、美奈子の表情にわかりやすいほどくっきりと表れていた。

一方、千鶴もまた決して少なくはない驚きを感じていた。

母娘の和解を画策していたのではないのか。正也を信頼していても、その疑念は完全には消えなかった。それが突然、手の平を返したように態度を急変させたのだ。

やはり彼は信頼に値する人だった。

喜びで、千鶴は正也のスーツの裾をきゅっと掴む。すると正也は一瞬千鶴に向かって柔らかな笑みを見せた後、仙堂に目配せする。仙堂は正也の瞳から告げられる命を見逃さず、待っていたと言わんばかりに一冊の雑誌を正也に差し出した。

それを受け取った正也は、おもむろに付箋が張られたページを開くと、美奈子に見えるようにテーブル上へと置いた。

「こちらの雑誌はご存じですか？」

「えっ？　ええ、もちろん」

正也が見せたのは、一度は誰もが目にしたことがあるだろう、大手の週刊誌だ。

美奈子がたどたどしくうなずき返すと、正也は発売日の印字部を指でトントンと叩いた。

「これは来週発売する予定の雑誌なのですが、コネを使って早めに手に入れたものです」

口角を上げて言うと、美奈子はあからさまに戸惑った様子を見せた。先程まで繰り広げていた会話と、正也の行動はなんの関係もないように思えるのだから無理もない。

それは千鶴とて同じだが、美奈子のような驚きはなかった。

彼が関係のないことをわざわざ口にするわけがない。合理的で明晰(めいせき)な頭脳を持っていると熟知しているからこそ、冷静でいられた。

対照的な二人の目の前で、正也は雑誌を反転させ、開いたページを見るように促(うなが)した。

「これって……」

記事の内容に、声を上げたのは千鶴だった。正也の隣で、雑誌を覗(のぞ)き込んだ瞬間に口をついて出てしまったのだ。

対面で同じ物を目にしている美奈子は、わかりやすく顔色を変えていた。頬(ほお)は青白く、唇は葡萄色(ぶどういろ)で肩が震(ふる)えているように見える。

その様(さま)を目にしても、正也は顔色一つ変えることはない。営業用の笑顔を貼りつけたままで続けた。

「どうやら、千鶴さんがうちに出入りしているのを嗅(か)ぎつけたマスコミが、先走ってしまったようです」

記事の中央に大きく貼り付けられた写真。そこに写るのは、目元を黒塗りされた千鶴だった。しかも見出しには、千鶴は正也の婚約者だと記されている。

千鶴はそこに一番驚いていたが、美奈子はそうではないらしい。「婚約者の秘められた悲しい過去」と題された部分に記載された、自ら(みずか)の所業の部分を食い入るように読んでいる。

政界の貴公子とされる正也のプライベートな記事をここまで詳細に書き立てるなど、ご法度(はっと)だ。だが正也はそれを圧力で差し止めるではなく、ここに持参して美奈子に見せつけた。

つまりそれは彼がこの記事を黙認するつもりか、もしくはこの記事が載ること自体に正也の意図(いと)が絡んでいるのだろう。そんな予想が脳裏を過(よぎ)ると同時に、千鶴はようやく正也がなにをしようとしているのかがわかった。

そう、今彼がやっていることは、脅(おど)しに他ならないのだと――

「ひどいわ。こんな私を嵌(は)める嘘ばっかり」

不貞(ふてい)の末に、夫を死に至らしめた悪女。太字で記された文字の横に、隠し撮りされた美奈子の写真が載せられている。

目元は千鶴同様に黒塗りされているが、情報ツールが急速に発達しているこの世の中だ。正也のもとにいるのが千鶴だとばれれば、芋づる式に美奈子の素性(すじょう)も明かされるだろう。

両手で顔を覆って嘆く美奈子を前に、正也は淡々と返した。

「出版社は売り上げを伸ばすために、多少の誇張はするでしょうからね」

正也の物言いは、この記事が出ることを意に介していないのだと証明していた。

その事実に、美奈子もようやく気付いたのだろう。信じられないといった表情で正也を凝視する。だが間もなく、その肩が小刻みに揺れ出した。

この記事が出回れば、マスコミは美奈子のもとにまで取材をしにくるだろう。そうなれば近所から好奇の目で見られるようになるに違いない。ネットという媒体を使えば、個人情報も容易く白日の下に晒される。

そうなれば、夫に離縁されてしまうかもしれない。それだけでなく、この先、世間から後ろ指をさされて生きることを余儀なくされる可能性だってある。矢継ぎ早に湧き上がってくる恐怖のためか、美奈子の瞳に絶望が灯った。

「こっ、こんな記事が出れば赤坂さん、貴方だって困るんじゃないですか？」

目の前にある雑誌は、まだ発売されていない。そんな段階で入手したということは、正也だって揉み消すつもりなのだろう。そう推察したらしい美奈子は、努めて冷静を装って問いかけた。

よくも悪くも注目される存在だ。婚約者がいると知られれば、マスコミに追いかけられることだろう。

代議士の妻として、誇れる学歴もなく、和菓子屋に勤めているただの小娘など、間違いなく不相応。記事が出て否定して回らなければならない煩わしさを、放置しておくはずがない。美奈子はそう考えたようだ。

勝算があると確信した美奈子の頬にだんだんと赤みがさしていく様を見て、千鶴は拳を握りしめる。

その傍らで、正也は不敵な笑みを浮かべた。

「それはどうでしょうね？　世間は美談と悲恋が好物だ」

綺麗な笑みを見せた悪魔は、この瞬間、翼を大きく広げた。

「私にはこの記事が出て不利になることなど一つもありません」

きっぱりとした宣言に、美奈子は唇をわなわなと震わせる。

「最初からこのつもりで……」

ようやく喉から絞り出した彼女の言葉には、恨みが込められていた。それを否定することなく、正也は真っ向から対峙した。

「彼女一人守れなくて、国民のために国政に携わるなど、面汚しもいいところですからね」

お前の指摘することなど、杞憂にもならない。きっぱり言い捨てると、美奈子はがっくりとその場にうなだれた。

それでも、うやむやにする気はないとばかりに、正也は今一度背筋を伸ばして念押しをした。

「千鶴さんに、あなたの親類の介護をする義務はありません。今後このような用件で彼女に接触しようとした場合、しかるべき措置(そち)を取らせていただきますので、くれぐれもお忘れなく」

今までの話を正しく理解し、金輪際(こんりんざい)接触を持たないと約束すれば、この雑誌もお蔵入りにさせる。正也が続けた交換条件にこそ、彼の真意が表れていた。

回避できない選択を突き付けられた美奈子は、うつむいたままだ。

その様子を凝視(ぎょうし)する千鶴の胸には、同情心など微塵(みじん)もない。その胸中にあるのは、少し前まであった怒りでもない。憐(あわれ)みに似た感情だった。

今でも、この女のために早死にしてしまった父のことは悔(く)やまれる。それは一生、消えることがない感情だろう。でも、もう憎しみだけを抱いて生きていくことはやめようと思った。

それはきっと、誰よりも自分を愛してくれていた父を悲しませることだと、今は考えられる。

この再会は、自分に過去との決別をさせるために正也が設けてくれたもの。そんな答えが胸にすっと浸透（しんとう）した瞬間、千鶴はようやく落ち着いた気持ちで口を開いた。

「私は、もう二度とあなたに会いません。ですが、生んでくれたことには感謝しています」

娘として、母親に最後にかけられる言葉。もう二度と会いたくないという希望ではなく、会わないという宣言。

揺るぎない決意が伝わったのか、美奈子は弾かれたように顔を上げて千鶴を見つめた。千鶴もまた、長い間目を背（そむ）けてきた美奈子の瞳を真正面から見つめ返す。すると、美奈子の瞳から一筋の涙が零（こぼ）れた。

それが演技なのかどうか、千鶴にはわからなかった。ただ、ほんの少しだけ、心からの後悔や懺悔（ざんげ）の気持ちが籠（こも）っていてくれたらいいと思った。

たとえ改心したとしても、和解などありえない。だから、これでもう十分だ。

もう一秒たりとも、ここにいる義理はない。幕引きを告（つ）げるように立ち上がると、正也も無言で腰を上げる。そして千鶴の背中を支えるように腕を回し、共に部屋を出ていく。

終始、背中に突き刺さるような視線を感じていても、千鶴は決して振り返ることはなかった。

第九話

ホテルからの帰宅の道中、車内はずっと静けさに満ちていた。

騙し討ちのような行為に対する怒りはない。しかし、醜態を見せてしまった手前、千鶴はなにを言っていいのかわからなかった。

明るく振る舞った方がいいのだろうか。そんなことを考えているうちに、いつの間にか車は赤坂家の門を潜り抜けていた。

そして、屋敷の前に停車すると、隣から正也の静かな声が響いた。

「悪かったな」

別れの挨拶をしようとしていた千鶴は、謝罪に身を硬くした。

正也の真意に気付かないうちは、確かに怒りがあった。だが今は、感謝こそすれ、恨んでなどいない。

どう話せば、この気持ちが伝わるのか。ぐるぐると考えていると、正也が再び口を開いた。

「少し、茶でも飲んで行かないか？　話したいこともあるしな」

おそらく、今回の一件についての話をしようというのだろう。もしも彼が罪悪感に囚われているのなら、解放するのは自分の役割だ。

千鶴が覚悟を持ってうなずくと、正也はわずかにほっとした表情を見せる。そして促されるまま、屋敷の中へと足を踏み入れた。

通されたのは、何度か入ったことがある応接間。ここに来ることは想定済みだったのか、テーブルの上には料理や飲み物が数種類用意されていた。

ホテルで注文した物を、なに一つ口にしないことも想定のうちだったのだろう。思考が読みやすく単純な性格なのだと示されているようで、若干の悔しさはある。けれど空腹を抱えた今となっては、プライドよりもお腹を満たすことの方が重要だ。

千鶴はソファに座ると、すぐさまおしぼりで手を拭き、サンドイッチに手を伸ばした。

「飲み物はなにがいい？　茶でも酒でも好きなものを言え」

小さなサンドイッチを数秒で平らげ、オードブルに手を伸ばす。そんな千鶴を見て、向かいの席に座った正也が忍び笑い混じりに問いかける。いつもはぶっきらぼうに聞こえる声が、今日はずいぶんと優しく響く。千鶴は目を細め、普段は呑まない酒を強請った。

非日常的な日の締め括りには、相応しいだろう。穏やかな笑みを見せると、正也はなにも言わずにカクテル缶を手に取り、中身をグラスに注ぎ入れて差し出した。

千鶴は軽く頭を下げて受け取り、それをちびりと口に含む。仄かな苦みを感じ、ほんの少し眉を顰めてから、ようやく口を開いた。

「登代子さんにお願いされて、母との席を設けたんですか？」

心配性な登代子のことだ。きっと涙ながらに訴えたのだろう。予想しながら尋ねると、正也はふっと笑みを零した。

「お前だからだ。他の誰かのためにならば、ここまで踏み込むような真似はしなかった」

正也の答えを聞き、千鶴は目を大きく見開く。刹那、全身の血が逆流するような感覚が駆け巡った。

動揺は表情に出ているはずなのに、正也がそれを茶化すことはない。ネクタイを緩めてリラックスした様子を見せ、グラスの中の氷を揺らした。

「お前は俺が怖いとは思わなかったか？　今日のようなやり取りなんて、俺にとってはさほど大事じゃない。もっと大きな修羅場を……」

「そんなことはありません！」

自嘲気味な物言いを耳にして、脊髄反射のように否定する。千鶴の声の大きさに、正也は一瞬呆気にとられた表情を見せた後、表情を和らげた。

出会ったばかりの頃であれば、確かに正也に恐れを感じていたかもしれない。けれど今は、本当に必要な時にだけ冷酷な顔を見せるのだと理解できる。

今日、自分のためにその一面を晒(さら)してくれたのだと思うと、喜びすら感じる。

しかし感謝を上手く言葉にできず、千鶴は唇を噛みしめる。涙が零(こぼ)れそうになり、それを抑えるのに必死だった。

そんな千鶴の葛藤(かっとう)を知ってか知らずか、正也は遠い目をして呟(つぶや)いた。

「俺は力が欲しくて政治家になった。それこそ、志(こころざし)なんてなかったに等しい」

自分を卑下(ひげ)するように昔話をする正也の言葉に、千鶴はただ黙って耳を傾ける。きっと彼はそうしてほしいのだろうと、直感でわかったからだ。

「俺の父親は政治家としては名を馳(は)せたが、家族を、妻を顧(かえり)みない最低の男だった」

正也の口から語られる親子の確執(かくしつ)に、千鶴は胸が締め付けられる想いがした。彼は自分と同じ想いを知っている。不仲な両親を見て育つ、子供の心の叫びを知っているのだと――

「だから、俺は必ずあいつ以上の政治家になってみせる。そんな復讐心(ふくしゅうしん)と対抗心だけで、この職を選んだようなものだ」

父を忌(い)み嫌い、別の道を選ぶこともできた。しかしあえて同じ道を選び、同じ土俵(どひょう)で戦う道を選んだ。それは正面から勝負を挑む、彼の潔(いさぎよ)い性格を表しているようだった。

大義名分(たいぎめいぶん)ではなく、復讐のために政治家になった。親の七光りで当選した二世議員と揶揄(やゆ)されようとも、一向にかまわなかった。

そう続けられた告白を聞いても、千鶴は失望などしなかった。

正也が語った動機は、決して褒められるものではない。それでも、彼は結果として心血を注いで職務を全うし、国民の心を掴んでいる。大事なのは、そちらだと思えた。

「あいつを超える名声、権力が欲しいとばかり思っていた。だがそれだけを望んで生きる人生は虚しいと、今ならわかる」

「……」

憎むだけの人生は辛い。それは千鶴自身もよくわかる。理解できるからこそ、紡ぐことができる言葉があった。

「あなたはそれを私にも教えてくれました。今日のことを、あなたは後悔しているかもしれませんが、私は嬉しかったんです」

心からの感謝を紡ぐと、正也は困ったように薄い笑みを見せる。そしてすっと立ち上がり、千鶴の隣に腰掛けて手を取った。

「いつの間にか、自分の意思で歩いているのか、歩かされているのかさえわからなくなっていた」

虚勢を張って生きてきた。溜息混じりにそう告げると、正也はそのまま千鶴の手首をぐっと引き寄せる。直後、千鶴は硬い胸板に頬を押し付ける形で、抱きすくめられていた。

突然の行動に驚きはあっても、拒む気は起こらない。正也の左胸に手の平を当て、聞こえてくる鼓動を感じていると、背中に回った腕による拘束が強まった。

「だが、お前といると肩の力が抜ける気がする」

耳元で熱く告白され、千鶴は耳から首にかけてが、かっと熱くなった。

くつくつと喉を鳴らす正也に、からかわれたのかと思い、千鶴は頬を膨らませる。次いで胸をとんっと拳で軽く叩いた。

「気安い相手だと思っていただけて光栄です」

この場を誤魔化すように言い放つ。すると、正也はいつかのように、指でちょこんと千鶴の額を弾いた。

「お前は特別だと言っているんだ。皆まで言わせるつもりか？」

不服そうな物言いながら、その表情はどこか愉快そうにも見える。問いかけにどう返していいか迷っていると、今度は頭上から大げさな溜息が聞こえてきた。

「まぁ、いいさ」

くすっと笑みを零し、正也は身を少しだけ離すと、千鶴の顎に手を当ててくいっと上向かせる。赤くなった千鶴の顔を見た正也の表情は、一瞬で満足そうなそれに変わった。

「お前がわかるまできちんと伝えてやるから、千鶴、これからもずっと傍にいろ」

信用しろの次は傍にいろと言う。

お願いという言葉は、この人の辞書にはないのだろうか。頭の片隅でそんなことを思いながら、千鶴は小さく微笑んだ。彼が真剣に紡いでくれた言葉を、これ以上誤魔化すことなどできなかった。

すると、即答で返さない千鶴に痺れを切らしたのか、正也は身を屈めて催促するように囁いた。

「で、返事は？」

考える時間を与えるつもりなど、毛頭ない。そもそもそんな必要もないだろうと言わんばかりに返事を催促する。

勝機は決して逃さないという男のやり方だ。

それに苦笑いを返すと、千鶴は一つの決意を胸に、潤んだ瞳で正也を見上げた。

「私といたって、いいことなんてありませんよ？」

メリットなんてあるのだろうか。

それに彼には立派な家柄と肩書きがあり、いずれそれに見合う相手と結婚しなければならないはず。

見た目も特段褒められるところがなく、資金的な援助も見込めない。

そんな自分では釣り合うわけがない。しかも、正也が手を回さなければ排除できないような、厄介な血縁者だっているのだ。

正也の囁きは甘く、差し伸べられた手の大きさや温かさは縋りたくなってしまう。それでも、大切な者を失った時の悲しみを知っているから、無防備に飛び込むようなことはできなかった。

今一度よく考えてほしい。そう要求すると、正也はなにを馬鹿なことをと言わんばかりに鼻で笑った。

「お前の作る菓子でストレスが減って、疲れも癒えて、前よりずっとよく眠れるようになった。仙堂も、俺に八つ当たりされなくなってよかったと、聞こえよがしに言いやがる。それのどこがいいことがないだ？」

メリットだらけで、足手まといになるなんてあり得ない。きっぱりと宣言し、畳み掛けるように続けた。

「それに俺が、今更誰かの手を借りなければ上り続けられないような器だと思うか？」

お互いに視線を逸らすことなく、二人の間に沈黙が流れる。そして数分の後、千鶴は降参して深い息を吐いた。

おそらく、どんな悲観的な未来を語ったとしても、彼は笑って払拭してしまうのだろう。そんなやり取りを続けても、苦しい想いをするだけ。そう認識し、千鶴は観念して蚊の鳴くような声で返した。

「私も……、好きに決まっているじゃないですか」

ここまで自分の心に土足で踏み込んでくる人なんて、これから先もきっと現れるはずがない。

思えば、出会いだって正義のヒーローが現れる時みたいに突然だった。しかも、実態も「超」が何個もつくくらい極上の男なのだ。好きにならない方がおかしい。

千鶴はせめてもの抵抗にと、喧嘩腰の口調で言い、睨むような視線を向ける。すると、正也は一瞬だけ目を大きく開いた後、ぷっと噴き出した。

次いで今一度千鶴を抱きしめ、頭に顎を乗せてくつくつと喉を鳴らす。

いつまでも止まない振動に、千鶴が抗議をしようと顔を上げる。その隙を逃すことなく、正也の唇が千鶴のそれの上に優しく降り注いだ。

＊＊＊

広すぎる部屋の中、千鶴は落ち着かず膝の上の手を開いては閉じてを繰り返す。腰掛けているのは、自室にあるものよりも一回り大きなベッドだ。存在感を主張するそれが真ん中にある場所、それは正也の寝室だった。

主のいない部屋で、入浴中の正也の帰りを待つ。先に入浴を済ませた千鶴はどんどん速くなる心臓の音に、思わず左胸を押さえて深呼吸を繰り返した。

『もう少し、話がしたい』

想いを通わせ合った後、正也に掠れた声でそう請われ、千鶴はうなずく他なかった。

もちろん、この後にどのような展開が訪れるのか、予想できなかったわけではない。

だからこそ、落ち着かないのだ。

それでも、彼の願いを振り切って自室に帰るという選択肢は選べなかった。

二階の角にある正也の寝室周辺には、夜間、使用人らは近付かない。そのため、誰にも顔を合わせることがなかったのは幸いだったといえよう。

なんとか、この後のことを想像せずにいられる方法はないだろうか。千鶴は気を紛らわせるように、正也と出会ってから今日までのことを思い返した。

ここ数ヶ月、劇的なんて言葉では言い表せないくらい、多くのことが起こったように思える。出会えるはずもない人と出会い、共に暮らすようになった。それだけでなく、無縁だと思っていた恋まで経験してしまったのだ。

これは夢か現実か。目を覚ましてから確認することが、何度もあった。そして今も、まるで夢を見ているようだ。

正也と自分の身の上を比較しているうちに、思った通り、高揚は落ち着いていった。

その代わりに、後ろ向きな気持ちが急速に膨らんでいく。

今ならまだ、引き返せるかもしれない。彼が戻って来た時にここにいなければ、嫌われるだろうか。疎まれるのは怖いが、今すぐそうならなくともいずれ近い未来にそうなるかもしれないのだ。

全ては夢物語だと思って、忘れてしまえばいい。そんな悪魔の囁きが頭の中にこだまし始めた頃、タイミングよく寝室のドアが開かれた。

「湯冷めでもしたのか？」

ベッドに腰掛け、自分を抱きしめるような格好で青白い顔をしている千鶴の様子に、正也が眉を顰める。

乱暴に髪をタオルで拭き、胸をはだけさせた姿を目の当たりにした千鶴は、一瞬で思考が現実に引き戻される。そして反射的に正也から視線を外した。

これほどラフにしている彼の姿を見るのは初めてだ。それが二人の関係性の変化、これから起きることを予感させるようで、千鶴は視線を忙しなく彷徨わせる。

所在なさげな千鶴の様子を見て、正也は隣に腰掛けると、静かに口を開いた。

「なに辛気臭い顔をしてるんだ？　余計なことを考えるより、なにかあるなら俺に言え」

「余計なことって……」

真剣に悩んでいたことを無駄だと切り捨てられ、千鶴は不服に思いながら口を尖らせる。子供のように頬を膨らませると、正也はその頬をやんわりと両手で挟み込んだ。

「どうせ、俺から逃げられやしないんだからな。悩むだけ無駄だ」

　さっさと観念してしまえ。

　まるで、犯罪者に向かう警察官のような物言いだ。それを受けた千鶴は呆れた顔をした後、くすくすと笑い声を上げた。

　逃げられやしないという言葉が、ずっと傍にいてくれという懇願に聞こえたから。千鶴は喜びで溢れ出す涙を笑顔で誤魔化した。

　正也の肩に頭を乗せると、腰に回された腕に力がこもり、反対の手で髪を優しく撫でられる。

　湯冷めした身体が、触れられた部分からどんどん熱を帯びていく。それに伴い、心もじんわりと温まってくるような感覚に、千鶴はそっと目を閉じた。

　いつか来る別れを覚悟している。それでも、たとえ限られた時間だとしても、この熱を感じられる距離にいられるのはとても幸せなことに思えた。

　彼と過ごす一瞬一瞬を心に刻みつけておけば、ずっとこの幸せな気持ちを抱いて生きていけるのではないかと――

　不安と向き合うための答えを得られたことで、千鶴の身体から自然に力が抜けていく。その変化を肌で感じたであろう正也は、千鶴の頬に手の平を添えたまま、まっすぐに瞳を見つめてきた。

とされた。

端整な顔との距離が少しずつ狭まってくる。そして間もなく、啄むような口づけが落

普段は意地も、口も悪い。それなのに恋人としての彼は、まるで別人のように優しい。時折垣間見えていた優しさを、惜しみなく見せてくれるようになったといった方が正しい。

後頭部を支えるように添えられた手が、髪の間に差し込まれる。甘やかされていると実感できる温もりに、千鶴は唇の隙間からふっと熱い息を漏らした。

少し開かれた唇の上を、正也の舌が輪郭を辿るように滑っていく。ぞくぞくとした感覚に肩を震わせると、一周分辿り終えたところで、舌が差し込まれた。

「んっ」

知識があっても経験のない千鶴は、艶めかしい感触に驚いて目を見開く。そして思わず身体を後方に引いた。

舌を噛まなかったことを褒めて欲しい。身体を離し、千鶴はあからさまに困惑した顔を見せる。それでも恐怖は浮かんでいないとわかったようで正也は優しく微笑んだ。

あまりの世間知らずっぷりに、呆れられたのではないか。それとも、怒らせてしまったのではないだろうか。

そんな不安に駆られたものの正也の顔を見て、千鶴はその想いを払拭することができ、

安堵の息を吐く。

再開の合図のように頬を柔らかく撫でられ、再び目を閉じた。

今度は唇を撫でることなく、最初から舌が唇を割り込んできて、素直にそれを受け入れる。流される覚悟を持てば、後は翻弄されるだけだ。

舌先が初めて触れ合った瞬間、全身に微弱な電流が走ったようになり、びくっと舌を引いてしまう。だがすぐに追いかけられて絡め取られてしまい、そこからはもう正也の思うがままだった。

「ふっ、んんっ」

息継ぎすら、無我夢中でなんとかしているようなもの。唇の端からは絶えず唾液が流れ落ちていく。正也はそれを親指で拭いながら、千鶴の唇を貪り続ける。呼吸が苦しくなって胸を押したところ、ほんの少しだけ離れることを許される。けれど、息が整うまでは待ってくれない。

そのまま、どれくらいの時間が流れたのか。とうとう花が萎れるように千鶴が脱力すると、正也は満足げな笑みを浮かべて抱き留めた。

呼吸が乱れ、まるで長距離を走り終えた後のように肩が大きく上下する。靄がかかった思考で視線を彷徨わせていると、頭上から忍び笑いが聞こえてきた。

恋人としての彼は優しい。ほんの少し前までそう思っていたことを、撤回したい気になった。

　翻弄される様子を見て、喜んでいる意地の悪さは変わらない。千鶴は呼吸が落ち着くと同時に、拳で厚い胸板をとんとんと叩いた。

　目尻を吊り上げて睨むような視線を送れば、正也はあからさまに肩を竦めて見せた。

「昔から言うだろう？　好きな子を苛めるのは男の性だ」

「それは小中学生までの話じゃないんですか？」

　いくらなんでも、大人がそんなことをしたら相手に逃げられるか嫌われるか、どちらかだ。千鶴が呆れながら指摘すると、正也はきっぱりと宣言した。

「男なんてものは、いつまでたっても子供だってことだ」

　悪戯っ子のように笑う男は、これまでどれだけの女性を泣かせてきたのか。千鶴は彼の言葉にふとそんな嫉妬心を抱き、むっとした表情を見せる。

　するとご機嫌取りのためか、何度も角度を変えて啄むようなキスの雨が降ってきて、小さな不満は消え去った。

　ちゅっちゅっと鳴り響くリップ音に、まるで飼い犬にじゃれつかれているような気になって、思わず笑みを零す。

　千鶴に少し余裕が出てきたことが不満だったのか、正也はすぐさま千鶴の後頭部に手を回し、深く貪るような口づけを再開した。

舌の先端を甘噛みしたかと思えば、歯列を丁寧になぞっていく。ぞくぞくとした感覚がして、千鶴は縋るように正也の首裏に手を回した。

しかし、その手に込めた力で自分の身体を支えていられたのは、ほんの数秒のこと。再び呼吸が乱され全身から力が抜け落ちると、ゆっくり後方に向かって身体が傾いていく。正也はそれを引き戻すことなく、千鶴の背中に手を回して体重をかけていった。

ほどなくして、千鶴の背中が完全にベッドにつく。正也はその上に圧し掛かるような格好で、千鶴の唇のみならず、瞼や頬にも唇を滑らせた。

飼い犬や猫がじゃれてくるような様子に、千鶴はくすくすと笑い声を上げた。冷たいシーツの感触が、火照った身体に気持ちいい。

薄目を開いたところ、正也もまた愉快そうに口角を上げている。この笑顔が、いつまでも自分だけのものであればいい。声に出せないワガママな本音を心の中で呟くと、さらなる口づけを強請って手を伸ばした。

第十話

足元の明かりと、カーテンの隙間からわずかに漏れるネオンの光。それだけが二人の姿を照らしている。

視界が鮮明ではないものの、すでにショーツ以外を脱がされていた千鶴は、恥ずかしくて胸元を手で押さえる。一方、正也は身にまとうシャツを乱暴に脱ぎ捨てると、覆いかぶさってきた。

暗がりの中でも、彼の瞳に宿る情欲の火はわかる。見つめているだけで、そして、そこに映る自分の姿を見るだけで、身体の内側からなにかが泉のように湧き上がってくるような気さえした。

身体は火照って熱いのに、意図せず小刻みに震えてくる。その理由を察しているであろう正也は、おもむろに胸の前でクロスしていた千鶴の手首を掴んだ。そして小さな抵抗をものともせず、両手を束ねたままシーツに括りつけた。

途端に、自分の全てが彼の瞳に映し出される。誰にも見られたことのない姿を晒している、その自覚で頭の中が沸騰しそうになる。会話なんてできる余裕はないのに、無言の時間が怖かった。

他の誰かと比べられてはいないだろうか。がっかりされていないだろうか。そんなことを考えてしまう自分が浅ましくて苦しくて、千鶴は咄嗟に顔を背けてしまった。

それを怯えと捉えたのか。刹那の後、正也の静かな声が耳をついた。

「怖いか？」

主語のない問いかけに、千鶴はどう返事をしていいかわからず、眉を八の字に下げる。

嘘をついたところで、鋭い正也のこと、すぐにバレてしまうだろう。そう思い、千鶴は正直に答えた。

「少し……」

本音を聞けたことが嬉しかったのか、正也はふっと唇を緩める。千鶴は、不安は決して大きなものではないと訴えるように、正也を見上げた。

これまであまり直視していなかったが、湯上がりで前髪を下ろしている正也はいつもより少しだけ幼く見える。それが自分と彼の間にある、年齢以外の差をも埋めてくれているようでふっと口元を綻ばせる。そして気付いた時には、無意識に手を伸ばしていた。

ここ最近、外回りが多かったせいか少し荒れた彼の肌を、指の腹で撫でる。

正也はくすぐったそうに片目を瞑ると、お返しとばかりに千鶴の頬に手の平を添えた。

「餅みたいだな」

決して褒め言葉には聞こえない一言に、千鶴は焼き餅のようにぷくっと頬を膨らませた。

和やかな気持ちが、一瞬で吹き飛んでしまった。

「もう少し、いい例えはなかったんですか?」

人の心に響く物言いを熟知しているような人が、なにを言うのか。

半分本気で抗議すると、正也はふっと小さく笑う。次いで本物の餅に食らいつくように千鶴の頬に吸い付いた。

「ちょっ、痛いですって……」

唇で柔肌を吸うだけでなく、挟んで歯を当ててくる。小さな痛みとくすぐったさに、千鶴は身を捩った。

だが、逃がさないと言わんばかりに正也の唇が追いかけてきて、すぐさま唇を捕らえられた。

「ふっ、んぁっ」

何度も激しく口づけられたら、唇が腫れてしまう。そんなことを考えつつも、大胆に口腔を駆け回る舌に拙い動きで応える。

だがそれもほんの束の間のこと。すぐさま正也の独壇場となり、千鶴が脱力するまでそれは続けられた。

千鶴の目から数粒の涙が零れ落ちる。その滴を舐め取った正也から、こくりと喉の鳴る音が聞こえてくる。次いで獲物に食らいつく狼のように正也は千鶴に覆いかぶさり、首元に顔を埋めた。

「っん、ぁん……あぁ」

舌先が首筋をまっすぐに、ゆっくりと下がっていく。その動きと逆行するような背中を駆け上がってくるぞくぞくとした感覚に、千鶴は困惑した。

なにかに縋りつきたくて、目の前にあった正也の頭を抱え込む。少し硬い髪に指を差し込むと、ちくちくした小さな痛みを感じる。それが意識を現実に引き止めてくれるようだった。

千鶴の指先から伝わる震えを、快感の証明ととらえたのか。正也は白い肌に大胆に吸い付き、朱の印を残していく。

唇と共に滑ってきた手の平が胸の膨らみに触れた瞬間、千鶴は両手を胸元に持っていった。

「ッ」

自分以外が触れたことのない場所に、彼の手の平がある。そう認識してしまったら、拒絶したいわけではないのに、手が勝手にそこを隠そうと動いた。

だが手の平で覆い隠す前に、正也はふるりと揺れる双丘をその手ですっぽりと包み込んでしまう。やんわりと揉み上げる動きが強さを増してくるにつれて、千鶴の呼吸は乱れていった。

すでにぴんと存在を主張し始めた果実。正也はそれを親指と人差し指で挟み込み、指の腹の間で悪戯に擦り合わせた。

「はっ……ぁあっ」

痛くしないでほしい。そう思う反面、もっと強くしてほしいという欲求も確かにある。自分の中に湧き上がる矛盾に戸惑っている間にも、正也は身を屈めていった。

感覚が鋭くなっているのか、硬くなった頂に熱い息がかかっただけで、身体が大きく跳ねる。

未知への恐怖か、これから訪れる快感への期待なのか。千鶴の身体は絶えず震えていた。

正也は右の頂から指を離すと、代わりに唇でそれをきつく挟み込んで扱き上げる。指と違い、滑る感覚がさらに快感を高めていった。

熱い吐息を噛み殺して、千鶴は顔を左右に振る。正也はその様子を上目遣いに窺いながら、尖らせた舌で頂の周囲を優しく舐め上げる。それを一周分終えると、今度は舌先で頂を上下左右にくねらせ、最後に強く吸い付いた。

「きゃっ……ぁん」

ざらりとしていて、熱く滑る感触。口づけの時とはまた違った感触に大きく喘ぎ、先程よりも強く正也の頭を掻き抱く。それがさらに自分を追い詰める結果になるとは、予想できるはずもなかった。

頭を固定された正也は、頂を噛んだり吸ったりしやすくなったようだ。

時折、見せつけるように舌を突き出し、硬くなった頂の先端を転がしたり舐めたりする。その様に、千鶴の胸の中で急速に羞恥心が込み上げてきた。それでも、せめてもの抵抗とばかりに、千鶴は嬌声を堪えようと自身の腕を噛みしめた。

くぐもった声を疑問に思ったのだろう、正也が千鶴を上目遣いで窺ってくる。それから、抗議するように頂をかりっと強く噛んだ。

「いっ」

強い痛みに、思わずくぐもった悲鳴を上げる。するとすぐさま正也は千鶴の腕を取って、柔肌にくっきり残る歯の跡を確認した。

「無駄な傷を増やすな」

叱責する言葉が苦しげに聞こえ、千鶴は思わず瞳を揺らした。

自分の手は真っ白く美しいものではない。幾度となく煮えた鍋に触れているせいで、至る所に深い火傷の痕が残っている。

今更、小さな噛み傷などなんでもないことだった。

「こんな傷、どうってことありませんよ？」

「俺の目の前で、お前が傷を負うのは我慢ならないんだ」

駄々っ子のような物言いに目を白黒させる。けれど、彼が本気で自分を大事にしてくれているのを疑う余地はない。千鶴は抗議をする気をなくし、微笑んで「わかりました」と告げた。

その返事に納得してくれたのだろう。正也は行為を再開し、空いている方の手で千鶴の肢体をなぞっていった。

「はっ……んっ、ぁあっ」

激しくされるよりも、触れるか触れないかの絶妙な感触の方が快感を引き上げるのだろうか。脇腹を通り、背中から臀部へと伝っていく熱に、むずがゆくなって身体をくねらせる。たいした身じろぎではないはずなのに、千鶴はだんだんと息を切らせていった。

一度膝まで滑り下りた手が、再び上昇してきて内腿を撫でる。そのまま脚の付け根に到達し、彼の指が下着の端に引っ掛けられると、無意識に脚をきゅっと閉じてしまった。もがくように太腿を擦り合わせると、付け根が恥ずかしいくらいに濡れてしまっていることがわかる。

初めてなのにこんな状態になるなんて、呆れられているかもしれない。そんな不安を感じて、千鶴は両脚にさらに力を込める。けれどそんな力など大人の男にすれば赤子の抵抗に等しい。

正也はするりとリボン結びされた紐を解き、一瞬で千鶴のショーツを剥ぎ取った。千鶴は咄嗟に脚をがっちりと閉じて抵抗する。

わざとではない。自分の身体なのに、どうしようもないのだ。

拒絶したいのではないと伝えたくて、千鶴は涙目で正也を見上げる。対して、正也は気分を害した様子もなく優しく微笑み、膝から太腿までをゆっくりと上下に撫で始めた。

根気よく、同じ動きを繰り返す。そうしている間に慣れてきたのか、千鶴は何度目かの深い息を吐いた後、身体の力を抜いていく。その瞬間を見逃さず、正也は千鶴の膝の間に身体を滑り込ませた。

それでも早急にことを進めないのは、気遣ってくれているからだろう。

辛抱強く内腿を撫でつつ、もう片方の手を背中に回してトントンとあやすように叩く。そしてしばしの後、吐息に甘さが戻って来た頃合いで、人差し指を割れ目に沿わせてゆっくりと上下に滑らせた。

「ああっ、やっ」

割れ目の上にあるぷっくりとした花芽に触れられると、これまでとは比べ物にならない快感が走る。想像すらできなかった強すぎる快感に、千鶴はあからさまに怯えた。

それを見下ろす正也は、優しい声色で囁いた。

「大丈夫だ」

怖いことでも、恥ずかしいことでもない。声を堪える必要もなければ、なにをしても言っても間違いなんてない。

優しく諭すような言葉に、千鶴は瞳を潤ませながらうなずき返す。

彼の優しさに応えたい。そう思った瞬間、手が自然と伸びる。震える指先でざらつく彼の頬を撫でてから、太い首裏に手を回して上体を起こしていった。

自分から彼の唇に自身のそれを寄せていく。正也の真似をして少しだけ舌を差し入れ、ちょこんと舌先を触れ合わせるのがやっとだった。

千鶴からの口づけは予想外だったのだろう。正也の目は大きく見開かれ、次いで目元がほんのり朱を帯びる。正也の動揺する姿が間近で見られ、千鶴は嬉しくなって再び唇を寄せていった。

戯れのような口づけを交わし、少し離してまた近付けてを繰り返す。

隙間からくすくすと二人の笑い声が漏れていく。そうしてひとしきり遊びを楽しんだ後、正也は唇を重ねたまま再び割れ目に指を這わせた。

何度も往復する指の動きに合わせて、くちっという濡れた音が響く。それだけで、頭の中が煮えたぎるようだった。

指先がくるりくるりと花芽を優しく摩ると、連動してびくびくと身体が跳ねる。正也は親指で花芽を撫でながら、中指と人差し指を器用に使い、蜜口を広げていく。同時に刺激されて余裕を失い、千鶴の目尻からは絶えず透明な滴が零れ落ちていた。

悲鳴に似た嬌声が正也の口腔に吸い込まれていくことで、だんだんと呼吸が苦しくなってくる。千鶴が苦しさで眉を顰めると、正也はゆっくり唇を離した。

目を開けるのも恥ずかしくて、千鶴は顔を手で覆い隠す。これまで誰にも見せたことのない女の部分を曝け出している姿は、彼の目にどう映っているのか。怖いのに、確かめずにはいられず、そうっと窺う。すると、自分を愛おしそうな瞳で見つめる正也が見えた。

それに気付いた瞬間、どくんっと大きく心臓が跳ねる。もうどうしようもないくらい、この人が好き。その実感が、全身を支配していった。

正也は次から次へと溢れてくる蜜を、人差し指を器用に回して指にまとわせる。そしてゆっくりと蜜口に挿入していった。

「っあッ」

媚肉の中を撫でられる感覚に、千鶴はきゅっと目を閉じて息を詰める。痛みはないが、身体が強張るのは防ぐことができない。

正也の指は入り口を広げるように何度も回転した後、明確な意思を持ってゆっくり奥へと進んでいく。そして指の腹がある一点、ざらりとした襞を掠めた瞬間、千鶴は短い悲鳴を上げて身体を弾ませた。

明らかに変化した反応に、正也は指の抜き差しを繰り返しながら、その箇所を重点的に擦り出す。最初はやんわりと、それからだんだんと力を込めていくと、比例するように千鶴の嬌声が熱を帯びていった。

「はぁっ……あっ、ぁあっ」

ぐちゅぐちゅと中から溢れてくる蜜を泡立てるように動かされると、爪先から快感が込み上げてくる。膝を立てて、シーツを握る手にきゅっと力を入れてみるものの、快感を逃すどころか、中にある指の形をより強く認識する結果となってしまう。

正也が指を引き抜く動作に合わせ、指と媚肉の間から蜜が零れ落ちる。すでに、内腿まで濡れそぼってしまっていた。

「やっ」

濡れた音が耳をつき、千鶴は否定の言葉を紡ぎながら宙に手を舞わせる。しかし、それが真意でないことは身体が証明してしまっていた。

正也は緩急をつけて重点的に千鶴の感じる中の一点を擦り上げる。そしてタイミングを見計らい、指と蜜口の隙間にもう一本の指を突き入れた。

「ッ、ぁああっ」

一層増した圧迫感に、千鶴は耐え切れずに涙を散らす。二本の指をばらばらに動かされ、絶えず媚肉の中の襞を強く引っ掻かれると、快感は倍以上になって襲ってきた。

込み上げてくる快感に、嬌声を上げ続けることしかできず、息苦しささえ感じる。

押し迫ってくる感覚に対する恐怖から、身を捩り、身体が勝手に快感を逃そうと動いてしまう。

このままでは千鶴が苦しくなる一方だと判断したのか、正也は身体を後方にずらしゆっくりと身を屈めていく。

目をきゅっと閉じたままの千鶴は、その動きの変化を知ることができない。だが硬く立ち上がった花芽に息がかけられた瞬間、背を大きく反らした。

「ひぁああっ」

一体なにが起こったというのか。これまでとは比べ物にならない強い快感に、千鶴は一際大きな嬌声を上げて目を見開く。

わけもわからず、反射的に上体を起こす。途端、自分の秘部に顔を埋めている正也の姿を目の当たりにして、羞恥で我を失った。

「ダメっ……は、ああぁっ」

拒絶の言葉を紡ぐと同時に、必死に手を伸ばす。でも、指先が正也に届くよりも先に、赤くぷっくりと膨らんだ突起に口づけられてしまった。

そこにちゅっと軽く吸い付かれただけで、経験したことのない快感が全身を駆け巡っていく。それだけでもどこかに身を放り出されるような恐怖があるのに、中では指が生き物のように蠢(うごめ)いていた。

舌で花芽を押し潰(つぶ)しては吸い付くという動作を繰り返す。その傍(かたわ)らでリズムに合わせて中の感じるポイントを押し上げられれば、なす術(すべ)がなかった。

「ひっ、ああああっ」

荒波のように何度も襲ってくる快感に、千鶴は頭を振って涙を散らす。

脚が跳ね上がり、正也の頭を太腿(ふともも)で挟み込むような格好になってしまう。彼の顔を秘部に押し付けてしまい、さらに快感が増していく。それを恥ずかしいと思う感覚すら、もはや千鶴の脳裏から消え去ってしまっていた。

自分で自分を制御(せいぎょ)できずにいる千鶴を見つめながら、正也は舌先でくるくる円を描くように花芽を優しく撫(な)でる。

そして千鶴の身体が小刻みに震(ふる)え出したのを確認すると、媚肉の奥に押し込んでいた指を、一層速く動かし始めた。

「いっ、ぁああああっ」

足の指をきゅっと丸め、その時を迎えようと身体が勝手に準備をする。目の前が白みがかり、あと一歩で頂上に辿(たど)り着くという瞬間に、花芽にかりっと歯を立てられた。

刹那(せつな)、千鶴は喉(のど)を仰(の)け反(ぞ)らして身体を何度もバウンドさせる。それからほどなくして、シーツをきゅっと掴んだまま、くたりと弛緩した。

息を乱し、シーツに右頬を擦り付けて快感の波を受け入れていると、正也はゆっくりと指を抜き出す。そして蜜に塗れた口元を、手の甲で拭った。

初めての絶頂は予想以上のもので、千鶴は呼吸が整ってからも、なかなか現実に思考を戻すことができない。

その様子を、正也は慈しむような目で見つめたまま、自身がまとうズボンと下着を剥ぎ取り、手早く準備を整えた。

千鶴の呼吸音が響く寝室に、スプリングの軋む音が続く。正也は再び千鶴の上に覆いかぶさると、乾き始めた涙の跡を拭うように、頬に舌を滑らせた。

絶頂を迎えた後の身体は、全身の感覚が鋭くなっているようで、びくびくと跳ねてしまう。千鶴は身体を捻って逃れようとする。それでも決して諦めずに追いかけてくる正也に、千鶴はとうとう声を上げて笑い出した。

「もぉ、くすぐったいですよ」

笑い声混じりの抗議など、威力があるはずもない。けれど彼に甘えられるのは、喜びでしかないのだから仕方がないだろう。

言葉とは裏腹に、正也の髪を優しく撫でてみると、甘い声が耳に注ぎ入れられた。

「なるべく痛くないようにはする」

じゃれつくことで、彼なりにリラックスさせようとしてくれたのだろう。思いやりを疑う余地はなく、千鶴は小さくうなずき返した。

ここから先の行為は痛みを伴う。それは経験のない千鶴とて、知っていることだ。だからといって、逃げ出すつもりなどまったくなかった。

生い立ちからか、元来の性格なのか、千鶴は素直に愛情表現ができず、それはこれからも変わらないかもしれない。そんな自分が彼を愛していることを証明できる方法の一つなのだと思えば、痛みすらも嬉しく思えた。

「痛くしても構いませんよ。私、強いので」

片目を瞑って嘯くと、正也の目が細められた。

身体の痛みはすぐに治まるし耐えられる。

千鶴の強がりを汲んでくれたのか、正也は額に唇を落としてから上体を起こす。そして千鶴の膝裏に手を差し入れて脚を大きく開かせた。

直後、蜜口に熱い塊が押し当てられ、千鶴は甘い吐息を吐く。これから彼と一つになる。そう思うだけで、再び身体の奥から蜜が溢れ出してくる感覚がした。

正也は楔の先端を蜜口に擦り付けるように上下させ、浅く割り入れて蜜をまとわせていく。先程絶頂を迎えたばかりのため収縮を繰り返す狭い蜜道の中へ、ゆっくりと挿入を開始した。

「いっ」

めり込むように侵入してくる、大きな塊。皮膚が引き攣る感覚に、千鶴は思わず悲鳴を上げそうになって唇を噛みしめた。

意図せず、眉間にくっと皺が寄る。それでも、ゆっくりとした動きや宥めるように肌の上を滑る手の平から、精一杯気遣ってくれていることが伝わってきた。

きつすぎる締め付けは、正也にとっても辛いのか、涙でぼやけた視界に映る彼の表情もまた、苦しげだった。

「少し力を抜けるか？」

優しい声で問われるも、うなずくことができない。そうしようと思ってはいるが、身体が言うことを聞いてくれないのだ。

困惑しながら、助けを求めるように正也を見上げる。すると、正也は「大丈夫だ」と小さく唇を動かし、ゆっくり身を倒してきた。

「んぁっ」

圧し掛かられたことによりさらに結合が深まり、千鶴は思わず苦悶の声を上げる。一方、正也は千鶴を抱きしめると、背中とベッドの間に腕を差し込んで優しく撫で始めた。

「深呼吸をしてみろ」

掠れた声で紡がれた命に従い、息を吸っては吐いてを繰り返す。すると間もなく、不思議なくらい身体から力が抜けていった。

それに伴い、正也の表情も和らいでいく。だが身体の強張り全てを取り去ることまではできない。

とはいえ、これ以上は我慢の限界とばかりに、正也は呻くような声で言い放った。

「辛抱してくれ」

言うや否や、返事を待つことなく、千鶴の両腕をベッドに押し付ける。そして一気に腰を突き上げた。

瞬間、それまでとは比べものにならないほどの痛みが全身を駆け抜けた。

「いっ、ああっ」

身体を貫かれた衝撃で、思わず腰が宙に浮いてしまう。媚肉はこれでもかとすぼまり、より強く楔の存在を知らしめる。

一番大きな痛みは一瞬で通り過ぎるも、ずくずくとした疼きが継続する。それでも時間の経過と共に少しだけ痛みが和らいだので、千鶴は涙目で正也を見上げた。

衝撃を感じた際に咄嗟に掴んでしまったのだろう。正也の腕に、くっきりと赤い爪痕が刻まれている。それを瞳に映した途端、千鶴は一瞬で痛みを忘れ、血相を変えて傷痕を撫でた。

「ごっ、ごめんなさい」

申し訳なさと情けなさで、涙が溢れてくる。正也はそれをすぐに唇で吸い取った。

「こんなもの、お前の受け入れてくれた痛みに比べればなんでもない。気にするな」

彼の優しさに応えたい。その想いだけで千鶴は涙を堪えて笑顔を見せる。正也もまた、額をくっつけて口元を綻ばせた。

どちらからともなく、二人はそっと唇を触れ合わせる。

もう、全てを知られてしまった。だから、なにも恥ずかしがる必要はない。

千鶴は自分から正也の薄い唇を割って舌を差し入れる。すると正也は身も心も受け入れられている実感があったのか、少年のような笑みを見せた。

正也の大きな手が、上下する千鶴の双丘をやんわりと揉みほぐす。目の奥に燃え滾るような情欲の炎が見えるも、動きを再開しようとはしない。その優しさを嬉しく思う一方で、だんだんと渇きも感じていた。

痛みはまだあるが、満たされない感情が込み上げてくるのもまた事実。先程一度経験したあの感覚以上の快感を、身体が要求する。

この渇望を早く満たしてほしい。熱を解放してほしい――

きっと彼もそれを望んでいるはず。確信をもって、千鶴はおずおずと口を開いた。

「あの……」

思わず声を発してはみたものの、皆まで口にすることはできない。

あわあわとする千鶴を見て、正也は言わんとすることを察してくれたようで低い声で問いかけてくれた。

「大丈夫か？」

千鶴は小さくうなずき返す。すると、正也はすぐさま千鶴の両頬の脇に手をついて、ゆっくりと腰を前後させ始めた。

「あっ、んあっ」

愛液が潤滑油となっているお陰で、痛みはだいぶ和らいでいる。ほどなくして、再び爪先からなにかが這い上がってくる感覚がしてきた。

無意識に身体があの一瞬を求めて動く。伸ばした腕を広い背に回し、浮かせた脚で前後に揺れる太い腰を挟む。下腹部を押し当てると、花芽が擦れてたまらない快感が走った。

「あっ、すごい……ぁあああっ」

苦痛よりも快感が強くなってきていることが声に表れていたのだろう。正也は唇をぺろりと舐め、腰の動きを速めていく。

出口まで腰を引いて、襞が逃すまいと蠢くのを確かめる。引き抜かれる喪失感で千鶴が涙を散らせば、今度は一気に最奥目掛けて腰を押し進めていく。それを何度も続けるうちに、千鶴の声が甘さを増してきた。

「気持ちいいか？」

普段であれば、絶対に答えられないような問いかけ。しかし思考が蕩け切っている千鶴は、こくこくと何度もうなずき返す。

気をよくした正也は千鶴の太腿の裏に手の平を押し当て、脚を前方に押しやって結合を深くする。

少し前に指で探った媚肉の中の一番感じる場所を、楔の先端で何度も擦り上げる。するとすぐさま媚肉が痙攣を起こし、ふるふると小刻みに千鶴の脚が震え始めた。

それを肌と中から直に感じ、正也は楔を最奥に突き立て、子宮口をぐっぐっと押し上げる動作を繰り返す。それは快感の波を千鶴の頭の中まで押し上げていくようだった。

何回目かの突き上げで、とうとうその波が全身を支配する。それでも正也は容赦なく腰骨を掴み、楔を限界まで引き抜いて、最奥に押し入ってくる。刹那、千鶴は涙を散らして背を弓なりに反らした。

「ひッ、ぁあああっ」

「ッ」

陸に上がった魚のように、その場で何度も跳ね上がる。一方、正也もまた千鶴の腰を掴み、最奥で膜越しに欲望を放った。

正也の額から顎へと流れた汗が、千鶴の胸元に落ちる。その様を、愉悦を込めた視線で見届けると、正也は身体を屈めて舌で拭い取った。

全身が敏感になっているところを刺激され、千鶴は甘い息を吐いて身を捩る。理性など微塵も残っていない姿に、正也は満足げな表情を見せる。そして手早く後始末を済ませると、千鶴の隣に寝転がって柔らかく抱き留めた。

「大丈夫か？」

からかいではなく、心配する甘い声。千鶴は頬を熱くして小さくうなずいてから、正也の胸元に頬を寄せた。

柔らかな髪が肌をくすぐり、正也はくすっと笑みを零す。それでも離さないと言わんばかりに腕に力を込め、千鶴の髪に口づけを落とした。

無言のまま、甘く穏やかな空気が流れ続ける。それからほどなくして、千鶴が目をしぱしぱさせ始めた。

じんじんとした重い痛みや違和感はまだ残っている。それでも、与えられる温もりと胸の中を占める幸福感に、急速に眠気が襲ってきた。

今日は心身ともに色々あった。それ故の疲れもあったのだろう。千鶴の様子に気付いた正也が、耳元で囁いた。

「寝ていいぞ」

まるで子供をあやすように言われ、千鶴は口を尖らせた。

「そうなんですけど、もったいない気がするんです」

もっと、二人の会話を楽しみたい。今という時が、一秒でも長く続いて欲しい。

駄々っ子のように言うと、正也は優しい声色で続けた。

「話ならまた起きてからすればいい。俺も寝るから、な？」

言われている途中で限界がきてしまったようだ。否定したいのに、瞼が鉛のように重く、勝手に閉じていってしまう。

背中を優しく撫でられると、なす術もない。千鶴は大事ななにかを口にしかけて、そのまま深い眠りへと誘われてしまった。

「おやすみ、千鶴。ありがとう」

この上ないプレゼントを与えてくれて感謝している。そう囁きながら、正也は真綿で包むように千鶴を腕の中に囲い込んだ。

＊　＊　＊

「んっ」

居心地のいい体勢を求め、ころんっと寝返りを打つ。何度も左右に身体を揺らした後、ようやく収まりのいい位置を見つけ、千鶴は小さな笑い声を漏らした。

布団から出ている首から顔にかけては、エアコンの風が当たって肌寒さを感じる。本能で温もりを求めて身じろいだところ、傍に温かななにかを見つけて頬（ほお）を擦（す）り寄せた。しばらくそうしていると、不意にそのなにかが動く気配を感じた。

「……？」

自分が抱きついているものは一体なんなのか。夢か現（うつつ）かもわからず、千鶴は瞼（まぶた）をゆっくり上げる。

だんだんと焦点が合っていく光景の中、目の前にあるものが自分の想い人だと気付いた。

「おはよう、よく眠れたみたいだな」

「ッ、おはようございます」

驚いた瞬間、脳裏を過（よぎ）った昨夜の出来事。それらで顔を熱くしていると、正也はくつくつと喉（のど）を鳴らした。

「なにがおかしいんですか？」

「いや、お前の前世は猫だったのかと思ってな」

そんなに笑うほど、変な行動を取っていただろうか。不安になって問いかけると、正也は目を細めて返す。その答えに、先程まで頬擦（ほおず）りしていたのが正也の胸元だったと認識し、ぽんと音がするほどの勢いで赤面した。

顔を両手で覆(おお)い隠そうとすると、手首を取られて抱き寄せられてしまった。鼻先をぐっと胸板に押し付けられ、千鶴は羞恥(しゅうち)で頭をくらくらさせながら、拘束(こうそく)から逃れようと身じろぐ。しかし、背後に回った手があやすように動き出したことで、観念して広い背中に手を回した。

「時間は大丈夫なんですか？」

　離れがたい気もするが、ここ最近の彼の忙しさを思えば、今日が休みであるはずがない。問いかけに正也は一度壁掛け時計を一瞥(いちべつ)してから、「ああ、もう少しな」と短く返し、千鶴の髪に鼻を埋(うず)めた。

　正也の薄い唇から漏(も)れる吐息がくすぐったくも温かくて、このままもう一度眠りたいという欲求に駆(か)られる。でも、彼と会話をする時間を手放すのも惜(お)しく、再(ふたた)び口を開いた。

「今日も遅いんですか？」

「ああ……。なんだ、寂しいのか？」

「違いますっ」

　からかうような口調で問われ、千鶴はぎょっと目を見開いて否定する。

　一気に空気を吸い込んだせいで、こほこほと咳(せ)き込んでしまう。そんな千鶴の背を撫(な)でる正也は口では「悪い悪い」と言いながらも、表情は悪びれもなく笑みを象(かたど)っていた。

「正也さんの代わりはいないんですから、ちゃんと休んでくれないと困るっていう意味です」

ようやく落ち着きを取り戻し、千鶴は口を尖らせて言い直す。すると、どうしたのか、正也は目を見開いてしばらく押し黙った後、嬉しそうに笑った。

「……そうか」

正也はそれまでのからかいをやめて、そっと千鶴の額に手を当てる。そのまま前髪を掻き上げ、優しく口づけを落とした。

「さて、そろそろ起きるとするか」

「じゃあ、私も……ッ」

正也に倣って起き上がろうとするが、次の瞬間、千鶴は全身を襲う感覚に思わず固まってしまった。

痛みというほどのものではないが、明らかに身体に感じる違和感。それが意味することに一人内心で悶絶していると、正也が千鶴の髪をくしゃりと撫でた。

「無理はするな。千鶴、お前、朝食はいつもパンとご飯、どっちだ？」

「えっと、どちらでも」

自分の家の冷蔵庫には、パンとご飯をそれぞれ一食分ずつ冷凍してある。どちらを食べるかはその日の気分次第だ。

なぜ今、そんな質問をされるのか。首を傾げつつも返答すると、正也は上着を羽織りながら返した。

「なら、調理場にあるものを適当に温めてくるから、それまで寝て待ってろ」

「でも……」

主がいない部屋に残されるのは少し心細い。なにより気がかりなのは、ここにいる姿を誰かに見られることだった。

もうすぐ、使用人たちが屋敷の掃除やらなにやらに動き出す時間だ。そんな彼らに、同じような立場の自分が正也の寝室から出てくるところを見られたくない。

不安に思い目を伏せると、正也は千鶴のもとに歩み寄り、顎に手を掛けて顔を上向かせる。そして、まっすぐな瞳で見据えた。

「言っておくが、俺はお前と隠れてコソコソ付き合うつもりはない」

子供でもあるまいし、わざわざ触れ回ることはない。それでも、誤魔化したり嘘を吐いたりしようとは思わない。

そう続けられた言葉は決意表明である一方で、千鶴に対して覚悟を持てと命じているようでもあった。

千鶴は瞳を揺らしながら、小さくうなずき返す。素直な反応に正也は唇の端を持ち上げ、再び身を起こした。

「それともあれか、俺には飯を温めることも、パンを焼くこともできないだろうと思っているのか？」

再(ふた)びからかいを含んだ黒い笑みで問われ、千鶴は急いで顔を左右に振る。その反応に愉快(ゆかい)そうに喉(のど)を鳴らすと、正也は千鶴の頬(ほお)に口づけてから部屋を出て行った。

二人で過ごす初めての朝。口調こそ変わらないものの、彼の視線と声、どちらをとってもひどく甘いものへと変わっていた。

「もう、お腹いっぱいかも」

これから朝食を用意してきてくれると言うが、胸が一杯の状態で食べることができるのか。

――そんなことを千鶴が考えていた十数分後。少し焦げ目の多いハムエッグとサラダ、こんがり焼けたトーストとカフェオレが載ったトレイを手に戻ってきた正也は、やはり手放しで千鶴を甘やかそうとして――

食が進まない姿を心配される中、トーストを冷めきったカフェオレで喉(のど)の奥に流し込む。そうして恋人としての初めての朝が過ぎていったのだった。

第十一話

視線をきょろきょろと彷徨わせ、何度も溜息を吐く。すると落ち着かない様子の千鶴を見兼ねたのか、運転席に座る仙堂が、バックミラー越しに謝罪した。

「急な予定変更になってしまい、申し訳ありません」

「いえ……」

心ここにあらずの状態の千鶴は、上手くフォローすることができない。それを申し訳なく思う余裕すらなかった。

この日は店の定休日。予定では、最近やっと慣れてきた車の運転をして、買い物に行こうと思っていた。しかし出掛けようとする寸前で正也から電話があり、昼食に同席するように言われたのだ。

ただの外食であれば問題なかったのだが、正也の両親が一緒だと言われるとどうしても緊張する。しかも千鶴に会うのが目的だと示唆されればなおさらだった。

使用人としても中途半端な立場の自分が、突然屋敷に住み始めたのだ。両親としては、気になる存在だろう。

その上、今や二人の関係は恋人へと変化している。そのことも、千鶴の動揺をさらに煽る一因となっていた。

彼と恋人関係になってから、もうすぐ二ヶ月。短いともいえるその期間で、正也の印象はずいぶんと変わった。

まず千鶴は携帯電話を持たされ、一日に一回、正也の帰宅の予想時間が告げられるようになった。忙しい時には、仙堂から代わりに連絡がくることもある。その一番の理由はあの日から、正也が千鶴のもとで眠るようになったからだ。

早く帰れる時は正也の部屋で待つように指示があり、遅い時は千鶴の家を訪れる。ベッドが狭くても、一人で休んだ方がいいと何度言っても、簡単に言い包められてしまう。

最近はもっぱら、正也が千鶴の家に来る頻度が高くなっていた。そのため、正也の屋敷で作った和菓子を、自宅に持って帰ることも少なくない。それどころか、屋敷からの帰宅時に正也のための夕食がつめられたお重を渡されることさえ増えてきた。

仙堂の采配により、正也が千鶴の家で夕食を取れるように、使用人が準備してくれたものだった。

周囲に二人の関係を告知されているような状況に、千鶴は毎回顔から火が出そうなほどの羞恥を味わう。けれど、正也のためと言われれば、それを持ち帰る以外に道はなかった。

一度本人に愚痴ってみたことがあるが、返ってきた言葉は実に彼らしいものだった。

『柔らかいものを抱きしめて眠るっていうのは、安心感があってストレス解消にいいんだ。それが大事な女なら、なおさらだろう？』

悪戯っぽい笑みと共にそんなことを言われてしまっては、なにも言い返せない。

忙しい中できちんと自分を労わってほしい。本心でそう思っていても、少しの時間でも共にいたいという気持ちも確かにある。だから正也の言葉を嬉しいと思う気持ちを偽れなかった。

最近殊更に増えた正也との甘いやり取りを思い起こし、千鶴は一人赤面をする。けれどそれも束の間のこと。目的地に近付くにつれて、だんだんと緊張が戻ってきてしまい、顔の強張りを解こうと頬を両手で揉み解した。

正也から聞いた話で、父子の関係が上手くいっていないことは知っていた。そんな相手、しかも元大物政治家を相手に、どう振る舞えばいいのか。

千鶴は声にならない独り言を唱えながら、仙堂の運転する車で指定された料亭へと向かった。

「奥様はとても穏やかな方ですし、博正様も引退されてからだいぶ性格が丸くなりましたから、気を張らなくても大丈夫ですよ」

そんな気遣いの言葉と共に仙堂に見送られ、女将の案内により部屋へと導かれる。戸が開かれると、そこにはすでに正也の両親の姿があった。

「待ち人がいらっしゃいましたよ」

贔屓(ひいき)にしている店のようで、女将(おかみ)が気さくな様子で声を掛ける。すると、二人の視線が自分に集中するのがわかる。

わずかに視線を外して軽く深呼吸をしてから、千鶴は部屋の中に一歩を踏み出した。

第一印象と挨拶(あいさつ)は肝心(かんじん)だ。そう心で唱(とな)え、震(ふる)える声で第一声を発する。

「初めまして、三宅千鶴と申します。今日はお招きいただきまして、ありがとうございます」

「初めまして、千鶴さん。正也の母の順子(じゅんこ)です。こちらこそ、わざわざ来ていただいてありがとう。どうぞ、お座りになって」

仙堂の言葉通り、穏やかな笑みを見せる順子に、千鶴も幾分(いくぶん)表情を和(やわ)らげる。

大手企業の創設者の令嬢というだけあって、品のいい雰囲気が感じられる。一方、その隣ではなにも発することなく、ちらりとこちらを一瞥(いちべつ)する博正の姿が見えて、千鶴は一瞬で身体を強張らせた。

やはり、自分は認められていないのだろうか。そんな不安が込み上げてきて、足を踏み出せないでいると、突然背後から聞き慣れた声が聞こえてきた。

「そんなところにつっ立っていると、風邪(かぜ)を引くぞ」

「正也さん!?」

反射的に振り返ると、苦笑する正也の姿があった。彼は千鶴の肩をポンッと叩き、中に入るように促す。

そんなことを言うのなら、ここに来る前に合流してほしかった。せめて、先にここにいてください。

皮肉めいた愚痴が脳裏を過るもそれを口にすることはできず、先を歩く正也の背中を追って奥へと向かっていった。

「正也、あなたちゃんと休んでいるの？　最近なにかと忙しいようだし、きちんと三食食べないとダメよ」

腰を下ろすなり、順子は先程までの穏やかな口調を一変させる。それは息子を心配する母親のものだ。

千鶴の前で子供扱いされることに居心地の悪さがあるのか、正也は苦笑した。

「問題ありませんよ。仙堂がきちんとスケジュール管理をしていますし、それに今は無理をするとうるさいのが増えましたから」

言いながら、正也がちらりと千鶴に視線を送る。対して、千鶴は正也の両親にわからぬように、彼の脇腹を軽く叩いた。

確かに関係性が変わってから、遠慮せずに彼の仕事っぷりに苦言を呈することがあった。でも、それをわざわざここで言わなくてもいいだろうと、小さく抗議する。

意地の悪い笑みを向ける正也を見て、今度は太腿(ふともも)を抓(つね)ろうかと考えていると、順子が弾んだ声で言い放った。

「あら、千鶴さんがちゃんと見張ってくれているのね。それは頼もしいわ」

「いえ……そんな……」

まるで自分たちの関係を知っているかのような物言いに、千鶴はおどおどしてしまう。

正也は両親に自分との関係をどこまで話してあるのだろうか。疑問に思って視線を送ると、不意に博正と視線が交わり、硬直する。

一時は大病(たいびょう)で長期入院を強(し)いられ、テレビで放送された引退会見の際にはだいぶやつれた印象だった。けれども今、目の前にいる博正は、頬(ほお)がふっくらとして健康そうに見える。

眼鏡(めがね)の奥の眼光の鋭(するど)さは健在(けんざい)だ。眉間(みけん)に刻まれている皺(しわ)が自分を拒絶しているように感じられて、逃げ出したくなる気持ちを必死に抑え込む。

すると、とうとう博正が口を開いた。

「そんなに緊張しなくてもいい。昔は色々あったが、今はただの隠居(いんきょ)老人だからな」

意外と言っては失礼だが、博正は千鶴を気遣い、小さいながらも笑みを見せる。その表情の中に正也と似たものを感じ、やはり二人は親子なのだと実感する。そしてそう思えた瞬間、千鶴の肩から少しだけ余計な力が抜けた。

一方、正也はなにも言わず、千鶴の隣で酒を手酌し続ける。その態度に博正も文句を言うことなく、千鶴に向けて問いかけた。

「ところで千鶴さん、お酒は呑めるのかね？」

「あっ、はい。強くはないんですけど」

千鶴の返事を聞き、博正は目の前にあった徳利を手に持ち掲げて見せる。千鶴がお猪口を差し出すと、そっと酒を注いでくれた。

小さくお猪口を持ち上げて感謝を示し、ちびりと口に含む。いい酒は水のような口当たりだとはよく聞くが、本当にその通りだと実感できるお酒だ。

ほどよく身体が温まり、さらに緊張が解れていく気がした。

「こんなにおいしいお酒は、初めて呑みました」

千鶴が満面の笑みを向けると、博正もわずかに口元を緩める。その隣で、順子が嬉しそうに博正の腕に手を添えた。

「よかったですね、お父さん。千鶴さんが気に入ってくれるお酒はどれか、女将と話し合って決めたのよ」

「ありがとうございます」

自分のことを考えてくれていたと聞き、素直に感謝の言葉を告げる。対する二人の表情は、柔らかく感じられた。

酒を酌み交わしたことをきっかけに、二人との会話が弾んでいく。そのほとんどは順子からの質問に千鶴が答える格好だったが、正也と知り合ったきっかけから、居候することになった経緯まで説明していった。

「そういえば、千鶴さんは和菓子職人さんなのよね？」

「はい。まだ修業中の身ですけど」

不意に順子から問いかけられ、千鶴は小声で返す。すると、それまで沈黙を貫いていた正也が突然話に割って入った。

「彼女の作った和菓子は格別です。特にどら焼きは、他の店のものとは比べ物になりません」

きっぱり言い切った言葉に、順子は驚いた顔を見せた。そして千鶴と正也を交互に見遣ると、なにかに納得したようにうなずいた。

「この子が褒めるなんて、よっぽどおいしいのね。今度、お店に行かせてもらうわ」

「はい。是非いらしてください」

正也やその両親と比べたら、自分には褒められる経歴なんてなにもない。それでも、自分が心血を注いで励んできた仕事を褒められ、素直に嬉しかった。

努力を認めて貰えたというだけでなく、師匠である店主や支えてくれた多恵も認められた気がするのだ。

胸にくすぐったくも幸せな気持ちを抱えていると、順子は頰に手を当てて首を捻った。

「でも和菓子って、本当に作るのが大変なのよね。テレビ番組で見たことがあるけど、餡を作るにしたって何時間もかかるでしょう？　仕事となると、結構な重労働でしょうし」

確かに小豆を炊き上げて業務に必要な量の餡を練り上げるのは、かなりの力がいる作業だ。慣れない頃は混ぜた勢いで飛んでくる欠片でよく火傷をした。次の日に腕の痛みを感じることもしょっちゅうだった。

それでも、味見した店主が満足げにうなずく姿を見ると、疲れなど一瞬で吹き飛んでしまう。千鶴は誇らしげに笑って返した。

「そうですね。今なら米一俵くらい、片手で担げる気がします」

力こぶを作り、おどけて見せる。すると順子はくすっと笑みを零し、正也と博正は口角を上げた。

「作った餡が色々な和菓子に変わる過程に携わっているうちに、力仕事も全然苦じゃなくなりました。餡を余分に作っておけば、その分練習させて貰えましたし」

店で出す四季折々の上生菓子の数種は、千鶴に任されている。

毎年、微妙に成型方法を変えたり、ラインナップを入れ替えるため、よく図書館で花の図鑑を借りたり、インターネットで調べたりしている。どうすれば上手く表現できるか。その手法を考え出すことも楽しみの一つだ。

千鶴の表情から、和菓子作りを心から楽しんでいることが伝わったのか、順子が微笑ましそうに顔を綻ばせた。

「私もやってみたいわ」

思わぬ申し出に、千鶴は即座に提案した。

「月に数回ですが、うちの店で和菓子教室もやっているので、お時間のある時にでも是非」

社交辞令でも、和菓子作りをしてみたいと言ってくれるのであれば、そのための場があることを伝えたい。千鶴の提案に、順子は手を叩いて喜んだ。

「まぁ、是非参加させていただきたいわ。どんなお菓子を教えてもらえるの？」

「毎月変わるんですけど、来月は確か上生菓子で花の形を作ったものを一種と、もう一つは焼きまんじゅうだったかな？ 再来月は外郎の上生菓子と、とら焼きだったと思います」

メニューを聞いて想像したらしく、順子は子供のように目を輝かせた。

「どれも作ってみたい物ばかりだわ。でも、とら焼きってどうやってあの模様をつけているの？」

どら焼きの皮は鉄板の上でホットケーキみたいに焼くイメージがある。ではとら模様はどのように作るのか。まさか一枚一枚手で模様(もよう)をつけているわけではないだろう。

そう疑問を口にする順子に、千鶴はすぐに説明した。

「どら焼きを焼く時に、鉄板の上にわら半紙やオーブンペーパーを敷いて、その上で生地を焼くんです。そうすると紙を剥(は)がした時に、綺麗にとら模様(もよう)になるんです」

敷く紙の材質が変わると、模様(もよう)も変化する。千鶴の説明に、順子は感心したように相槌(あいづち)を打った。

「どら焼きの皮の基本的な配合は三同割(さんどうわり)といって、粉と砂糖と卵が全て同じ分量なんです。その比率を少し変えることで色々アレンジできて楽しいですよ」

配合比だけでなく、粉や砂糖の種類、砂糖の一部をはちみつに変えてこくを出すなど、こだわれば組み合わせは数えきれない。自宅で簡単に自分好みの味を追求できる。奥の深いお菓子なのだと続けると、順子だけでなく正也や博正も感心した表情を見せた。

「ねぇ、あなたも一緒に行きましょうよ」

話を聞き終えた順子が、不意に隣に座る博正に向き直る。そして親におもちゃを強請(ねだ)る子供のように、博正のスーツの袖(そで)を引いて願い出た。

その返事を待たずして、順子は千鶴に向かって意気揚揚(いきようよう)と告(つ)げた。

「この人ね、こう見えて結構器用なのよ。最近二人で陶芸の教室に参加させていただいたんだけど、私よりずっと綺麗なお皿を作るもんだから、ちょっと悔(くや)しかったわ」

若い頃に叶えられなかった、恋人としての時間。それを今取り戻しているのだろう。千鶴の目に映る順子は、さながら恋する乙女だった。

「素敵ですね。私も見てみたいです」

お世辞(せじ)ではなく、口からするりとそんな言葉が零(こぼ)れる。すると順子は頰(ほお)を赤らめ、自分が褒(ほ)められたかのように嬉しそうに微笑(ほほえ)んだ。

「それなら、是非(ぜひ)今度うちにいらして。そうだわ、あなた、二人にマグカップでも作って差し上げてくださいな」

腕を披露(ひろう)してみたらどうか。

そんな順子の提案を突っぱねるかと思いきや、博正は溜息を一つ零(こぼ)した後、ぼそりと呟(つぶや)いた。

「いつ渡せるか、約束はできんがな」

満足できる物でなければ、贈ることはできない。言外にそう告(つ)げる博正に、千鶴は微(ほほ)笑(え)んだ。

心なしか、隣に座る正也の表情も、先程までよりもだいぶ穏やかなように感じられる。

かつては、家庭を顧(かえり)みない、自分にも他者にも厳格な政治家。それが今は、愛妻家で家族想いな夫であり父へと変わった。それは揺るぎない事実なのだと、千鶴は自分の目で確認することができた。

ならば、おせっかいと言われても伝えたい言葉があった。

「楽しみですね、正也さん」

「……そうだな」

順子が博正に接する態度を真似るように、正也のスーツの袖をちょこんと引いて声をかける。

少しの不安を胸に、探るように問いかけると、正也は皮肉で返すことなく短くうなずく。その答えに、千鶴は順子と目を合わせてそっと微笑んだ。

その場が穏やかな空気に包まれて間もなく、携帯電話の着信音が鳴り響く。どうやら正也のものらしい。胸ポケットから取り出して画面を確認し、正也は千鶴に視線を戻した。

「ちょっと出てくる」

「はい」

彼の瞳が、ここに残していって大丈夫かと問いかけている。千鶴が目を合わせてうなずくと、正也は安堵の表情を見せ、そのまま部屋を後にした。

戸の閉まる音が響いてから数秒の後、お猪口をテーブルに置いた博正がおもむろに口を開いた。

「千鶴さん、一つ聞いてもいいかな?」

問いかけに、千鶴は動揺を隠してうなずき返した。

「息子のことをどう思う?」

まるでなにかの試験を受けているような緊張感が襲ってくる。それでも、千鶴は求められている答えがなにかを探ることなく、ただ正直に答えた。

「立派な方だと思っています。少し子供っぽいところもありますけど……」

失礼な物言いかもしれないが、飾らない言葉で返す。それに気分を害した様子もなく、博正は口元を緩める。それから空のお猪口に酒を手酌して続けた。

「では、息子とのこれからのことを考えていると思っていいのかな?」

「これから、ですか?」

最初に聞かれた時よりも難題に思える質問に、今度は即答することができなかった。瞳を揺らしてなにかに怯えた様子を見せる千鶴に博正は小さく苦笑し、穏やかな口調で続けた。

「あれは不肖の息子だが、責任感は人一倍ある。政治家として、役職を担うことも増えていくでしょう」

博正の言葉は、決して親馬鹿な発言ではない。父親としてではなく、一政治家の成長を見守る師のような目をする博正に、千鶴は視線を逸らすことができなくなる。

ただ、どうしようもない喉の渇きを感じていた。自分と正也の間にある、一生埋まりはしないであろう差。それをまざまざと目の前に突き付けられた気がした。

しかし、青褪める千鶴にかけられた言葉は、意外なものだった。

「あいつには支えてくれる相手が必要だと、常々思っていてね。恥ずかしながら、私もこの年になって気付いたことだが……」

家庭を顧みなかった、自身の過去を振り返っているのだろう。博正が苦笑しながら隣に目を向けると、順子はただ穏やかな笑みを返した。彼女の瞳には、何十年にも及ぶ苦労の日々に対する恨みなど、微塵もなかった。

「常々、あいつは私よりも賢いと思っていたが、支えてくれる相手も自分の力で見つけられたのかと、感心していたんですよ」

「………」

二人は自分を認めてくれている。その事実をこの時初めて実感し、千鶴は喉に縄が絡みついたかのように、なにも返すことができなかった。

喜びは確かにある。けれど自分はそんな大層な人間ではない。油断するとそんな言葉が口をついて出そうになるほど、不安の方が大きかった。

博正の言うように、正也の未来に自分が必要な存在だと確信できない。今の自分にできるのは、せいぜい彼のために和菓子作りをすることだけなのだから。

そう実感して初めて、千鶴は自分の心の奥底にあった気持ちに気付く。本当は二人に、正也との仲を反対して欲しかったのだと――

　幸せだと感じる時間が増えれば増えるほど、比例して大きくなる不安。今は均衡しているテ秤が、いつ大きく傾いてしまうのか、怖くてたまらなかった。いつか必ずその時は来る。正也との別れを確信しているからこそ、人知れず逃げる口実を探してしまっていた。

　正也の両親をその口実にしようとしていたことを自覚し、千鶴は申し訳なさで眉尻を下げた。

「私は彼に相応しくない人間です」

　不安を吐露すると、二人の会話を見守っていた順子が優しく諭すように告げた。

「相応しくないだなんて、お互いの気持ちがあればそんなことはないのよ。私だって、この人に想われていなかったという意味では、いい妻ではなかったんですから」

　順子の告白に、普段見せない心の傷を感じ取ったようで、博正が苦しげに眉を寄せる。

　妻と千鶴、二人の間を流れる空気が重くなったことに、罪悪感を覚えたのか。博正はこれ以上問い詰めるつもりはないと、改めた。

「年を取るとうるさくなっていかんな。老い先短い老人の戯言と思ってください」

　気を取り直そうという意を察し、千鶴はそれ以上なにも言わなかった。

　自分が後ろ向きな態度を見せなければ、ただの世間話でやり過ごせたのだ。

「いえ、今日はお二人にお会いできてよかったです」

どこの馬の骨とも知れない自分に優しく接してくれた。存在を認めてくれただけで、涙が出るほど嬉しかった。

心からの言葉に、順子は優しい笑みで返した。

「ねぇ、千鶴さん。よかったら、またこうしてご一緒していただけるかしら？」

共に過ごす時間は、二人にとっても楽しいものだった。そう告げられ、千鶴はすぐさまうなずき返す。

「はい、是非」

次会う時には、この胸の奥に巣食う闇が少しでも小さくなっているといい。そんなことを願いつつ、不安をひた隠しにして、千鶴は精一杯の笑顔を見せた。

第十二話

「俺が席を外している間に、なにか言われたのか？」

帰宅すると間もなく、正也は真剣な顔で千鶴に向き直った。

料亭で、正也が仕事の電話を終えて戻った時にはすでに、その場は和やかな雰囲気に戻っていたはずだ。とはいえ、千鶴の変化に聡い彼が、なにも気付かないわけがなかった。

　あの場で聞かなかったのは、彼なりに千鶴を追い詰めないようにと配慮したのだろう。

二人きりになってすぐさま問いかけてきた正也に、千鶴は曖昧な笑みを返した。

　嘘を吐いたところで、すぐにばれてしまう。だからこそ、慎重に言葉を選ぼうとする。

そんな煮え切らない態度に怒りを覚えたのか、正也は語気を強めて言い放った。

「隠しごとをしようとしても無駄だ。さっさと話せ」

　身も蓋もない脅し文句に、千鶴は一瞬面食らって口をぽかんと開く。だが直後、苦笑を返した。

「たいしたことじゃないですから」

「たいしたことかどうかは、俺が決める」

　どこまで俺様なのかと、呆れを込めて呟く。それでも、彼が自分を心配してくれているのは痛いほどよくわかり、千鶴は口を開いた。

「なにか言われたわけじゃありません。ですが、お二人を間近で見て、自分が一般人なのだと思い知らされたといいますか……」

　簡潔に説明することができず、しどろもどろになってしまう。

　それでも、どんどん深くなってくる正也の眉間の皺を見る限り、言いたいことは伝わったのだろう。

怒らせるつもりはなかったと、千鶴は困ったように眉尻を下げる。そして手を伸ばし、正也の頬に右手を当てて問いかけた。

「正也さんは、恋人が私で本当によかったんですか？」

自分でもずるい質問をしているという自覚はあった。彼なら、否定するであろうとわかっていたからだ。

――いずれ、必ず別れる時がくる。それがわかっていても、今、終止符を打つ勇気はない。それほど彼の傍にいる時が幸せでならなかった。

なにを馬鹿なことを言っている。俺の選択が間違っているはずがない。いつものように、そう力強く否定してくれれば、まだ彼の傍にいる言い訳ができる。

自分の浅ましさを自嘲しながら、千鶴は窺うように正也を見上げる。するとどうしたのか、正也はなにかを考え込む様子で腕時計を一瞥すると、千鶴の手首を取って立ち上がった。

「今から、出るぞ」

「え？」

予想していたものとはまったく違う展開に、千鶴は素っ頓狂な声を上げるも、詳しい説明を受けることはできず――

なにがなんだかわからないまま、車の中に押し込まれてしまった。そしてほとんど会話をすることもなく連れてこられたのは、小さな定食屋だった。

店に着いても、正也はなにも言わずに車を降り、おもむろにガラス戸をノックする。

それから一、二分後、戸の向こうからエプロン姿の愛らしい女性が姿を見せる。

彼女は正也の顔を見るなり、嬉しそうに顔を綻ばせた。

「いらっしゃいませ、お義兄さん。ご無沙汰しています」

桜色の唇から発せられた呼称に、千鶴は思わず目を丸くした。

確か、正也に弟はいたはずだが妹がいるとは聞いたことがない。だとしたら目の前の女性は誰なのか。思考を巡らせていると、人懐っこい瞳が自分を捉えた。

「初めまして、赤坂美羽と申します」

愛らしい笑みと共に自己紹介され、千鶴は慌てて姿勢を正した。

「初めまして、三宅千鶴です」

千鶴の自己紹介に、美羽は満面の笑みを見せ、店の中に向けて手を差し出した。

「千鶴さんですね。狭いですけど、どうぞゆっくりしていってくださいね」

言うなり、店の中央にあるテーブル席まで駆け寄り、椅子を引いて案内される。促されるまま席に着くと、美羽は店の一角にあったポットを手にテーブルへと戻ってきた。

コップに麦茶を注ぎ、千鶴と正也の前へ差し出す。正也はそれを一口含んだ後、謝罪を口にした。

「突然来てしまって、悪かったな」

「いえ、全然構いません。でも、まだ彼は戻ってないんですけど、大丈夫ですか？」

「ああ」

正也の返事に、美羽は安堵の笑みを見せる。それからなにか料理を作ってくると言い残し、厨房の中へと入っていった。

働き者の小さな背を見送った後、千鶴は正也のスーツの裾を軽く引っ張り、小声で問いかけた。

「正也さん、あの方は？」

確認のために問いかけると、正也は不敵に笑って見せる。当ててみろと言わんばかりの表情に、千鶴はむっとして押し黙った。

正也の両親との食事の席では、緊張で料理の味など覚えておらず、口にした量もほんのわずか。腹が減っては戦はできぬ。美羽の作ってくれるという料理でお腹を満たしたら、応戦してやろうと心の中で意気込む。

久しぶりに強気に戻った千鶴は、軽く正也の脇腹を小突いて宣戦布告した。

「この伊達巻、すっごくおいしいです」

美羽が持ってきてくれた料理の一つを口にして、先程までの不安も不機嫌さもなんのその、千鶴は顔を綻ばせる。無邪気に感嘆の声を上げる千鶴に、美羽もまた満足げに微笑んだ。

二人が穏やかな時間を共有している傍らに、現在、正也の姿はない。両親との顔合わせの時から何度も続く電話で、再び席を外していた。

しかも、今度は仙堂を連れて短時間ながらも外出をするという。かなり緊急性が高い話だろうと予想できた。

『一時間で戻る』

そう言い残して出て行く背を見送ったのは、今から十分ほど前のこと。見知らぬ場所に置いていかれることに戸惑いはあったが、不思議と美羽と二人でいる時間は苦痛ではない。二人であれこれ話している中で、美羽が正也の弟の奥さんだということも教えてもらった。

こんなおいしい料理を作れて、一人で店を切り盛りしているなんて、きっと素敵な家庭で育ったのだろう。正也の義理の妹であるなら、なおさらだ。

自分と美羽とを比べて、後ろ向きな気持ちを抱えながら、千鶴は思わず質問を投げかけた。

「料理はお母さんから習ったんですか？　それとも、どこかの学校で？」

問いかけに対し、美羽は小さく首を横に振った。

「ここは元々、祖母と二人でやっていた店なんです。料理は祖母に習ったというより、見て覚えたものと、自分で考えたものがいくつかですね」

今でも、まだまだ祖母の味には追いついていない。満足はしていないと続ける美羽の言葉に、千鶴は小さな違和感を覚えて店内を見回した。そしてふと壁掛けの写真に目を留めると、ある事実に気付いた。

「おばあさんとお二人？」

写真の中には祖父母と思しきものと、美羽とその両親が写っているものもある。それなのに、祖母と二人とはどういうことか。疑問に思ってつい口に出してみたが、すぐにはっとして唇を閉じた。

はたして今日会ったばかりの自分が踏み込んでいい内容なのか。千鶴は自分の失態を認識し、申し訳なく思い眉尻を下げる。

対して、美羽は気を害した様子もなく、すんなりと答えを口にした。

「ええ、祖父と両親は幼い頃に亡くなっているので、この店を切り盛りしながら祖母が私を育ててくれました。皆がいた頃の記憶はもう薄れてしまっているけれど」

少し寂しげな表情を見せ、店内にある両親の写真に目を向ける。彼女の笑顔の裏に秘められた苦労を垣間見た気がして、千鶴はなにも言えなくなってしまった。

「生きていてくれればと、今でも時々思うことがあります。でも、今は夫や正也さんたちが家族になってくれましたし、友人やお客さんにも恵まれて幸せです」

時間が解決してくれない痛みもある。過去を振り返れば、いつだって涙が込み上げてきそうになる。それは多かれ少なかれ、自分以外の多くの者たちも抱えているものだろう。

それでも自分の力で立ち上がり、前を向いて歩いて行けるのは、愛された記憶があるから。心からの笑顔を見せることができるのは、支えてくれる人がいるから。

幸せだときっぱり言ってのけた美羽の表情に、陰りは見えない。若く小柄な女性に見える美羽が、千鶴の目にはとても大きく、しっかりして見えた。

「私も亡くなった父に今でも会いたいと思うので、その気持ちはよくわかります。母親の方は、とても大事にしたいと思える人ではありませんが……」

自分はなぜ、ここまで込み入った話をしているのだろう。千鶴は自問自答しながらも、思わず本音を口にしていた。

美羽の過去を明かさせてしまったせめてもの償いか。それとも、彼女の放つ聖母のような雰囲気がそうさせたのか。

ただコップの中の氷を見つめて呟いたところ、数拍の間を置いて、美羽がぽつりと呟いた。

「正也さんが千鶴さんをここに連れてきた理由が、わかった気がします」

「え？」

きっと、正也はなにかの意図を持って自分をここに連れてきたはず。そうはわかっていても、理由は見当もつかない。

それを知りたいと視線で訴えると、美羽は優しい声色で話した。

「正也さんは、きっと不安だったんだと思います」

「あの人が、不安？」

不安などという気持ちは、普段の正也からはかけ離れたものに思えた。

それが似つかわしいのは自分の心情の方だ。そう訂正したい気持ちになる千鶴に向かい、美羽は確信を持って続けた。

「千鶴さんの不安が、正也さんにとっては一番怖いんだと思いますよ」

「あの、それはどういうことですか？」

意味深な笑みと共に届けられた言葉の真意を確かめようとすると、美羽はすっと目を細めて続けた。

「心の中は、自分以外の誰にもわかりませんからね」

どんなに感情が表情に出やすい人がいたとしても、心の機微までをも悟ることはできない。それが負の感情であればなおさら、誰にも知られないように蓋をしてしまうだろう。

だからこそ、その蓋を軽いものにする努力が必要なのだと美羽は穏やかな表情で続けた。

「私にも身に覚えがあるので偉そうなことは言えないんですけど、気持ちを隠す苦しみよりも、察することができなかったと悔やむ苦しみの方が大きいんじゃないかと思うんです」

積もり積もった不安によって、大切な人が人知れず傷つき倒れそうになっていたら、どんな気持ちになるか。相手を心配して気遣う以上に、そうなるまで気付けなかった己を責める気持ちの方が大きいのではないか。

相手に対する愛情が強ければ強いほど、そして責任感の強い人間であれば殊更に、後悔は大きくなってしまう。そう指摘され、千鶴は言葉を失った。

「正也さんの懐はきっととっても広いと思いますから、色々打ち明けても大丈夫だと思いますよ」

おどけたように笑う美羽の瞳は、どこまでも優しい光に満ちていて、千鶴はなぜか泣きたい気持ちになった。

「千鶴さんは、もっとよくばりになった方がいいと思います」

自分に足りないものを嘆いても、今すぐ手に入らないことがほとんどだ。ならば、せめて与えられたものを拒絶せずに受け入れ、感謝する気持ちを持ち続ければいい。そんな気持ちを見透(みす)かされたような助言に、千鶴は眉を八の字に下げて美羽を見た。

どうして、そんなに自分の気持ちがわかるのか。顔に書いてあるとでもいうのか。そんなことを思っていると、それすらもわかると言わんばかりに、美羽は苦笑した。

「私も後悔した経験があるので」

そう告(つ)げた後、美羽は夫・京也との出会いから今までのことを語り始めた。

出会いの際に、決して好印象を与えるようなことをした記憶はない。それなのにどうしてか、彼の方から歩み寄ってきてくれた。勘違いかと何度も自分を律(りっ)したものの、好きになる気持ちを抑えることができなかった。いまだにどうして自分を選んでくれたのか、疑問に思っていると告白する。

付き合うようになってからも、境遇や職業の違いから、本当に自分なんかが傍にいていいのかと不安に思い続けていた。けれど、それでも傍にいたいと思う気持ちが強く、決して自分から離れることはできなかった。

そんな中で、他人から彼との不釣り合いさを指摘された時に、それまで溜め込んでいた不安の泉が決壊してしまった。悲しみで目の前が真っ暗になり、京也の傍にいることを諦(あきら)めて悲観(ひかん)したのだと美羽は苦しげに吐露(とろ)した。

次から次へと語られる感情の数々に、千鶴は思わず息を止めて聞き入った。それはまさに、千鶴の悩みや胸の奥に燻る恐怖そのものだったから。

自分とて、正也に釣り合うものなんてなにもない。それでも、大切にされていることがわかるから、なにより彼が好きだから、やっぱり傍にいたいと思ってしまう。

けれど美羽のように、第三者から彼の傍にいることを叱責されたら、自分ならどうするだろうか。自問自答をしつつ、身体を強張らせたまま千鶴は震える声で問いかけた。

「それで、美羽さんはどうして京也さんのもとに戻る気持ちになったんですか？」

喉が渇いて掠れた声になってしまう。そんな問いかけに、美羽はとても綺麗に微笑んだ。

「京也さんが謝ってくれて、絶対に事態を解決させて迎えにくるって言ってくれたんです」

蕩けるような表情は、幸せそのものだった。

「その時に気付きました。傷付いたのは私だけじゃない。私が悲しめば、この人はもっと辛い想いをするんだって」

大切な人には、笑顔で、幸せであってほしい。そう願うから、不釣り合いな自分ではそれが与えられないと思うからこそ、傍を離れなければと思った。

けれど、見方を変えればそれは独りよがりの自己満足に過ぎないのだと美羽は続けた。

「すぐには強くはなれませんし、自分を過大評価もできません。でも彼を、彼から向けられる愛情を信じることはできる。それだけで幸せなんだって気付いてから、少し不安がなくなりました」

そんな言葉で締めくくられた一通りの話を聞き終えると、千鶴は深い息を吐いて椅子に寄り掛かった。

美羽の話を聞いて、一つ納得したことがある。どうして自分と同じ境遇のように見える彼女が、不安を消し去り、京也の隣で輝いていられるのかということ。

それは元々の性格によるものではない。様々な苦難を乗り越えて、今の立ち位置にいるから。夫への揺るぎない愛情を胸に、変わることのない信頼の念も抱いているから。

千鶴は自分のことばかり考えていたのが恥ずかしくなり謝罪した。

「色々と失礼なことを聞いて、すみませんでした。おかげで、私にもわかった気がします」

どうして正也が自分をここに連れてきたのか、その答えを見つけられた気がした。そう伝えると、美羽は顔を綻(ほころ)ばせた。

「そうですか。たいしたことはできませんが、いつでも来てくださいね。千鶴さんの作った和菓子も、是非(ぜひ)食べてみたいですし」

自分も、多くの人に支えられて今がある。だから、いつでも頼ってほしいと言ってくれる美羽に、千鶴は感謝を込めてうなずき返した。

これまで自分の世界にいたのは和菓子屋の店主夫婦と登代子、それから施設で暮らす祖父だけだった。情緒不安定とまではいかないが、感情を揺さぶられるのを嫌い、他人との関わりを意図的に避けていた自覚はある。友人と呼べる存在すら、母との決別を決めたあの日から一人とて作っていない。だから、まるで家族や旧友のように接してくれる美羽との出会いは、宝物だった。

彼女と同じように生きていけるとは思っていない。でも、美羽のようになりたいと心から思う。

千鶴はここに来る前にかかっていた、暗い靄が晴れた気がして顔を上げる。すると、まるでタイミングを見計らったように、店のガラス戸が開かれた。

美羽と二人一緒に振り返ると、そこには正也だけではなく、美羽の夫である赤坂京也の姿もあった。

「遅くなってすまなかったな」

「いえ、お疲れ様です」

少しの疲れを滲ませた正也が謝罪したので、千鶴はとんでもないと気遣う。

二人がそんな会話を交わす傍らで、美羽は先程までよりもさらに柔らかい笑みを見せ、夫の傍に歩み寄った。

鞄を受け取りはにかむ美羽を、心から慈しむ優しい瞳が見下ろしている。幸せそうな二人を見て、自然に千鶴の表情も綻んだ。

「千鶴さんは和菓子職人だったんですか。そりゃ、兄さんに目をつけられるわけだ」

「人を食い意地が張っているみたいに言うな。だが、こいつの菓子は特別うまいぞ」

手放しの褒め言葉に、千鶴は頬を真っ赤に染め上げる。人前でのろけられる経験などなかったため、居心地の悪さとくすぐったさの両方を感じていた。

うつむいて顔を隠す千鶴を見て、美羽と京也は視線を交わして微笑み合う。

「いつか女性にでれでれな兄さんを見ることを夢に見ていましたが、意外にも早くその日を迎えられて驚きました」

「どの口が言うんだ？　俺がでれでれだと言うなら、お前ののろけ攻撃の被害者たちは糖分過多で糖尿病になるだろうよ」

兄弟仲は普通以上にいいのだろう。皮肉を言い合っている二人の表情はとても楽しそうだ。

視線を移せば、二人をまるで母親のような穏やかな視線で見つめる、美羽の横顔が見えた。

彼女のように愛する人に愛され、それを受け入れる強さがほしい。

今一度自分の中に芽生えた想いを再認識し、千鶴は美羽と共に愛する人たちの楽しげな会話を見守った。

第十三話

日付が変わる少し前に帰宅した千鶴は、そのまま正也の寝室へと導かれた。

「楽しめたか？」

ネクタイと上着を脱ぎ捨ててベッドに座った正也が問いかけてきたので、千鶴はこくりとうなずき返した。

美羽と京也は、お互いのことをとても大切にしている夫婦だ。わずかな時間でも、それがよく伝わってきた。そんな二人の姿に、幸せのお裾分け(すそわ)をされた気分になった。

出掛ける前よりも穏やかな表情を見せる千鶴に、正也はふっと小さく息を吐く。そして真剣な目で千鶴を見つめた。

「彼女はしがない小さな定食屋の店主。かたや、京也は政治家の父と兄を持つ弁護士。二人の格差は歴然だろう？」

問いかけの中に正也の真意が透けていて、千鶴もまたまっすぐに彼の瞳を見返した。

声色(こわいろ)も表情も、慈(いつく)しみに満ちている。それを目の当(ま)たりにしていると、目の奥から涙が込み上げてきた。

「で、あの二人はその格差によって不幸そうに見えたか？」

「いえ、いいえ！」

首をぶんぶんと振って否定を示す。

彼の言いたいこと、伝えたかったこと。その全てを正しく認識し、千鶴は子供のように涙を散らした。

正也はそんな千鶴の手首を掴んで抱き寄せると、耳元でもう一度問いかけた。

「俺との格差によって、お前は不幸になると思うか？」

「そんなこと、あるわけないじゃないですか！」

恐れていたのは、自分のせいで彼が不幸になってしまうこと。彼といることで自分が不幸になるなど、ありえない。

千鶴はまるで喧嘩腰のような物言いで返す。甘い雰囲気など微塵もない答えだったが、正也は満足そうに喉を鳴らした。

可愛げの欠片もない自分でも、彼はいいと言ってくれる。一体なにを気に入ってくれたのか。今もその答えはわからない。

それでも、無様な姿を見せても変わらず大切にしてくれる。その大きな愛情に応えたいと強く思った。

「なら、ずっと俺の傍にいろ。まぁ、お前が嫌がったって離しはしないがな」

お前は一生俺には勝てない。自信と確信に満ち溢れた言葉は、美羽の店に向かう前、自分が投げかけた質問に対して返してほしいと思っていたものだった。

力強い声に正也の確かな愛情を感じ、堪えきれず千鶴の目尻に一筋の涙が零れ落ちた。

「ごめんなさい」

なにに対しての謝罪なのか、自分でもよくわからない。それでも口に出さずにはいられなかった。

「泣くな」

正也もまた、千鶴の謝罪の理由を問い詰めたりはしない。ただ目尻に込み上げる涙を飽くことなく指で弾き続けた。

「謝罪よりも、聞きたいことがあるんだがな」

掠れた声でせがまれ、千鶴は霞んだ視界に正也の瞳を見つける。

こくりと喉を鳴らし、きっと彼が望んでいるであろう言葉を伝えるために、涙で濡れた唇を開いた。

「あなたを愛しています。これからもずっと傍にいさせてください」

「満点回答だ」

意を決した告白に、正也はにんまりと口角を吊り上げて満足げに笑う。少年のような笑みを目の当たりにし、千鶴もまたつられて微笑んだ。

揺るぎない幸せがここにある。負けるが勝ちとはよくいうが、それなら自分は一生彼に勝てなくていい。千鶴は完全な敗北を認め、正也の胸元に頬(ほお)を寄せた。

薄いシャツ一枚隔(へだ)てた先から、心音が聞こえてくる。この距離にいられる今を手放したくなくて、背中に回した手に力を込めた。

「お前も呑むか？」

入浴を終えて寝室に戻ると、先にシャワーを浴びていた正也がベッドの上に座ってグラスを傾けながら尋ねてくる。対して、千鶴は首を小さく振って断った。

今はこの幸せな気持ちに酔っていたい。

千鶴の笑顔を見て、正也は「そうか」と穏やかに返すと、グラスをテーブルに置いて手を軽く広げる。その仕草に頬(ほお)を熱くしながら、導かれるままに彼の腕の中にすっぽりと収まった。

幼子のように正面から抱きかかえられ、恥ずかしさを堪えるように正也の肩口に額(ひたい)をつける。だがすぐに正也に顎(あご)を引かれ、強引に唇を奪われた。

驚いて目を見開くと、唇の隙間から温かい液体が注(そそ)ぎ入れられる。それがなんだかを考える前に、千鶴はごくりと呑み込んでいた。

「たまには同じものを共有するのも、悪くないだろう？」

「何を……んんっ」

再度するりと流れ込んできた苦いそれに、千鶴は思いっきり顔を歪める。なす術もなくそれを呑み干した後、けほけほと軽く咽た。

与えられたのが酒であることを疑う余地はない。こんな呑ませ方をするなんて酷い。千鶴は拳で胸板を叩き、涙目で抗議した。

「嫌がらせはやめてください！」

断ったにもかかわらず、無理やり酒を呑ませるなんてどういう了見か。そう訴えると、正也は悪びれず、くつくつと喉を鳴らした。

「お互い、たまには酒の力でも借りて、言いたいことを言って、やりたいことをやってもいいかと思ってな」

意外な提案を受け、千鶴はそれまでの怒りを鎮めると、今度は呆れた表情を見せた。

時折、メディアで目にする若者のように、正体をなくすまで呑んでみろとでも言うのだろうか。一瞬皮肉めいた言葉が脳裏を過るが、彼の真意が別にあると察し、抗議の言葉を呑み込んだ。

きっと酒のせいだと言い訳をしてでも、甘えろと言いたいのだろう。でもそれを伝えるやり方が間違っていると、ふくれっ面で返した。

「人格が変わるまで呑んだら、お説教を始めるかもしれませんよ」

「まぁ、それならそれで甘んじて受け入れよう」

わざとらしく肩を竦める正也に、千鶴は思わず笑い声を零して怒りを収めた。

「もう十分に甘えていますから、私にお酒は必要ありません」

自分としては、申し訳ないほどに甘えている自覚がある。

元々、酔っ払いに絡まれているところを助けて貰ったことに始まり、住む所を提供してもらった。怪我をした際には看病をしてくれたし、代理のアルバイトまで手配してもらった。

バイトとはいえ、破格の待遇をしてもらっておいて、甘えていないなどとは口が裂けても言えない。

強く否定すると、正也は眉間に皺を寄せた。

「そういう意味で言ったんじゃない。だが、それにしたってまだ全然足りないくらいだ。どうせなら、俺が破産するほど強請ってみせろ」

ぶっきらぼうな物言いに、千鶴はくすくすと声を立てて笑い出した。

まるで聞き分けのよすぎる子供に対する、父親の愚痴のようではないか。そんな比喩を脳裏に思い描き、肩を震わせて返した。

「善処します」

実際にそんなことをしたら、正也はきっと自分を嫌いになってしまうだろう。心の中でそう呟くと、千鶴は精一杯の甘えを表現するため、正也の頬に自身のそれを摺り寄せる。

ざらりとした感触には痛みを感じる。けれどくすぐったくもあって、笑いが止まらなくなってしまった。

楽しげな様子に正也は目を細め、あやすように千鶴の髪を梳き始める。そして柔らかな黒髪を耳にかけさせ、耳元にそっと唇を寄せた。

「さて、腹も満たされて酒も十分に呑んだことだ。最後に甘い物をいただくとしよう」

言い終えると同時に、正也は千鶴の身体を抱いた状態のまま身体を反転させ、背後のベッドに押し倒す。その強引さに文句を言うことなく、千鶴は正也の首裏に回した手に力を込めた。

片手で自分の身体を支えつつ、正也は反対の手で器用に千鶴のまとう服を脱がしていく。一方で、千鶴も下から手を伸ばし、たどたどしい手つきで正也の上着のボタンを外した。

指を震わせることなくそれができたのは、成長の証だろうか。心の中でそっと自分を褒めていると、先に服を脱がし終えた正也が千鶴の顔にキスの雨を降らせ始めた。

唇で軽く触れ、時折舌先でぺろりと肌を突かれる。くすぐったさに身を捩ると、正也の唇がゆっくりと頬から顎のラインを捕らえ、そのまま首筋へと下っていった。

千鶴は仕事中、髪を束ねていることもある。そのため、見える所に印を残さないように配慮してくれているのか。口づけはリップ音を伴った軽いものだった。

肌の感触を味わうように尖らせた舌が首筋をなぞり出すと、ぞくぞくと背中を這い上がってくる快感に身を震わせる。その様を愉悦に満ちた表情で見下ろしている正也の手は、ふるりと柔らかく揺れる双丘へと辿り着いた。

彼の手にあつらえたようにぴったりと収まる膨らみ。正也は少しささくれ立った手でそれをやんわりと包み込み、優しく揉み始める。

先程までグラスを持っていたせいか、彼の手はひんやりとしていて、千鶴は身体をしなやかにくねらせた。

千鶴の動作に合わせて揺れる膨らみに目を細め、正也は下唇をゆっくりと舐め上げた。

「相変わらず、うまそうなデザートだな」

楽しげに呟くと、正也の指がぴんと起ち上がった頂へと伸ばされる。親指と人差し指で挟み込み、扱くように擦り合わせる。同時に片方の頂に唇を寄せ、舌先で優しく転がしながら舐め始めた。

「つぁああっ」

すでにこりっと硬くなったそこを、擽るように上下左右に転がされる。ぴちゃぴちゃという水音が耳に届けられる度、快感が膨れ上がった。

全神経を意図せず一点に集中させてしまうと、今度は思いっきり強く吸い付かれ、開いた唇から大きな嬌声が漏れる。

甲高いその声に後押しされるように、正也は先端に歯を当てて擦り合わせる。痛みと快感を絶妙なバランスで与えられ、千鶴が抗議の意味を込めて正也の髪を引くと、彼は悪戯が成功した子供のような顔を見せた。

「ちょっと痛いです」

まさかとは思うが、本当に食べようとしているのではないだろうか。ぴりりとした痛みを感じて非難すると、正也は声を立てて笑った。

それでも抗議の効果はあったようで、唇で撫でるような愛撫へと変えつつ、正也は右手を下肢へと伸ばしていく。

「腰を上げろ」

甘い声で命じられ、とろんとしたまま言われた通りに腰を上げる。その隙に正也は器用に腰骨とショーツの隙間に指を滑らせて下着を脱がすと、内腿に手を当ててぐっと開かせた。

「ダメっ」

本気で嫌がっているわけではないものの、咄嗟に拒んでしまう。それに気を悪くすることなく、正也は愛おしげな目をして、すでに透明な糸を引く割れ目に沿って指を前後させた。

「今度はちゃんと、気持ちよくするとしよう」

先程の抗議に対する答えなのか。正也は冗談めいた言葉を告げるとすぐさま、蜜口を撫でるように指を動かす。

そこがくちゅくちゅと濡れた音を響かせるまでになったのを確認した後、ゆっくりと中指を第二関節まで埋めた。

媚肉の中でくるくると回転させ、見つけたポイントを指の腹で擦り上げられる。

すでに千鶴の感じる部分を把握しているのだろう。そこを重点的に攻め立てられ、千鶴の嬌声が一オクターブ跳ね上がった。

「ふっ、ぁっ」

甘い声が奏でるBGMに、自然に正也の口角が上がる。蜜口にさらにもう一本の指を挿入すると、中を掻き混ぜる指の動きに合わせ、蜜をまとわせた親指の腹で花芽を擦り始めた。

中と外、一番感じる部分を同時に攻められ、千鶴は腰を浮かせて身悶える。指の抽送をわざとゆっくりにされると、それに合わせて媚肉が蠢くのが自分でもわかった。

「イきそうか？」

小さく痙攣し始めた媚肉の動きで察したのだろう。余裕に満ちた表情で問われて、千鶴はきゅっと目を閉じた。

「やっ」

そんなことを聞かないで。羞恥でいやいやと首を振れば、正也はぴたりと指の動きを止めた。

爪先から頭のてっぺんまで、せり上がってくるような波が一気に引いていく。その喪失感に、千鶴はたまらずに瞼を開く。

声にできない抗議を涙目に乗せて見上げると、正也は「どうした？」と意地の悪い様子で返した。

嫌だと言われたからやめた。そう言わんばかりの表情に、千鶴はどう声を掛けていいかわからず、瞳いっぱいに涙を溜める。

わずかな理性で抑え込んでいるが、身体は否応なしに悲鳴を上げ、早くあの時を迎えたいと要求している。その叫びに耐え兼ね、千鶴はとうとう震える声で懇願した。

「お願いっ、もう」

これ以上の言葉を紡ぐことができない。精一杯のお願いに、正也は待ってましたとばかりに身を屈め、千鶴の目元の涙を唇で吸い取った。

「こうか？」

囁いた直後、花芽をきゅうと摘み、媚肉に埋めた指をずぶずぶと勢いよく出し入れする。突然再開された激しさに、千鶴は喉を仰け反らして悲鳴を上げた。

「あぁぁッ」

全身を正也に支配されている。そんな感覚に襲われながら、視界に白みがかってくる。先程すぐそこまで来ていた波が戻ってくるまでに、たいした時間は要さなかった。

「ぁあああっ」

親指の爪で花芽をかりかりと引っ掻かれた瞬間、千鶴は涙を散らして絶叫する。脚をかくかくと震わせ、シーツから離れた腰が数回上下する。そして間もなく、くたりと脱力してシーツの上に身体を沈ませていった。

視点も定まらずに頰を上気させ、肩を大きく上下させる。絶頂の余韻に浸る千鶴を見下ろしながら、正也は手早く準備を済ませると、すぐさま蜜口に自身の欲望を押し当てた。

これまで、正也は必ず繫がる前に千鶴を絶頂へと押し上げてきた。それは慣れない千鶴の身体への負担を和らげようとする気遣いのように思える。だが、この日はいつもと違い、千鶴の息が整うのを待とうとはせず、性急に腰を押し進めた。

腰骨に手を添えて、千鶴の身体を引き寄せる。同時に、正也が腰を突き出すように動くと、楔が一気に子宮口まで押し入ってきた。

「ひっ、っぁああっ」

まだ十分に媚肉が解れていないためか。強すぎる衝撃に、千鶴は悲鳴に似た声を上げた。

今日の正也はやはり普段とはなにかが違う。繋がったまま落ち着く間を与えず、さらなる衝撃が襲ってきた。

最奥で繋がったまま、正也が身体を後方に傾ける。その反動で千鶴の身体を起こしたのだ。

自重もあって、下から身体を貫かれる感覚に、千鶴は目を大きく見開く。涙で滲む視界には、ゆさゆさと身体を上下に揺さぶってくる正也の姿が映った。

何度も下から突き上げられる衝撃に、千鶴は思わず正也の肩に爪を立てた。

「なんで……」

こんなに乱暴に扱うのか。怒りではなく、戸惑いを隠せず問いかける。対して、正也は薄い笑みを浮かべた。

「お前もいいように動けばいい」

どうすれば一番気持ちいいと思うのか。導けば、望むように動いてやる。羞恥をかなぐり捨てろという悪魔のような囁きに、千鶴は泣きたくなった。

そんな浅ましい真似などできるはずがない。そう思うのに否定の言葉を紡げなかったのは、敗北を予感していたからに他ならない。

彼は一度言い出したら、決してやめることのない人だ。甘えてほしいと口では言っても、甘えられるようになるまで根気強く待つような気長な性格の持ち主ではない。

そうさせたいと思ったら、そうするように画策してしむける人。きっと今も、自分は彼の張り巡らせた策略の中にいるのだろう。いわば、蜘蛛の糸に捕らえられた蝶のような存在なのだ。

千鶴は観念し、目を真っ赤にしてうつむく。そして骨ばった肩に手を置くと、おずおずと身体を上下に揺さぶり始めた。

「あっ……んんっ、っぅ」

込み上げてくるのは、もう痛みだけはない。もどかしい疼きのようなものが全身を支配していく。

正也は動きを止めて千鶴をじっと見つめている。自分の動きだけではどうしても拙いものにしかならず、彼がしてくれる時のような激しい波はいくら頑張っても襲ってきてはくれなかった。

彼にも動いてほしい。そう思うのに、自分を見つめる瞳は愉悦を湛えたままで、意を汲んでくれようとはしない。もっと大胆に動けばいい。言葉にならない声が脳裏に伝わってくるようだった。

千鶴とて、言われなくてもわかっているのだ。どうすれば、あの高みを再び経験できるのかということが――

　でも、そうすることにはどうしても抵抗を禁じ得ない。強請る自分を想像するだけで、この場から消え去りたい衝動にかられてしまう。とはいえ、もどかしい感覚が長引けば長引くほど、理性は脆く、崩れやすくなっていく。

　だんだんと愛液が二人の結合部を満たし、滑りを助長してくる。それに伴い、千鶴の腰遣いが大胆になっていく。ぐちゅぐちゅ泡立つような音が、さらに気を大きくしてくれる一因となっていた。

　楔の先端で襞の一点を擦り上げるように腰を動かし始める。それは先程まで正也が指の腹で強く擦っていた場所だ。高みに上るために、理性を捨ててそこを重点的に擦りつける千鶴の姿に、正也は舌舐めずりをした。

「ここがいいのか？」

　問うと同時に、腰を突き上げてそこを強く擦り上げる。瞬間、全身を突き抜ける快感に、千鶴は我慢の限界とばかりに涙を散らして懇願した。

「そこ、もっと」

　蚊の鳴くような細い声ながらも、千鶴が欲を見せれば、正也は嬉しそうに目を細める。そして願いを叶えるため、千鶴の腰骨を掴んで、がつがつと激しく腰を突き上げた。

「あああっ」

途端に、千鶴は大きく喉を突き出しながら喘ぐ。さらに、正也の突き上げに合わせ、腰を揺らし始めた。

「どうだ？」

「ふっんんッ、気持ちい……」

試すような問いかけに、理性を手放した千鶴はただ素直に答える。正直なのは、言葉だけではない。最も快感の大きい部分である花芽を、無意識に正也の下腹部に押し付けようときつくしがみついた。

それに気付いたのだろう、正也は千鶴の臀部に手を回し、身体をさらに密着させて、こりっと硬くなった花芽を肌で刺激した。

「もうイきた……、強くしてっ」

くちゅくちゅと蜜で濡れた下腹部に花芽を擦りつけていた千鶴が泣き叫ぶ。ようやく引き出せた懇願に、正也は極上の笑みを見せる。そして身体を起こして千鶴をベッドの上に沈めると、華奢な身体が悲鳴を上げるほど激しく腰を前後させた。

がくがくと揺さぶられ、千鶴は声にならない悲鳴を上げてシーツをぎゅっと掴む。意識は遥か彼方、大波に攫われてしまっていた。

「いいか？」

遠くで、呻くような声が問いかけてくる。それに応えるのは声ではなく、媚肉の蠢きだ。

一層締め付けが強くなり、正也は眉間にぐっと皺を寄せる。楔を根元から扱き上げてくる感覚に、共に絶頂を迎えるための突き上げを開始した。

「ひぁあああっ」

ぐぐっとこれ以上ないほど子宮口を強く押し上げられた直後、正也の背中に爪痕を残しながら絶頂を迎える。太腿で硬い腰骨を挟み込み、ぶるぶると身体を震わせながら、千鶴の視界が一気に白く弾けた。

その後を追って、正也も蠢く襞に包まれたまま薄い膜越しに精を放った。

全てを出し切るように腰を前後させた後、名残惜しげに拘束を解く。それから後始末を済ませた正也は、ぐったりと横たわる千鶴の身体を自分の上に乗せた体勢で寝転んだ。

千鶴の荒い息遣いが、寝室内に響く。

いつもよりも激しく愛されたせいか、それとも、慣れない酒を口にしたせいか。千鶴はしばしの間、指先一つ動かすことができずにいた。

そうしている間に、正也の手によって身体を清められ、優しく背中を摩られる。愛しい温もりに軽い眠気を感じ始めた頃、千鶴はようやく気を落ち着けると、くるりと身を翻し、正也に背を向けて身体を丸めた。

突然の行動に、正也にしては珍しく困惑の声が上がった。

「どうした？」

指を伸ばし、千鶴の髪を少し指に絡めて持ち上げる。すると真っ赤に染まった首筋が見えたようで、正也は納得したように笑った。

「なんだ、今更恥ずかしがっているのか？」

「……正也さんのせいです。あんな……」

やっとの思いで千鶴が声を絞り出すものの、それは油断すれば聞き逃してしまうほど小さなものだった。

意識を取り戻した瞬間に思い出されたのは、憚られるくらい恥ずかしいことを言った記憶。たとえそのことが正也を上機嫌にしたとしても、恥ずかしさで顔から火が噴き出そうだった。

その心情が手に取るようにわかると言いたげに、正也は全面的に自らの非を認めた。

「ああ、俺のせいだな。お前に甘えてもらうためなら、いくらでも前科をつけてくれてかまわないぞ」

笑い声まじりに降伏し、千鶴の髪を掻き上げて項に口づける。対して、千鶴は小声で「ずるい」と呟いた。

そんなことを言われたら、いつまでも拗ねているわけにはいかないではないか。心の中で愚痴りつつ、千鶴は再び身を反転させると、正也の胸に額をぐりぐり押し付けた。

「正也さんの意地悪は、無期懲役レベルです」

「そうか」

たった一言返し、正也は千鶴を真綿で包むように抱きしめる。大きな温もりに包まれて、千鶴はゆっくりと目を閉じた。

こんなことを言ったら怒られるかもしれないけれど、彼の腕は記憶の中にある父のそれによく似ていて、大きな安心感があった。

今日は色々なことがあったが、いい夢が見られそうな気がする。そんな予感を胸に抱き、千鶴はゆっくりと意識を手放していった。

第十四話

こういう時は、どうやって振る舞ったらいいのか。千鶴はぐるぐると渦巻く思考を抱えながら、かろうじて顔には笑みを貼り付けていた。

「あなた、赤坂さんの秘書の方でしょう？　これ、よかったら食べてちょうだい」

「え、いいえ、あの……」

六十代くらいと思われる女性が差し出したのは、お盆に載ったせんべいやチョコレートの数々。それらを受け取っていいものか。困惑しつつ、断るのも失礼だと思い、先程から千鶴の思考は堂々巡りをしていた。

この日、正也は災害現場の視察に来ていた。一週間ほど前にあった地震による液状化で、道路や電車等の交通機関が使用不能となった地域や、家が損壊(そんかい)して住む所を失った者の多くいる地域を重点的に回っている。そんな中、千鶴は初めて彼の仕事に同行しているのだ。

正也の傍に居続けるために、自分になにができるだろう。美羽との会話によって考え付いたことを早速実行に移した結果だった。

もちろん、和菓子屋での業務に不都合が生じない範囲でのこと。

ここに来る前に、相談と称した決意を口にすると、正也は「無理をするな」と苦笑していた。その一方で、悲観(ひかん)するのをやめ、前向きに行動をし始めた千鶴に、目を細めたのも事実。

そんな正也は今、千鶴の傍にはいない。地震でかなりの被害を受けたこの地の復興(ふっこう)にどれほどの予算が必要か。道路や建物の建設工事等、どこから優先的に手を付けていけばいいのか。現地と行政、それから業者たちと別場所で会議をしている最中だった。

その間、千鶴は避難所にいるお年寄りたちにお茶汲(く)みや物資の配給を行(おこな)ったり、瓦礫(がれき)

の後片付けをしたりと、ボランティアに加わっていた。掃いても掃いてもなくならない泥を袋に入れて運搬し、ガラスや陶器などの割れ物を片付ける。そんな作業を繰り返すこと数時間、休憩のために避難所に戻ってきたのが数分前のこと。

おそらく、現地に入る際に正也に同行していた姿を目撃されたのだろう。次から次へとお茶やお菓子を手渡され、いつしか周囲にはたくさんの人が集まっていた。

正也の関係者として、もてなそうとしてくれる。これほど多くの人たちに期待される赤坂正也という議員が、改めて大きな存在だと実感する。同時に、自分が厚待遇を受ける理由はないと、頭を抱えてしまった。

お菓子一つだと侮って受け取ってしまえば、後に正也が他の政党の議員らに責められてしまうかもしれない。しかし、突っぱねたら突っぱねたで、自分だけでなく正也の印象を悪くしてしまうかもしれない。

黙っているのも限界だと決断を迫られたその時、颯爽と救いの神が現れた。打ち合わせの席に同行していたはずの仙堂が戻ってきて、手招きをしてくれたのだ。

安堵の表情を見せ、千鶴は周囲の者に一旦断りを入れてから、仙堂のもとへと駆け寄る。ボランティア活動をしている時よりも疲れた表情の千鶴を見て、仙堂は気遣わしげに口を開いた。

「慣れないことがあって大変だと思いますが、なにか困ったことでもありましたか？」

遠くから千鶴が困惑している様（さま）が見え、来てくれたのだという。彼の気遣いに感謝し、千鶴は疑問を手短に伝えた。

「あの、皆さんのご厚意（こうい）を受けても、正也さんの迷惑にはならないでしょうか？」

心配性すぎるほど慎重に物事を考えている千鶴に、仙堂は目元を緩めた。

「自由にしていただいて構いませんよ。同行しているとはいえ、あなたは一般人ですから、多少のことは問題になりません」

それに周囲と打ち解（と）けてもらった方が、皆の本音を聞き出せる。

どうしても政治家は多くを助けるため、少数の意見に耳を傾ける余裕がないことがある。定説を信じて、現場の意見を取り入れられなければ本末転倒。そうならないために、千鶴に協力してもらいたい。仙堂はそう言った。

それは、自分にできることはないかと手探り状態の千鶴にとって、願ってもない言葉だった。

「ありがとうございます、頑張（がんば）ります」

気負いする必要はない。普段通りに振る舞うことで役に立てる時もある。仙堂の助言に、千鶴は安堵（あんど）の色を滲（にじ）ませた。

「正也さんの方は、打ち合わせがもう少し延びそうですが、大丈夫ですか？」

仙堂自身もやるべきことが多いのだろう。腕時計を気にする彼に、千鶴は「はい」と元気よく返した。

彼らの手助けに来て、足手まといになるわけにはいかない。あとは自分の足で進んでいくしかない。

そんな決意を胸に、千鶴は仙堂に一礼すると、再び人の輪の中へ戻っていった。

「へぇ、お嬢さんは赤坂さんのところで食事の世話をしているのかい」

「あっ、はい。ほんの少しですけど」

秘書だという誤解は解くべきだと思ったが、正也との関係性を説明するのは難しい。こんなところで恋人だなんて言ったら、大事になるのは目に見えている。和菓子専用の職人だと話しても、それはそれでややこしい。

結局、正也の屋敷の使用人の一人で、主に食事の世話を担当しているという話で自己紹介を終えることにした。

無理やりこじつけた話ではあったが、人のよさそうな老人たちは信じてくれたようだ。皆感心した様子で、お茶や持ち寄った菓子を勧めてくれた。

周囲に打ち解けることに成功してからは、彼らの話の聞き手に回る。

生活物資の中で、なにを一番必要としているか。これから仮設住宅に移るにあたって、彼らが心配していることを聞いては、持っていた手帳にメモを残していく。

そして一通りの話を聞き終える頃、一人のおばあさんが千鶴の隣に歩み寄り、皺が数多く刻まれた手で千鶴の手を包み込んだ。

「若いのに、頑張り屋さんの手だね」

「いいえ、根がおっちょこちょいなので」

傷だらけのことを指しているのだろう。これは自分の未熟さが表れているもの。そんな想いを込めて返すと、さらに女性の笑みが深まった。

「あの人もずいぶんと忙しくしているんでしょう？　栄養のあるものをたっぷり作って支えてやってくださいね」

「そうだね。カメラが回っていなくても、私たちに優しく接してくれる。若いのに、立派な人だよ」

「きっと父親を超える、いい政治家になるさ」

一人の女性の言葉を皮切りに、次々と賛同の声が上がる。正也の未来に希望の光を見る者たちを前に、千鶴は胸の奥が熱くなった。

テレビカメラや取材クルーが同行している時だけ、周囲に愛想を振りまく者は少なくない。選挙が近付いた時だけ、派手なパフォーマンスをする者もいる。

だが、正也はそうではないとわかってくれていることが、なによりも嬉しかった。

「ここにだって、事前に一度顔を出してくれたんだよ」

それは千鶴も把握していないことだった。

彼らが避難所に身を寄せるようになってから、すでに一週間ほどが経とうとしている。

そんな中、地震発生から二日目の夜に、正也は一度この場所を訪れているのだという。

公用車を使えば、マスコミに嗅ぎつけられるかもしれない。そんな配慮から、仙堂と二人でやって来て、復興に尽力すると宣言したのだと教えてくれた。

帰宅が深夜二時を回った日のことだろう。一つの愚痴も零さず、翌朝六時には出掛けていった後ろ姿を思い出し、千鶴は思わず胸の前で両手をきゅっと握りしめた。

身を削って自分にできることをやっている。だからこそ、彼らが正也を見る目はとても優しい。ただの同行者でしかない自分に対しても、こうしてよくしてくれるのだ。

正也の行動が優しさの連鎖を生んでいる。傍にいる者として、これほど誇らしいことはなかった。

もちろん、今ここにいない者の中には、正也を快く思っていない者もいるだろう。いい意味でも悪い意味でも正也は目立ちすぎる。メディアから常に発言を求められ、政党内外から批判の対象にされることも少なくない。

見目と口先だけのやつ。そんな揶揄を真っ向から受けることもあるだろう。それでも、揺るぎない意志を持って仕事に邁進していることが、こうして彼の支持者を増やしている。それが涙が出るほど嬉しかった。

千鶴が人知れず目元を拭う一方で、ある一人がぽつりと漏らした言葉が耳の奥に響いてきた。

「私たちのために頑張ってくれるのはありがたいけど、自分のことを後回しにして、幸せを逃さないといいんだけどね」

「そうだねぇ、浮いた噂の一つも聞かないし」

同調する声が上がると同時に、次々と正也の恋愛事情を勘ぐる話が始まった。

いくつになっても、女性は恋愛話が好きということなのかもしれない。千鶴は頭の片隅でそう考えつつも、だんだんと余裕をなくしていった。

正也の恋人として、彼女たちの話を気にするなという方が難しかった。

同行してきても、恋人とは微塵も疑われない。立場が違うのだから仕方ないと納得しようとする反面、少なからずショックを受けている自分がいた。

やはり、他人から見て正也の隣に立つに相応しいとは思って貰えていないのだ。現実をまざまざと目の前に突き付けられた気分だった。

彼女たちに悪気がないのは重々承知しているが、これ以上は聞きたくない。でも目立つ行動をして、勘ぐられるのはそれ以上にあってはならないこと。

うつむいて歯を食いしばり、ただこの苦痛の時間を耐え抜こうと決心する。そんな千鶴の心情など知る由(よし)もない者たちは、次々と会話を弾ませていった。

「次回の総選挙後には、初入閣するんじゃないかって噂されてるんだろ？　秘密にしているだけで、その時に婚約発表とかされるんじゃないのかね」

「そうだねぇ。あんな人を世の女性が放っておくはずがないし。時機を見計らっているだけなのかもしれないね」

あれだけの見目(みめ)と名声を手にする男に、恋人がいないわけがない。そう口を揃(そろ)える彼女たちは千鶴の異変に気付かない。

「そういえば、去年初当選した二世議員も、最近結婚したって報道されていたわよね」

「そうそう。相手は確か、大手電機メーカーの会長のご令嬢だったはずよ」

嬉々(きき)とした声が、千鶴の耳に否応(いやおう)なしに聞こえてくる。

「野党の山田(やまだ)っていうイケメン議員が結婚した相手は、女優だったわよね」

「確かその前はアイドルとの噂が出たけど、報道後にすぐに別れちゃったみたいよ」

「イメージを優先させたのかしらね」

彼女たちの会話が耳に入る度に、身体が重くなってくるように感じる。こめかみがジンジンと痛み、思わず手の平で押さえてしまった。

今すぐ、この場から逃げ出したい。そんな衝動に駆(か)られるも、実際にこの場を離れることはできず、ついに一番聞きたくないと思っていた話が繰り広げられた。

「赤坂さんの相手だとすると、やっぱり資産家の娘さんじゃない？」

「女優とかタレントとかは、なんとなく嫌よね。でも、並び立つ相手はとびっきりの美人じゃないとつり合いが取れないんじゃない？」

　あれやこれやと予想して声を弾ませる様子は、まるで女子中高生さながらだ。けれど、千鶴はそれを微笑ましく聞くような余裕は持ち合わせておらず、ただ黙ってうつむいたまま唇を噛みしめる。口の中いっぱいに広がる鉄の味が、自分の心情を表しているようだった。

　彼の役に立てることを見つけ、隣にいることを周囲に認めてもらえるように頑張ろう。ほんの少し前までそう考えていた自分が、ひどく滑稽に思えてくる。

　正也の傍にいられるのは、自分にとって揺るぎない幸せ。幸運にも、正也もきっとそう思ってくれていると信じている。でも、その大きな手は自分だけのために存在するわけではないのだという現実を思い知らされた。

　彼が前だけを向いて進んでいくためには、その背を追いかける者ではなく、隣に立って寄り添える存在が求められる。彼の背が米粒程度にしか見えないほど後方にいる自分は、邪魔者にしかならない。悲観的にならないと決めた矢先の出来事に、千鶴は胸の中に急速に闇が広がっていくのを感じていた。

――この時、滲んだ視界で床の一点を見つめる千鶴は、自分に向けられた射抜くような鋭(するど)い視線に気付いてはいなかった。

＊＊＊

視察から戻って、一ヶ月ほどが経(た)った頃。和菓子屋での変わらぬ一日を過ごしつつも、千鶴は悶々(もんもん)としていた。

進むにしても退(しりぞ)くにしても、早く決断しなければならない。そう思うのに、うじうじしてしまっている。

あれからさらに忙しくなった正也と、話す機会が持てていないのは幸か不幸か。とにかく仕事だけは手を抜くわけにはいかないと、気合いを入れるように頬(ほお)をぱちんと両手で叩く。

すると間もなく、店の戸ががらがらと音を立てて開かれた。

「いらっしゃいま……せ」

気を取り直し、笑顔で客を迎え入れる。その直後、千鶴は硬直して目を瞠(みは)った。

入り口の暖簾(のれん)をくぐって入ってきたのは、四人の男性たち。皺(しわ)一つないスーツ姿の彼らの胸元には、正也と同じバッジがつけられている。

若手であろう三人を従えて入ってきた先頭の一人には見覚えがあった。ひと月ほど前の視察の際に、正也と共にいた代議士、板倉健一だった。

「こんにちは。お目にかかるのはこれで二度目ですが、覚えていらっしゃいますか？」

「はい、もちろん……」

板倉の表情は笑みを象っているが、瞳の奥は笑っていない気がして、千鶴は思わず小さな声で返答する。

なんともいえない気まずさを感じている最中、人の気配を感じたらしい多恵が店の奥から顔を出す。しかし彼女が千鶴に声をかけるよりも先に、板倉が口を開いた。

「実はお話ししたいことがあって、少しお時間をいただきたいのですが……」

嫌な予感はどうやら的中したようだ。彼の言い回しからそう判断し、千鶴は震える声で返した。

「店番があるので、短い時間なら」

「もちろん、あまりお手間を取らせる話ではないので」

千鶴がうなずいて了承を示すと、板倉は背後に控える三人に目配せをした。

千鶴を連れ出すことに対する見返りのつもりか、男たち三人はそれぞれ五箱ずつ、店の中でも高価な菓子折りを抱えてレジに向かっていく。

その様を見て、嫌な予感では収まらない恐怖が全身を支配していくのを感じる。二の腕には隠しようもないほどの鳥肌が立っていた。

だが話を聞く前に逃げ出すことなど、できるはずもなかった。

「お包みしますので、少々お待ちください」

あの量では、多恵一人に対応を任せてしまっては重労働だ。交代を願い出る前に菓子を包んでしまわなければならない。千鶴は板倉に断りを入れ、レジに向かって駆(か)け出した。


店を出た千鶴が連れてこられたのは、近くにあった喫茶店だ。

あらかじめ人払いをしてあったのか、店内には千鶴と板倉たち四人以外、客の姿は見られなかった。

意見を求めることなく、板倉はホットコーヒーを人数分注文して千鶴を奥の席へと導く。着席すること数分で届けられたコーヒーに口をつけないうちに、千鶴は板倉に問いかけた。

「それでお話というのは……」

聞かないで済むならそうしたいのはやまやまだ。しかしそれが叶わないのは明らかなので、さっさと用件を聞いて帰りたい。

千鶴がおずおずと問いかけると、板倉は眼鏡(めがね)の奥に鋭(するど)い光を湛(たた)えて話を切り出した。

「その前に一つ、質問がありまして」

「質問、ですか？」

「あなたと赤坂正也議員との関係についてです」

核心をつく問いかけに、千鶴の心臓が一つ大きな鼓動を刻む。彼に本当のことを言う義理はない。そう自分に言い聞かせ、冷静さを精一杯装いながら問い直した。

「関係とはどういう意味でしょうか？　私は正也さんに雇われて、食事のお世話をさせていただいている使用人の一人ですが……」

避難所で、他の者たちに語った内容を繰り返す。対して、板倉は眼鏡の端を軽く持ち上げ、薄ら笑いを見せた。

「私の勘違いでしたら申し訳ないのですが、あなたと正也さんはとても親密な関係とお見受け致します」

だったら、なんだというのか。殊勝な顔で他人のプライベートに土足で踏み込む板倉に、千鶴は強い怒りを感じた。

目元を吊り上げて、睨むような視線を送る。すると板倉は、背後の席に座る三人を順に見回してから続けた。

「ご存じとは思いますが、正也さんには私を含めて多くの者が期待していましてね」

後ろに控える若手議員たちも、正也を崇拝しているのだと続ける。

千鶴と正也の格の違いを思い知らせようとでも言うのか。周囲を固めてから攻め込んでくる態度が、千鶴の心を波立たせた。

「失礼ですが、あなたの素性（すじょう）を調べさせていただきました。ずいぶんと苦労されたようだ。それに和菓子屋での仕事をとても愛していらっしゃる」

政治家の妻なら、それ相応の生活が求められる。和菓子屋の仕事を続けていくのは難しいだろう。教養も、高卒程度の学力で足りるものではない。遠回しにそう告（つ）げる板倉の言葉の裏には、蔑（さげす）みが込められていた。

そんなことは今更並べ立てられなくても自分が一番よくわかっている。千鶴は悔（くや）しさを堪（こら）え、低い声で返した。

「なにが言いたいんですか?」

オブラートに包み隠すつもりがないのなら、下手な言い回しをするな。言外にそんな叱責（しっせき）を込めると、板倉は笑い声混じりに本音を口にした。

「正也さんとあなた、二人が共にいることはどちらにとってもリスクが大きいと言いたいんですよ」

別れろという言葉を別の物言いに変え、板倉は得意げに続けた。

「失礼ですが、今の仕事を捨てて政治家の妻となる覚悟はありますか?」

「っ」

そんなものを持ち合わせているはずがない。板倉の瞳は雄弁（ゆうべん）にそう語っていて、千鶴はうつむいてきつく唇を噛みしめる。それは千鶴自身、答えが出せていないことだった。

「こちらとしてもおせっかいは承知の上で、傍観できない事情ができてしまいましてね」

そう切り出し、板倉は正也の商品価値について語り出す。そしてそれを最も高められる相手との結婚を誰もが望んでいると声高らかに言い放った。

「私の支援者の中に、大手自動車会社の社長がいましてね。その姪っ子を彼に紹介しようと思っているんですよ」

その女性はまだ成人したばかりだが、清楚な美人で正也と家柄だけでなく見た目も釣り合っている。なにより、確固たる地盤と資金源があるため、正也自身だけでなく、政党へのメリットも大きい。結果として、そのことが正也をさらに上の地位に押し上げるのだと、板倉はつらつらと述べていく。

千鶴は見たこともない相手への嫉妬心と敗北感から、なにも言い返せずにいた。

「たとえ後悔することになったとしても、挑戦することに意義がある。巷ではよくそんなことを言われますが、私はそうは思いません。後悔する可能性が高いなら、身を引く方がその人のためになると思うんですよ」

板倉の本音を聞いた千鶴は、怒りのあまり手に力が入り、持っていたカップがカタカタと鳴った。胸の中では、この熱いコーヒーを目の前の男に浴びせてやりたい気持ちだった。

千鶴の内心に気付かないのか。いや、おそらくわかっていてやっているのだろう。板倉はさらに滑らかな口調で続ける。

「政治家にとって、後ろ盾は重要だ。なにをするにも金がかかりますからね。選挙の度に数千万は確実にかかる。実際、彼の父の博正さんも、それで奥様を選ばれた。たとえ愛情のない結婚だったとしても、政治家としてその選択は正しい」

最後の一言が、一番深く千鶴の胸を抉った。

正也が父親を忌み嫌う理由、それを板倉は正しい行為だと肯定する。

確かに博正は当初、資金援助目的で結婚したのかもしれない。だが今は真に愛しているという事実を知っているからこそ、傷付くのだ。

もしかしたら、この先正也がもっと裕福な家庭に育った女性に惹かれることがあるかもしれない。そうなれば、自分はお荷物にしかならない。

傷付いたことを悟られぬように、千鶴は板倉の目をまっすぐに見た。

「政治家の条件がお金だけとは知りませんでした。あなたも、さぞ裕福なご家庭のお嬢さんと心の通わない結婚をされたんでしょう。よかったですね」

お金がなければ、政治家になど到底なれない器の男。そんな意を込めて、嫌味で返す。

対して、板倉はぴくりと頬を引き攣らせた。

「これはこれは、ずいぶんと気の強いお嬢さんのようだ」

泣いて身を引くと想像していたのか。見くびられたものだと思いながら、千鶴は気付かれぬように自分の手の甲を反対の手で抓る。そしてこれまでの言葉の刃の数々など気にしないと言わんばかりに、満面の笑みを向けた。

「お褒めにあずかり光栄です。あなたの提案に、学歴も家柄もたいしたことない私なんかが答えていいものかわかりかねますので、正也さんに話してみますね」

正也に話す、その一言で明らかに板倉の顔色が変わった。彼にばれないように、千鶴を排除しようという魂胆が見え見えだった。

冷笑を浮かべたままの千鶴に焦りを覚えたのだろう。板倉は慌ててフォローしだした。

「もちろん、あなたが仕事を辞めて誠心誠意彼に尽くすと言うのなら、検討の余地もありますよ。出自は今更どうにもならないが、養子縁組という手もある」

ふざけるな。そう叫びたかったが、辛うじて堪えることができた。怒る価値もない戯言だと心の中で自分を慰める。

誰に言われなくても、正也に不釣り合いなことはわかっている。いずれ彼の傍にいられなくなる日が来る。そんな覚悟も少なからず持ち合わせていた。けれど、他人に言われてそれを決断するのは絶対に嫌だという想いもあった。

意固地だと笑われてもかまわない。誰のためでもない、正也のためだけを想って決断すると決めていた。

「お話が以上であれば、これで失礼してもよろしいでしょうか？」

静かに会話の終了を切り出すと、板倉はそれ以上引き留めることはせず、一つ手を叩いて了承した。

「お手間を取らせてすみませんでした。返事はゆっくりでかまいませんよ。次の選挙まで、まだ時間はある」

言い換えれば、次の選挙までに決着をつけろという念押しだ。

千鶴はこれ以上、この男と同じ場にいることに耐えられず、無言のまま喫茶店を後にした。

第十五話

どかっという衝撃音に続き、ガシャンとなにかの割れる音が響く。それを響かせた張本人である正也は、眉間にぐっと皺を寄せ、血管が浮き出るくらいに強く拳を握り締めていた。

同じ部屋の中で、仙堂は眉一つ動かすことなく、正也が机を蹴ったことで落下して破損したカップの後片付けを始めた。

　今現在、千鶴が正也の視察に同行したあの日から三ヶ月ほどが経過している。そして遡ること二ヶ月前に、千鶴は忽然と正也の前から姿を消してしまった。

　正也の苛立ちまみれの行動は、いまだに千鶴の消息について、手がかり一つ掴めていないことによるものだった。

　車はもちろん、与えた携帯電話、生活用品の一つに至るまで全てが、千鶴が数ヶ月を過ごした部屋の中に残されていた。

　最初は事件に巻き込まれたのではないかという可能性を恐れた。けれども、和菓子屋の店主夫婦や登代子のもとに残された手紙から、自らの意思で姿を消したのだとわかった。無論、正也のもとにも、封筒に入った一枚の便箋が残されていた。

　そこにはこれまでの感謝と、自分を忘れてほしいという希望が綺麗な文字で記してあった。

　こんな紙切れ一枚で、断ち切れるような薄っぺらい関係だと思っていたのか。ぶつける相手のいない憤りを胸に、それでも正也は千鶴を探さずにはいられなかった。

　登代子や店主夫婦であれば、居場所を知っているはず。そう確信して何度も頭を下げたのだが、彼らは口を揃えてわからないと返し、謝罪を繰り返す。

　信頼して託してくれたというのに、結果として彼らのもとからも千鶴を去らせてしまった。自分の言動が、千鶴だけでなく彼らの期待をも裏切ったという事実が、正也をさらに苛立たせていた。

「まだ千鶴の足取りは掴めないのか!?」

唸るような声で叫ぶと、片付けを終えた仙堂が静かに「はい」と肯定する。

あんなに真剣に取り組んでいた職を手放し、家族同然に大切にしていた者たちと別れ、愛し合っていたと信じて疑わなかった正也をも捨てて、失踪するほどのなにがあったのか。

その理由に思い当たる節がないわけではない。だが、一度は不安と向き合い、頑張ろうとしていた彼女の心を折る出来事までは把握できていなかった。

さらにもう一つ不可解なのは、これほど探しても消息が掴めないということだ。

立場上職務放棄などできるわけもなく、自身で一日中捜し回れないことへの歯痒さはある。しかしながら、仙堂や他の力を借りても見つからないなんて。それは千鶴一人の力で身を潜めたのではなく、誰かしらの協力者がいるとしか考えられなかった。

店主夫婦と登代子以外に、千鶴が頼れる親類などいないはず。自分の把握する限り、仙堂の行った身辺調査においても、仲のいい友人さえほとんど見当たらなかった。

思い出されるのは、視察から帰ってきた後、時折物思いにふけっていた千鶴の姿。寂しげな表情を見せることはあっても、それは仕事が忙しくて、構ってやれなかったことによるものだと思っていた。話しかければ、変わらぬ元気な笑顔を見せてくれていたのだ。

それが我慢させていただけだと、今ならばわかる。きちんと向き合えていなかった自分の責任に他ならなかった。

「守ると宣言したくせに、このザマか」

正也は吐き捨てるように言うと、自分の膝(ひざ)に拳(こぶし)を叩きつけた。

見知らぬ土地へと去った可能性の高い千鶴が、どれほど心細い想いを抱えているのか。想像しただけで、胸が締め付けられる。

だが後悔をしていてもなにも始まらない。正也は顔を上げると、まっすぐに仙堂を見上げた。

「あいつの母親が絡んでいることはないんだな?」

一番危険な可能性を排除できるか、問いかける。それには仙堂が即答した。

「はい。あの後、ご提案通り、一家揃(そろ)って九州へ転勤していますから」

その答えに、正也はほっとした。

千鶴と最後の再会の場を設けた後、正也は美奈子があれで大人しく引き下がるとは思えなかった。だから先手を打ったのだ。

まず美奈子の夫の勤め先を調べた。次いでその会社に圧力を掛けられる存在が自分の手の内にある者の中にいないか探したのだ。それらは決して大変な作業ではなかった。

年老いた両親の介護がある以上、転勤の辞令に逆らえるわけがない。栄転という名をつけ、給料を上げればなおさら。さらには、こちらに戻ってこられないよう、それまで住んでいた自宅を相場よりも高値で買い取る業者の根回しまでした。

もちろん下手な動きを見せれば、報告が入るように手配も済んでいた。

「そうか、ならいい」

猪突猛進（ちょとつもうしん）なところはあるが、千鶴は賢い女だ。美奈子たちからの接触がないのであれば、無謀（むぼう）なことはしないだろう。

正也はほんの少しの安堵（あんど）を胸に、溜息を一つ吐いた。

「なら、後はもう一つの可能性を探ればいいだけか」

これ以上、問題を先延ばしにするなどごめんだ。そう吐き捨てると、携帯電話を取り出して中から一つのメモリを呼び出した。

＊＊＊

「ここに来るまでに、ずいぶんと時間がかかったようだな」

目的の場所に到着するなり、投げかけられた言葉。それを口にしたのがかつては憎しみすら感じていた実の父、博正ということもあって、正也は厳しい表情で押し黙った。博正が言っているのは、ここに来るまでに巻き込まれた渋滞のことを指しているのではない。無能だと揶揄されているに他ならない言葉に、正也はぎりっと奥歯を噛みしめた。

会いたくもない気持ちをぐっと抑え、政界引退後に博正が母と共に住み始めた別宅を訪れた理由はただ一つ。博正こそ、千鶴失踪の黒幕だと確信していたからだ。

鬼気迫る正也の様子からなにかを察したのか、母親は博正に命じられるまま、先程席を外したばかり。去り際、心配そうにこちらを見ていた表情には、胸が痛む。けれど、母がいなくなったことでようやく本音で話せると、正也はついに口火を切った。

「茶番は結構です。千鶴を返してください」

きっぱりと宣言する正也に、博正はあからさまに鼻で笑って見せた。

「はっ、返せなんて物のように言い放つようなお前だから、出て行かれるんじゃないのか？」

引退したとはいえ、相手の感情を意のままに操る話術には元々長けていた男だ。わざと自分を怒らせようとしている意図は見えている。しかし、それがわかっていても、正也は怒りを抑えられなかった。

嫌悪感を露わにする正也に対し、博正は全てを見透かすような目をして笑った。

「今のお前は、お気に入りの玩具を取られた子供と変わらん。彼女が身を引く事態に陥ることを、予想できなかったとは言わせないぞ」

「………」

脳裏を掠めたのは、弟夫婦の姿。かつて、弟の京也とその妻である美羽との間にも、別離に繋がりかねない事件があった。第三者に罵られ、傷付けられたことで、美羽が京也のもとから去ろうとしたのだ。

その時の教訓を持ち続けられなかった愚か者と叱責されれば、返す言葉がない。隣にいることが当たり前すぎて油断していたなんて、笑いの種にもならない。

ちっと舌打ちをして押し黙る正也に、博正はさらに追い打ちをかけた。

「お前の今の情けない姿を見たら、母さんが泣くぞ」

「あんたがそれを言うのか？」

皮肉にさらなる皮肉で返すと、博正は言い訳することなく、静かに問いかけた。

「捜し出して、お前は彼女をどうするつもりだ？」

「………」

その答えは、正也の中にある。だがあえて断言しなかった。一番先にそれを告げて懇願するのは、千鶴だと決めていたからだ。

これまで苦悶の表情ばかり浮かべていた正也が、揺るぎない瞳を見せる。その様を見て、対峙する博正はゆっくりと口角を吊り上げた。

「あの子の人の好さは、私にだってわかる。政治家としてお前がいくら有能だったとしても、お前の傍にいることがあの子の幸せだとは言い切れん」

守れもしないのに、中途半端に千鶴の人生に踏み入った。そのせいで、千鶴は拠り所となる場所から去らなければならなかった。結果からすれば、千鶴の傍にいる資格はないと言われても当然だ。

これ以上粘ったところで、千鶴の居場所を告げる気はないのだろう。会話の内容からそれを察した正也は、無駄な口論を続けるつもりはないとばかりにその場に立ち上がった。

「俺と同じ轍は踏むなよ」

背を向けた正也に、博正はぼそりと呟く。対して、正也は振り返らずに言い切った。

「俺はあんたとは違う」

最初から、大事な者は誰かきちんと理解している。凛とした声で返すと、小さく息を吐く音が聞こえてきた。

「彼女は元気でやっている。悲観することも、誰かさんを恨むこともせずにな」

居場所は教えられなくても、助言くらいはしてやろうという親心か。それとも、千鶴は別の人生を歩んでいるから、お前などお呼びでないと嘲笑っているのか。喉から手が出るほど知りたかった情報を得るのは諦め、正也は冷静に返した。

「そうですか」

振り返って襟を締め上げ、全てを吐かせたい凶暴な欲望を抑え込み、出口に向かって歩き出す。そしてドアに手を掛けたところで、最後に一つだけ決意表明をした。

「千鶴と政治家、どちらを取るかと問われたら、俺は彼女を選びますよ」

これからの行動で、その決断を迫られる時がくるかもしれない。あの手この手で自分の傍から千鶴を排除しようという動きは、今後も間違いなく起こりうることだろう。

彼女を守りながら政治家を続ける。それが一番だとわかっているし、そうするつもりもある。だが現に、彼女を傷付けてしまったという事実がある以上、もしもの時どうするかは決めている。そう言い残し、正也は部屋を出て行った。

来た時よりも力強い足取りで正也が立ち去った後、室内には忍び笑いが響いた。

「腹は括っていると言うことか。それなら一つ、あの子のために一肌脱ぐとしよう」

博正は一言呟くと、鍵のかかった机の引き出しから、くたびれた黒革の手帳を取り出した。

第十六話

「じゃあ、お先に失礼します」

「は〜い、今日もごくろうさま」

都内近郊にある和菓子屋の店内にて、後片付けを終えた千鶴は店の面々に帰宅の挨拶をする。笑顔で手を振る三人の店員に頭を下げると、そのまま店の外に出た。

そして自宅から店までの移動手段であり、大事な仕事道具でもある移動販売車に乗り込もうとしたところで、突然背後から自分を呼ぶ声が聞こえてきた。

「千鶴ちゃん」

聞き覚えのある声に、千鶴は勢いよく身を翻した。

「登代子さん、どうしてここに!?」

意外な人物を視界に収め、千鶴は目を剥いて驚愕の声を上げる。対して、登代子は茶目っ気たっぷりに舌を出し、くすくすと笑った。

「リフォームが始まってから、やることがなくなっちゃってね。遊びにきちゃったわ」

アパートの住人は現在、全員が仮住まいに移っている状態だ。そのため、これまでやっていた管理業務がなくなり、暇を持て余している。手土産の入った袋を掲げながら、登代子はおどけたように片目を瞑ってそう告げた。

以前は毎日見ていた登代子の懐かしい笑顔。それを目の当たりにし、千鶴は胸にじんわりと込み上げてくる感情を堪えて、にっこりと微笑み返した。

車に乗ってもらい、登代子を今住んでいる部屋に案内する。

部屋は十畳のワンルームタイプ。壁際には数個の段ボールが積まれていて、テレビ一つない。畳まれた布団と、窓際に吊るされた洗濯物が物寂しさを感じさせる。

「まだ全然片付けてなくて、散らかっていてすみません」

急いで押入れにしまってあった小さな座卓とクッションを取り出すと、登代子は小さく「気にしないで」と言いつつ、そこに着席した。

千鶴がお茶の準備をしている間、登代子はここに来る途中で買ってきたという、小さな花飾りをテーブルの上に飾る。

それから壁側に置かれたチェストの上にある自分と千鶴の写真を一瞥して、小さな溜息を吐いた。

「元気にやってるみたいで、ちょっと安心したわ」

「ご心配かけて、すみません」

ここに来る前、登代子たちには自分の決意を話してあった。引き留められてしまうかもしれない。そう思っていたが、皆揃って自分の気持ちを優先させなさいと言ってくれた。

店の運営に迷惑がかかってしまう。なによりそれを恐れたが、以前に自分が怪我をした時、臨時で店を手伝ってくれた人がアルバイトとして入ってくれることになり、甘えさせてもらったのだ。

成人してからずいぶんと経つのに、登代子にまた心労をかけてしまうなんて思いもしなかった。心からの謝罪を込めて淹れたてのお茶を差し出すと、それを受け取った登代子は明るく笑って見せた。

「やだわ、謝らないでちょうだい。昔から、可愛い子には旅をさせろって言うでしょう？　黙って出ていかれなくて、嬉しかったわ」

このアパートは、正也の父である博正が手配してくれたものだ。

どこから情報を仕入れたのか、板倉が千鶴のもとに来たことを知っていた彼は、家を出ようと決めた日の前日に連絡してきた。そして千鶴を引き留めることも、事情を聞くこともなく、今身を寄せている和菓子屋とアパートを紹介してくれたのだ。

勤め先を紹介してくれただけでもありがたい。それなのに博正は千鶴が自分の店を持てるようにと、中古の移動販売車を格安で売っている業者まで探してくれた。

営業許可などは全て、勤務先の和菓子屋の店主が手を回してくれ、意図せず自分だけの城を手にした千鶴は、慣れない移動販売をこなす日々を送っていた。

忙しく、ぼろ雑巾のようになって帰宅する日々。それでもやりがいはあるし、疲れ果てていた方が余計なことを考えなくていい。

そんな本音を押し殺して千鶴が笑顔を返すと、登代子がおもむろに口を開いた。

「あれから正也さん、何度もお店や私のところに来ているわよ」

「そう、ですか……」

声に咎めるような響きはない。それでも言わずにはいられなかったのだろう。千鶴はそれにどう返していいかわからず、ただ小さな声で呟くだけだ。

すでに割り切ったつもりでいても、その名を耳にするだけで胸に刻まれた傷が疼く。勝手をしたことで見限られていればいい。そう思うのに、嫌われることを想像すると苦しいなんて、自分はどれだけ欲深いのだろうか。

涙を堪えている千鶴に、登代子は苦笑を零す。それから、その場の雰囲気を変えるように、話を変えた。

「普段はさっきの車で、和菓子を売っているの？」

「はい。朝に店で作ったものを、お昼前から数ヶ所を回って販売しているんです」

販売する場所は自分で交渉しているが、幸運にも、冷たくあしらわれることはほとんどない。主にスーパーや本屋の駐車場を回っており、どこの店主もお客さんも、皆温かい人ばかりだ。そう告げる千鶴に、登代子は嬉しそうに微笑んだ。

「頑張っている人を見ると、応援したくなる。そういうものなのよね」

我が子を褒めるように、千鶴の頭を撫でる。いつまでたっても子供のように扱われることに、千鶴はくすぐったさを感じて頬が熱くなった。

「もう、子供じゃないんですから」

それでも登代子の手を振り払いはしない。言葉とは裏腹に、登代子の前ではいつまでも子供でいたいという気持ちの表れなのかもしれない。

その想いをわかってか、登代子は撫でる手を止めることなく続けた。

「私も妹たちも、あなたのことを本当の娘だと思っているんだからね。迷惑をかけるだなんて思って遠慮しないで、いつでも頼ってちょうだい」

「登代子さん……、ありがとうございます」

喉の奥になにかが詰まったように、しゃくりあげながらお礼を告げる。

いつでも帰ってきていいと言ってくれる。彼女たちがいるからこそ、頑張れるのだ。

大切な者を手放す決断をしたが、全てを失ったわけではない。そのことこそが心を壊さないでいられる大きな理由だった。

とうとう涙を見せた千鶴に、虚勢を張っている姿を見るよりもよほど安堵したと零し、登代子はふうっと息を吐いた。

「頑張ることはとっても素晴らしいと思うわ。でもね、人生は短いようでそれなりに長いものだから、たまには立ち止まることも必要よ」

幸せになる権利は誰にでもある。それを望んではいけない人はどこにもいない。人生という道を、全力で駆け抜けようとしては疲れてしまう。休息し、時には後ろを振り返ってもいいのだ。

登代子は千鶴の肩に置いた手に、ほんの少し力を込めた。

「大事なものは手放しちゃダメよ。怖くても足掻いて、しっかり掴んでいないと」

きっと、正也のことを言っているのだろう。そうわかって、千鶴はほろほろと目尻から涙を零す。

もう手遅れです。そんな一言を口にすることができず、代わりに透明の滴が床を濡らしていく。

登代子は千鶴を抱きしめて自分の服にそれを吸い込ませると、自身も同じように涙を滲ませながら千鶴の背を優しく撫でた。

千鶴が泣き止むまでそうした後、登代子は自身の目尻を拭って笑う。

「嫌だわ。年を取ると涙脆くなっちゃってダメね」

千鶴がティッシュを差し出すと、登代子はわざと大きな音を立てて鼻をかんだ。

今はどうすることもできないが、いつか嘘偽りない笑顔で彼女に幸せだと伝えたい。

そんな決意を胸に秘め、千鶴は登代子の真似をするように鼻をかむ。そして二人は真っ赤に染まった鼻を突き合わせ、「お揃いだ」と声を揃えて笑った。

＊　＊　＊

「くそっ」

仕事を終えて帰宅した、深夜一時過ぎ。並べられた夜食に手を付けることなく、パソコン画面に向かっていた正也は乱れた髪をさらに乱暴に掻き上げた。

すでに千鶴が彼のもとを離れてから、三ヶ月以上の月日が流れてしまっていた。

知り合いの伝手で探偵を雇ったり、警察関係者へ非公式に協力を要請しているものの、いまだに有力な手掛かりは得られていなかった。

先に博正の手が回っているのだ。一筋縄ではいかないという覚悟はあった。だが一向に前に進めない状況に、限界がすぐそこまで迫っていた。

議員活動の方も落ち着く気配はない。相次ぐ自然災害への対策会議や、憲法改正、少年法改正への議論、各セミナーや討論会や講演会開催についてもひっきりなしで要請があり、深夜でなければ自由に動けない。

いざとなれば、議員という立場よりも千鶴を優先する。そう宣言したくせに、できていない自分がいる。これまで信念を曲げずに有言実行でやってきた自分の情けない姿が、歯がゆくて仕方なかった。

それでも、諦めるつもりなど毛頭ない。博正が自分の前に立ちはだかるというのであれば、総理大臣やどんな権力者にでも土下座して、協力を仰ぐ覚悟はできている。メディアを利用することも厭わない。プライドなど、なんの役にも立ちやしないのだから。

自嘲気味に笑いながら、正也は新たな一手を考える。突破口となる一手を打つために策略を巡らせていると、不意にノック音が響いた。

こんな時間に、自分のもとを訪れる人間など限られている。仙堂がなにか有力な情報でも得たのだろうか。

期待を込めて顔を上げると、開かれたドアから姿を現したのは予想に反する人物だった。

「京也？　どうかしたのか？」

普段あまり寄り付かない弟が夜遅くに訪れたとあって、正也はそれまでの不機嫌を忘れて驚く。

今はまだ新婚で、妻を溺愛している弟は、毎日仕事も早々に切り上げて夫婦の時間を大切にしているはずだ。

そんな京也が以前、一人でここに来た時は、大きなトラブルを抱えていた。その記憶もあって、またなにかあったのかと眉を顰める。

　そんな正也の心配とは裏腹に、京也は笑みを湛えていた。

「どうやら、無駄足にはならなかったようですね」

　意味深に一言呟くと、ゆっくりと正也の目の前まで歩み寄る。途中、京也はポケットから手帳を取り出して、メモ紙の部分を破り取った。

　差し出されたそれを受け取った正也は、なにが記されているのかと覗き込む。

　弁護士という資格に相応しい、まっすぐで形のいい文字で記された内容を目にした途端、正也ははっとして顔を上げた。

「お前、どこでこれを？」

　質問に対し、京也は唇で弧を描いた。

「話すと長くなりますからね。ヒントは、鏡でご自身の顔を見てくださいといったところでしょうか」

　含み笑いをしながら、京也は正也の顔を指差す。さらに、一目見てわかるくらいにやつれていることを指摘した。

「俺にも経験があるので、今の兄さんの気持ちはよくわかります」

　自分が同じ苛立ちを感じていた頃、正也に助けてもらった。だからその時の借りを返しにきたのだと告げる。

そんな彼が正也に手渡したもの、それは千鶴の居所を示すメモだった。

京也の言葉から察する限り、情報の出所は博正だろう。おそらく、憔悴しきった正也を心配した母が説得したのだと想像できた。それを知らせる使者として、京也はやってきたのだ。

自分の力で見つけるつもりが余計なことをと、意地を張る気にはなれなかった。もはや過程などどうでもいい、結果が全てなのだから——

ようやく千鶴を捕まえられる。それに安堵する一方で、込み上げてくる後ろ向きな気持ち。

正也はメモを握りしめながら、思わずそれを声に出していた。

「今の俺に、あいつを迎えに行く資格があると思うか？」

口に出してみて、情けない言葉だと自嘲する。自分らしくない物言いだと感じたのは、京也も同じなのだろう。普段、何事にも動じない彼にしては珍しく、眼鏡の奥の瞳は驚きで見開かれていた。

これまで誰にも弱みなど見せず、弱音も吐くこともしなかった。心労を抱える母の背を撫で、弟には戦う背中を見せようと生きてきた。誰にも文句を言わせないよう、付け入る隙を与えないように、周囲の期待を常に上回る結果を出してきた。

そんな自分が今、たった一人の女性のために不安を吐露している。なによりも、その滑稽さを疎ましく思っていない自分がおかしくてならなかった。

乾いた笑みを見せる正也に、京也は一度瞑目した後、問いかけた。

「兄さんは、もう千鶴さんのことを想っていないんですか？」

彼女に愛された自信すら失ってしまったのか。自分のことを信じろと言っておいて、彼女が心から愛していてくれたという事実を信じられないのか。

京也の言葉はそんな叱責に聞こえて、正也は押し黙った後、額に手を当てて笑い出した。

その表情から吹っ切れたことを悟ったのだろう。京也は安堵の表情を見せ、本音を曝け出した。

「俺も、考えなかったわけじゃないんですよ。俺と出会わなかった方が、彼女は穏やかに暮らしていけたんじゃないかと」

美羽を思い出しているのか。瞳の奥に、京也は柔らかな光を灯していた。

「でも、俺は彼女と出会ってしまった。だからたとえ彼女が逃げても、一人の方が幸せだと言っても、そこに少しでも嘘が含まれている限り、決して離さないと誓ったんです」

もしかしたら、嫌だと泣き叫ばれても拘束し続けるかもしれない。腹黒い心情を吐露する京也に、正也はうなずき返した。

「そうだな……」

ぽつりと漏らし、くしゃくしゃになったメモを見つめる。

もはやその瞳の中に迷いの色はない。代わりに宿るのは、千鶴と離れる前にあった自信に満ちた輝きだ。

彼女が自分から離れた背景に、愛情があるのは疑いようのない事実。それならば、たとえ動機の多くが自分の欲望に裏付けされていても、千鶴を取り戻すことへの大義名分はあるはず。

一旦決断してしまえば、行動は誰よりも早いという自負がある。どんなに小さな灯でも、道しるべがあれば必ずや目的地へ辿り着く。

正也はソファの弾力を利用して跳ね起きると、脇に置いてあったスーツの上着を手に取る。その様に、京也は訝しむような表情を見せた。

「兄さん、まさかこれから出るつもりですか？」

さすがに外はもう真っ暗で、開いている店すらほとんどない時間帯だ。正也が向かう先が千鶴のもとなら、間違いなく寝ているだろう。

いくらなんでも、今突撃するのは迷惑極まりない。それがわからないくらい冷静さを欠いているのかと、京也は慌てて制止しようとする。対して正也は自身に相応しい、黒い笑みを見せた。

「あいつの逃げ足は、俺が想像するより遥かに速かったからな。朝一で捕まえないと、またどこに行くかわかったもんじゃない」

寝込みを襲う気はないが、仕事に出る前に捕まえる。

朝には自分も仕事に行かなければならないという事情を、まったく考慮に入れていない発言だった。

「しかし……、明日の仕事を終えてから、捕まえた方がいいんじゃないでしょうか？」

確かに、朝一番なら会える確率は高い。だが仕事に行くために別れた後、また逃げられる可能性がないわけではない。

心配なら、明日の夜まで別の者を見張りにつかせてもいい。正也の疲れを考慮してだろう、気遣わしげに提案する弟に対し、正也は静かに首を横に振った。

「お前なら、わかるだろう？」

いてもたってもいられない気持ちに覚えがあるはずだと断言されれば、京也は否定することができなかった。

「わかりました。乗りかかった船ですからね。もしも苦情が出た時には俺が対応しますよ。ですが……」

ようやく承諾を告げた弟を尻目に、善は急げとばかりに正也が車のキーを手に取る。

その直後、一瞬の内にキーは自身の手から京也の手の中へと移動していた。

「おい……」

まだ自分を止めようとでも言うのか。怪訝(けげん)な顔で見遣(みや)ると、京也は苦笑混じりに言い放った。

「兄さんには借りがありますからね。俺が運転しますよ」

千鶴の居場所を知った今の正也の瞳には、疲労の色などありはしない。ここしばらく失っていた覇気(はき)が蘇(よみがえ)ったようにさえ感じられる。

とはいえ、肉体的疲労が一瞬で消え去ってくれるわけではないと、京也は兄を気遣った。

「千鶴さんを迎えに行く途中で事故にでもあったら、目も当てられませんからね」

冗談めかす京也の眼鏡(めがね)の奥の目は決して笑っておらず、この提案は絶対に聞き入れてもらうと雄弁(ゆうべん)に語っていた。

美羽には申し訳ないが、家族想いの弟の気持ちはありがたい。正也は彼の厚意(こうい)を素直に受け入れた。

「悪いな」

昔の貸しは、千鶴の居場所を知らせてくれただけで十分に返してもらった。だからこれは新たな借りになる。

弟の肩に手を置いて礼を告(つ)げると、京也はそんな必要はないと返した。

「お礼でしたら、また千鶴さんと一緒に美羽の所に遊びに来てください。和菓子を習いたいと言ってましたから」

「ああ、わかった」

この期に及んで、万に一つも連れ帰れないなんて可能性は語らない。強い決意だけを胸に一歩を踏み出した正也の瞳には、たった一つの未来しか映ってはいなかった。

第十七話

ああ、またいつもの夢だ。

瞳の端から零れ落ちた涙を、シーツを濡らす寸前で拭い去る。どくんどくんと高鳴る鼓動を抑えるため、数回の深呼吸をした後、うっすらと瞼を開いた。

まだ外は薄暗いものの、まもなく日が昇ろうとしている気配を感じる。目覚まし時計を手に取れば、いつもの起床時間よりも三十分ほど早かった。

この日、千鶴の勤める和菓子屋は都内のデパートで開催される物産展に出品するための準備で、臨時休業となっている。手伝うことを進言したが、臨時のアルバイトが多く入るので休むように言われて、この日は久しぶりの休みとなった。

冷蔵庫の中身がそろそろ底を突くし、布団も干したい。昨夜の予報で今日は一日晴れると言っていたので、カーテンも丸洗いしようか。

まだ時間はたっぷりある。もう少し眠ってから行動を開始してもいいかもしれない。

そんなことを思いつつ、布団の傍においてある鞄に手を伸ばした。

財布を手に取り、札入れの端から取り出したのは、所々が擦り切れた写真だった。

まだここに来る前、正也から携帯電話を与えられた際に隠し撮りし、その後にコンビニで現像したものだ。

テレビを見れば、正也の元気な姿を確認することができる。町を歩けば、ポスターや雑誌でいくらでも彼の写真を見ることもできる。でもこの写真に写っているのは、他の誰も知らない、自分しか知ることのできなかった彼の一瞬。

今やそれだけが、正也に愛されたことが現実であったと証明してくれていた。

「今度はいい夢が見られますように」

まるで神に祈るように、写真を額に押し当てる。

これできっと、彼との幸せだった日々の夢を見られるだろう。そんな予感を胸に、千鶴が再び布団に潜り込んだ、その時――

同じタイミングで、部屋の中にインターホンの音が鳴り響いた。

こんな朝早くに、一体誰が来たのだろうか。千鶴は一気に思考を現実に戻し、布団を撥(は)ね上げた。

テレビで物騒(ぶっそう)な事件ばかりが報じられる昨今(さっこん)。この家にはインターホンがあっても、モニター付きではない。

少しの恐怖を抱えつつ、部屋の隅に畳(たた)んであったカーディガンを羽織(はお)る。そのまま玄関まで足音を立てないように進んでいくと、チェーンがしっかりかかっているのを確認してから、ドアスコープを覗(のぞ)き込んだ。

そしてかろうじて認められた人物の顔を目にした瞬間、足を一歩引いた。

「なんで……」

先程まで、写真の中でしか会えなかった人物がそこに立っている。夢か現(うつつ)か。それすらもわからないといった困惑の渦(うず)の中、千鶴はしばらくの間、その場に立ち尽くした。

それから二、三分が経過しただろうか。正也が再(ふたた)びインターホンのボタンを押した瞬間、千鶴は我に返ったように肩を震(ふる)わせる。

彼がいるということは、自分がここに住んでいるとばれているのだろう。それなら、いつまでも外に立たせておくわけにはいかない。

よくも悪くも、人目を引く人だ。スキャンダルになりかねない。

かちゃかちゃと音を立ててチェーンを外し、ゆっくりと玄関のドアを開く。わずかな隙間から対面を果たした瞬間、正也はふっと口元を緩めたように見えた。反面、千鶴は涙が溢れてきそうになり、唇をわなわなと震わせた。

なにかを言わなければと思うのに、声が嗄れてしまったように言葉が出てこない。その様子に正也は小さく苦笑を零すと、夢でもいいから聞きたいと思っていた優しい声色が耳をついた。

「入っていいか？」

正也が部屋の中を視線で示しながら問いかける。彼らしくないお伺いに、千鶴は困惑して瞳を揺らした。

どんな意図でここに来たのか。どうして居場所を知ることができたのか。そんな疑問が矢継ぎ早に脳裏を過るが、思考を巡らせている余裕はない。

彼のもとを去った時の信念を貫くのであれば、断った方がいいだろう。話をするなら、どこか外でした方がいいはずだ。頭ではそう思うのに、本人を目の前にして拒絶の言葉が出てこない。

だんまりを決め込む千鶴に向かい、正也は柔らかな声のトーンを変えずに続けた。

「その格好じゃ、外に出るわけにはいかないだろう？　俺の方も、送ってくれた弟は車で先に帰ってしまったからな。ずっとここに立っているっていうのもな……」

苦笑混じりに指摘された事実に慌てて自分の姿を見下ろし、パジャマ姿であったことを今更ながらに自覚する。

咄嗟の悪足掻きで、寝癖を直そうと髪を撫でてみるが、今はそんなことをしている場合ではないと思い直し、千鶴は降参して身を引いた。

「狭くて散らかってますけど……」

恥ずかしがりながら目を伏せて言葉を紡ぐと、やっと声が聞けたと言わんばかりに正也は目を細める。そしてドアに手をかけ、大きく開いた隙間から玄関へと足を踏み入れた。

それを見届けることなく、千鶴は布団を片付けてお茶の準備をするためにぱたぱたと駆け出した。

本当にこれは自分に都合のいい夢ではないのだろうか。その疑念が消えず、正也に背を向けたまま、強く手の甲を抓る。

だが、そこから感じる痛みは現実のものに他ならない。正也の気配を肌で感じつつも、決して視線を合わせることなく、千鶴は無言のまま部屋の片付けを開始した。

「元気にしてたか?」

「………はい」

差し出されたコーヒーに口をつけ、二人の間に流れる沈黙を破ったのはやはり正也だった。

とても短く、されど答えることは容易(ようい)ではない質問だった。

元気そうに見えるはずがない。それでも、以前のように憎まれ口を叩くこともできない。物理的な距離は近いのに、ほんの数ヶ月でずいぶん遠い存在になってしまったような気がした。

それが自分の行動の招いた結果なのだと、悲観(ひかん)しそうになる。でも、自分にはそんな資格はないと思い返し、千鶴は苦いコーヒーを口に含み、沈む気持ちを誤魔化した。

「そちらはどうでしたか？」

なにか言わなければと思い、ようやく紡(つむ)げた言葉。そっけない言い回しに後悔していると、正也は片方の口の端だけ持ち上げた。

「元気そうに見えるか？」

ずるい質問返しだと思った。

先程から何度も覗(のぞ)き見ている表情には、隠しきれない疲労の色がある。特に目の下の隈(くま)は、かなり長い間居座っているもののように見えた。

仕事の忙しさだけでなく、自分の行動が彼の心労に影響を及ぼしたという自覚はあった。

唇を噛みしめ、答えを返すことを拒(こば)む意思を示してうつむく。正也はそんな千鶴に向かって手を伸ばし、顎(あご)に手をかけて顔を上向かせた。

「千鶴、どうして俺の前から姿を消した？」

咎める体ではなく、親が子供に語りかけるような柔らかな声色で問われる。そんな言い方をされてしまったら、浮かんでくるのは謝罪しかない。

ただ、自信がなかったのだ。誰に後ろ指を差されても、彼と共にいる。そんな強い決意も、少しの揶揄を受ければすぐに揺らいでしまう。

努力をするつもりはあっても、周囲の望む正也の恋人、ひいては妻としての理想像を並べ立てられたら弱いのだ。

なにより、そんな情けない自分を知られたら、いつか正也に愛想をつかされる日が来るのではないかと、想像することが怖かった
いつか手を離される時が来るのなら、自分から終止符を打つ方が楽だった。

「気が付かなかったんですか？　私は自分の夢を叶えるために、あなたを利用したんです。あなたと別れることと引き換えに、ここでの新しい生活を手に入れたんですから」

声が震えぬよう、ぐっと手に力を込める。そして精一杯の偽りの笑顔で言い放った。

迎えに来てくれたことは嬉しかった。でも、問題はなにも解決していない。戻ったところで、きっとまた同じことを繰り返す。ならば、彼に面と向かって別れを告げる以外に道はない。

最初で最後の、たった一つの嘘を貫き通してみせると決めた。

「だから会いに来られても困るんです。色々勉強させてもらって、住む場所も用意して頂いたことは感謝してます。でも、いいことばっかりじゃなかった」

転落事件のことを思い出してか、正也の顔が苦痛に歪む。その表情を見るだけで、胸が張り裂けんばかりに痛くて苦しかった。

正也を遠ざけようとすることで、自分も傷付いている。その事実をひた隠しにする千鶴に、正也は唸るような声で問いかけた。

「俺が嫌になって去ったと、そういうことか？」

「さっきから、そう言ってるじゃないですか。疲れているのはわかりますが、ちゃんと人の話を聞いてくださいよ」

わざとらしく溜息を吐き、呆れ顔を見せる。お願いだから、もう帰ってほしい。これ以上、酷い言葉を言わせないでほしい。

心の中でそう叫びながら、決別を告げるために震える唇を開いた。

「もう傍にいることはできませんが、感謝しているのは本当です。私はここで頑張りますから、正也さんもどうか立派な政治家であり続けてください」

彼が最後に見る自分の顔は、笑顔であってほしい。揺るがない別れの結末を胸に抱き、千鶴は黙って最後通告を待つ。

だが、正也が出した答えは、千鶴の想像に反するものだった。

「すまなかった」

突然、床の上に手をつき、深々と頭を下げる。一拍置いて、千鶴は声を荒らげて手を伸ばした。

「やめてくださいっ」

愛する人の土下座なんて、見るに耐えない。涙混じりの声で叫び、必死の懇願を続ける。それでも頑固さを体現するように、正也は姿勢を崩さなかった。

「正也さん、お願いですから顔を上げてください」

ぼろぼろと涙を流し、何度も肩を揺さぶる。そして肩口に額をつけて縋りつきながら涙を染み込ませることしばしの後、正也はようやく顔を上げて千鶴を見つめた。

「俺が不甲斐ないばかりに、お前に辛い想いをさせた」

「違います！」

あなたは不甲斐なくなんてない。それを言うなら、逃げ出した私の方がよっぽど情けない。頭を振って何度も何度もそう訴える。

自分はなんてことをしてしまったのか。彼の言動から、この手で負わせてしまった傷の深さを垣間見て、千鶴の顔が青褪める。

恐怖と罪悪感で全身を震わせる千鶴に、正也はその後頭部に手を添えて懐に抱え込んだ。

「千鶴、俺と一緒にいるのは辛いか？」

掠れた声で紡がれた問いかけに、千鶴の肩がぴくりと揺れた。今しがた肯定したことだが、もう同じ答えを繰り返せない。

共にいた時間は、辛いどころか幸せに満ちた日々だった。声にならないその想いを、必死に伝えようと正也の顔を見上げる。

絶え間なく零れ落ちる滴を指で拭いながら、正也は懇願した。

「俺をエゴの塊だと罵ってくれてかまわない。もう一度チャンスが欲しい。辛くても、傍にいてほしい」

不平不満なら、いくらでも言ってくれてかまわない。怒りも涙も、全て受け止める。そんな決意を告げられ、千鶴は正也から目を逸らすことはなかった。

「頼むから、俺の傍からいなくならないでくれ」

震える声で懇願し、千鶴を力強く抱きしめる。丸まった背中と、震える肩。怯えているかのような様子を見せる正也に、幻を見ているのではないかとさえ思った。

でも、身体に受ける痛みがその可能性を否定する。次いで込み上げてくるのは、胸を抉られるような苦々しい想いだ。自分のことなどすぐに忘れるはず。そう思っていたことを、千鶴は心から恥じた。

政務のためには非情な決断も平気でする者だと思われる一方で、本当は誰よりも情に厚い人。誰よりも、自分を愛してくれる人だ。

そんな正也のために自分ができるのは、身を引くことではない。共に戦うこと。決してその手を離さないこと。

彼に謝罪をさせるくらいなら、やつれて力なくうなだれる姿を見るくらいなら、自分が勇気を持つべきだと思えた。

「ごめんなさい。私は……あなたを愛しています」

命の儚(はかな)さを知るからこそ、この世に永遠なんてものがあるとは思えない。でも、少なくとも今は、この気持ちだけは生涯(しょうがい)変わらないものだと確信できた。

これからどんな苦難があるのか。想像するだけで、身体が震(ふる)えるのは変わらない。襲い来る荒波の中には、また乗り越えられないと感じるものがあるかもしれない。でも今度は逃げ出すのではなく、倒れるまで戦ってみようと思えた。

二度と立てなくなっても、彼への愛は証明できるはずだから——

千鶴が愛しているの一言に込めた決意を察したのだろうか。正也は久方ぶりの、心からの笑顔を見せた。真っ白い歯を覗(のぞ)かせた少年のような笑顔に、千鶴はつられて微笑(ほほえ)んだ。

「俺もお前を愛している、千鶴。もう二度と離さない」

「はい……ふっ、んっ」

宣言すると同時に、正也はこれ以上の言葉は不要とばかりに、千鶴の唇を奪っていく。息苦しいほどの口づけも、千鶴は拒むことなく自分から正也の肩にしがみついた。二人の間にほんの少しの隙間も作りたくない。離さないでと返すように、与えられる激しい口づけに応え続けた。

このまま溶け合って一つになれたら、どれほど幸せか。頭の中で、ぼんやりとありもしない空想をする。

正也もすでに冷静さなどかなぐり捨ててしまったのだろう。千鶴の服を剥ぎ取ろうとする手は荒々しく、パジャマのボタンは無残に弾け飛んだ。

開かれた胸元を見た瞬間、正也は千鶴の肩を掴み、背後の壁に押し付けて拘束する。真っ白く透き通るような肌を見つめながら、首から胸元にかけて多くの赤い花を咲かせていった。

「ふっ、んぁっ」

彼の物だという証なら、いくらでも刻み込んでほしい。心の中でそう叫び、千鶴は正也の頭を抱えるようにして喘ぐ。そうしている間に、正也の手が胸の膨らみへと滑り落ちていった。

乱暴に胸を揉みしだかれ、感じる痛みに千鶴は少し顔を歪ませる。それでもお構いなしに、正也は起ち上がり始めた頂を指で挟むと、強く擦り始めた。

「っ、ぁああっ」

乾いたそこを擦られると、快感よりも痛みが強い。嬌声の中の悲鳴を聞き分けたのだろうか。正也は指を離すと、下方に身体をずらして頂に舌を這わせた。

ぴちゃぴちゃと音を立て、頂を舌先で転がす。かと思えば、ようやく見つけた果実に食らいつくかのように歯を立てる。刹那、千鶴は身悶え、壁をずりずりと滑り落ちて床に座り込んでしまった。

久しぶりとなる快感に、必死で正也の髪に指を絡めて意識を繋ぎ止める。だがすでに、溢れ出る愛液は床の上に小さな水溜まりを作っていた。

与えられるのは快感よりも、痛みの方が強い。それはきっと、彼に余裕がない証拠だろう。獣のように自分を求める正也の姿に、恐怖を抱くよりも歓喜していた。

どれほど痛くしてもかまわない。決して消えない傷を刻みつけてほしい。そんな渇望を抱えて、千鶴は正也の髪を優しく撫でる。

頂が真っ赤に色づくほど愛撫した後、正也は唇の端を伝う唾液を手の甲で拭い去ると、呻くような声で囁いた。

「立てるか？」

掠れた声で問われ、千鶴は一瞬不安になって瞳を揺らす。すでに息が上がり、脚に力が入らない。

でも、彼が言うならどんな願いでも聞き入れたい。その想いから、千鶴は小さくうなずき返し、震える脚に精一杯の力を込めて立ち上がった。

直後、正也は千鶴の腰骨に手を当て、ぐっと壁に押しつける。そうしてパジャマのズボンと下着を足から一気に抜き去った。

ひんやりとした感触に、千鶴がふるりと身を震わせる。するとすぐさま温かい手の平に太腿を押さえられる。次いで、正也は千鶴の片脚を肩へと担いだ。

「やっ」

太腿を押し上げられると、床に膝をつく正也の目の前に秘部が晒されてしまう。千鶴は羞恥に駆られ、片手で顔を覆い隠しながら左右に振った。

けれども拒絶の言葉とは裏腹に、蜜口からは絶えずとろとろと愛液が流れ落ちる。それが太腿を伝わる感触に、頭の中が沸騰していく気がした。

「綺麗だ」

正也は目の前の光景にうっとりしたように呟き、唇の端をちろりと舌でなぞる。そのままてらてらと光る割れ目に舌を添わせ、音を立てて滴る蜜を啜った。

「んぁッ、ダメっ」

快感と羞恥に耐え切れず、千鶴は必死に手を伸ばして正也の顔を退けようとする。しかし、床に着いた一本の脚では到底身体を支えることができない。それどころか、正也の顔を秘部に押し付ける格好で抱き込んでしまった。

間もなく、舌が蜜口から入り込み、浅い部分を解すように舐め回す。水音はどんどん大きくなっていく。けれども、千鶴にはもはや耳を塞ぐ手段など残されてはいなかった。

頭の中が煮えたぎる想いで愛撫されることしばしの後、ようやく顔を上げた正也はその瞳に情欲の炎を滾らせていた。

「千鶴」

甘い声が耳と心を擽る。恥ずかしくて目を瞑っていたいのに、呼ばれれば答えずにはいられなくなる。

「正也さっ……ふっ」

ゆっくりと近付いてくる正也の唇は蜜に塗れている。その妖艶な光景から瞳を逸らさず、千鶴はそれを拭いたくてそっと彼の唇に指を這わせる。そして背中を丸めた体勢で、誘われるままに自分から口づけた。

おずおずと舌を差し入れると、先端を軽く甘噛みされる。それに驚いて引っ込める間もなく絡め取られ、自身の愛液の味がする濃厚な口づけが始まった。

苦しくなりながらも眉を寄せて口づけに夢中になっている最中に、正也は先程まで口で愛撫していた秘部に指を這わせる。

割れ目に沿って指が行き来すると、濡れた感触に羞恥心を煽られる。快感とも相まって脚を震わせていると、正也はゆっくりと中指を第一関節まで蜜口から差し入れた。

「ふっ、んっんっ、ッぁ」

くるくると指を回転させて、浅い部分を刺激する。それだけで、零れ出す蜜が指と媚肉の隙間から正也の手首まで伝っていく。しかしその指はすぐに差し抜かれ、再び割れ目に沿うように優しく前後させ始めた。

割れ目の少し上にある肉芽を悪戯にくるりと撫でて、離れていってしまう。蜜口の輪郭をなぞるものの、その中を激しく掻き回してはくれない。

与えられるのは、決して絶頂までには至らない程度の快感だ。そのもどかしさと息苦しさで、千鶴はいやいやするように頭を振り、涙で頬を濡らした。

滲む視界に自分を見上げる正也の瞳を捉えると、千鶴はなんとか力を振り絞り、両手をいっぱいに広げて、蚊の鳴くような声で呟いた。

「んんっ……もっ」

もう限界。この身体の中に燻る熱を解放してほしい。

声にはならない言葉が届いたのか、正也は秘部を弄んでいた手を引き、千鶴の太腿へと滑らせる。そして甘い息を吐く千鶴の脚を肩から外して立ち上がり、今度は片腕で自身の腰のあたりに固定した。

「このままでいいな?」

耳元に吐息と共に注(そそ)ぎ入れられた問いかけに、千鶴はとろんとした目で正也を見つめる。

この日は千鶴に会うことだけが目的で、なんの準備もしていなかった。そう囁(ささや)く正也の瞳から、目が離せなくなっていた。

彼の言葉に嘘はないだろう。でも、どこかで自分を試しているようにも思えた。

これから一生、自分の傍にいる覚悟はあるのかと――

「きてください」

千鶴は手を伸ばして正也の首に巻きつけ、耳元に掠(かす)れた声で囁(ささや)く。考える時間などいらない。迷いなど微塵(みじん)もなかった。

想いを行動で示そうと、千鶴は自分から楔(くさび)の先端に蜜口を宛(あて)がい、腰をくねらせる。誘うような動作、甘い強請(ねだ)り声。それらを受けた正也は一瞬苦しげな表情を見せた。なにかを言おうと口を開きかけるが、思い直したように唇をきゅっと閉じる。直後、一気に楔(くさび)を千鶴の中に突き立てた。

「いっ、あああっ」

記憶にあるよりも大きな質量に、あまり解(ほぐ)されていなかった媚肉はぎちぎちと悲鳴(ひめい)を上げる。痛みと衝撃で、千鶴は身体を仰(の)け反(ぞ)らした。

ずりずりと壁を伝って崩れ落ちそうになるが、辛(かろ)うじて正也の太い腕によって支えられた。

もう自力では立っていることもままならない状態だ。それでも、正也は容赦なく突き上げを開始した。

「ひっ、ぁあ、んあっ」

ずんずんと楔の先端が最奥に突き立てられる。それは以前のような、千鶴を高みに上らせようとする動きではない。まるで壊そうとでもするかのような、荒々しい行為だった。

それでも気持ちいいと感じられるのは、愛情故なのか。眉根を寄せ、額から汗を流して余裕のない表情を見せる正也に、千鶴は心が歓喜しているのを自覚した。

「正也さっ、んぁあっ」

震える指で、幾分かやつれたように見える正也の輪郭をなぞっていく。

膜一つ隔てていないだけで、こんなに熱く、彼を近くに感じられるものなのか。信じられない想いで涙を散らす。

愛おしいという気持ちで心と身体がいっぱいになっていく。同時に、絶頂が間近に迫ってきていた。

「もう、私っ」

切羽詰まった声を上げ、己の限界を告げる。焦点の合わない瞳を向けると、正也の表情がふっと和らいだような気がした。

「ああ。イくなら、ちゃんと俺を見ていろよ」

お前を抱いているのが誰だか、最後まで見ていろ。達するその瞬間まで、俺から目を逸らすな。そう命じ、正也は千鶴の指に自身のそれを絡ませて、壁に押し付ける。

これまでなら羞恥に悶えて目をきつく瞑っていた千鶴も、今日ばかりは言われるままに甘い吐息を漏らして正也を見つめ続ける。

願いでも命令でも、全てを受け入れる。その想いで、愉悦を含んだ表情で眉根を寄せる端整な顔を瞳に映したままその時を迎えた。

「あ、ああっ……正也さぁっ」

がくがくと身体を震わせ、両手で正也の肩をきつく掴む。すると、正也は二人の間にわずかな隙間も残さぬよう、しなる千鶴の身体をぐっと抱きしめた。

遠慮なくその背に爪を立て、千鶴は快感の余韻に身体を上下させる。両脚で彼の腰をぐっと締め付けたところ、媚肉もそれに倣ってきつく楔を締め付けた。

扱くように脈動する襞の動きに逆らうよう、正也は腰を突き出して子宮口を押し上げる。そして何度目かの突き上げの後、「くっ」という小さな呻き声を残し、千鶴の身体の奥で熱を迸らせた。

「んっ、はぁっ……っぁ」

身体の内側を満たす熱によって、胸の内に燻(くすぶ)っていた後ろ向きな気持ちが流されていく気がする。

彼とまた、一つになることができた。愛された喜びは何物にも代えがたく、千鶴の瞳からは絶えず大粒の涙が零(こぼ)れ落ちた。

「泣くな」

正也は苦笑を漏(も)らして唇を寄せ、濡れた頬(ほお)を舐(な)め上げていく。肌に感じるくすぐったい感触に、千鶴は泣くのを止めてくすくすと笑い出す。そして二人は視線を交わした後、自然に深い口づけを再開した。

呼吸をする間も惜(お)しいと言わんばかりに、ぴちゃぴちゃと音を立てて舌を絡ませ合う。そうすることしばしの後、どちらからともなく唇を離すと、きゅっとお互いの身体を掻(か)き抱いた。

再会の喜びを分かち合っているうちに、どのくらいの時間が経過したのだろうか。いつの間にか部屋の灯りよりも、カーテンの隙間から漏(も)れる日の光の方が明るくなっていた。

名残惜(なごりお)しいが、そろそろ離れなければならないだろう。そんなことを思っていると、正也もまた同じように思ったのか、ゆっくりとその身を離していった。

「あっ」

ずるりと自分の中から大きな質量が抜け出る感触に、千鶴は思わず名残惜しくなって声を漏らす。

寂しいが、そろそろ出なければ彼が仕事に間に合わなくなってしまう。正也のことを気遣うことで、千鶴はなんとか自分を納得させようとする。しかしながら、隠しようのない本音がその表情に色濃く表れていた。

まだ行かないで。もっと傍にいて。

そんな心の叫びが届いたのか、正也は愉快そうに目を細めた。

「まだ、イケるだろう？」

「え？」

問うなり、千鶴の腰を掴んでくるりとその身を反転させる。そのまま千鶴の肘を持ち、手を壁に押し当てるように促すと、背後から腰を引き寄せた。

どうしてこんな格好をさせられるのか。初めての体勢に戸惑っている間に、身体を背後から串刺しにされるような衝撃が襲ってきた。

「ひぃ、あッ」

油断していたところに激しい抽送を再開され、千鶴は思わず悲鳴に似た声を上げる。

時刻はもうすでに多くの人が起き出してしまう時間帯だ。頭の片隅にそんな考えが過り、見知らぬ誰かに声を聞かれることを恐れて咄嗟に唇を噛みしめた。

それが気に入らなかったのか。正也の征服欲に火をつけたのか。意地の悪い行為はさらに激しさを増していった。

慣れない体勢での行為は、否応なしに羞恥心を煽る。まるで互いが獣となって欲望のままに貪っているような気さえする。

それでもやめてほしいとは思えない。それどころか気を失うほど、もっと激しく抱いてほしいという叫びが頭の中を支配していた。

壁に手を突っ張っているものの、千鶴の脚は身体を支えるには心もとないほどかたかたと揺れている。その動きに合わせてふるふると上下する双丘を、背後から伸びてきた大きな手が鷲掴みにした。

真っ赤に色づいた先端をきゅっと強く摘まれ、揉みしだかれる。痛みを伴うその強さも、今は快感を増幅させる一因となっていた。

「あっ、ああっ、っぁあっ」

ずぶずぶと蜜口から子宮口にかけてを楔が往復する度、二人の結合部から泡立った愛液が零れ落ちる。それが太腿を伝わってかかとまで到達するまでに、しなやかに反った背が痙攣し始めた。

肉のぶつかり合う音と、愛液の泡立つ響き、くぐもった喘ぎが同じリズムで部屋の中にこだまする。

「千鶴、イイか？」

艶を含んだ声を耳に注ぎ入れられ、千鶴は言葉にならない声を上げてこくこくと首を振る。答えようにも、唇を開けば嬌声しか紡げない。

理性など遥か彼方に去ってしまった。先程味わった絶頂の時を、もう一度迎えたい。頭の中を支配するのは浅ましいまでの欲求だけ。

その渇望を満たすためだけに、千鶴は無意識に身体を前後させていた。

もうすでに限界が近い。そのことは襞の蠢きから伝わっているのだろう。正也は今以上の快感があると証明するように、赤く膨らんだ花芽を指の腹でゆるゆると撫で始めた。

「ああっ、イイッ」

中と外を同時に攻められる気持ちよさに、思わず本音が漏れる。その声に気をよくしたように、正也が花芽をきゅっと強く摘む。千鶴は軽い絶頂を迎え、身体がガクッとわずかに崩れ落ちた。

それでも、正也は腰と指の動きを止めることなく攻め立てる。そしてしなやかに反らされる白い背に、所有の印を散らし始めた。

彼の唇が肌に吸い付く度、千鶴の身体がびくっと反応を返す。だからこそ、正也はなかなか解放してくれないのだろう。

しばらくそうして遊んだ後、正也は再び千鶴の腰骨に手を当てると、それまでよりも強い力で腰を前後に振り始めた。

「ダメっ、またっ」

軽くとはいえ、達した後に激しくされると頭の中が真っ白になるほどの快感に翻弄される。けれど口ではダメと言いながらも、正也の動きを助長するように腰が揺れ動く。

壁についた手はずるずると滑り落ち、上半身が崩れ落ちていく。それでも媚肉は絶えず脈動し、熱情の解放を求めるように楔を扱き続けた。

「ああ、イイぞ。次は一緒に、な?」

自分ももうすぐ達することができる。正也の言葉を受け、千鶴は歯を食いしばってその時まで耐える。

共に絶頂を迎えよう。そんな甘美な誘いに応えるため、爪を立てて寸前のところで踏み止まろうとした。

それから数回の突き上げの後、正也は眉間に皺を寄せてぐっと息を呑む。直後、花芽を強く押しつぶしたまま、腰を最奥に突き立てた。

「ひぁあああっ」

「っぅっ……はっ」

大きくうねる媚肉の中で、これ以上ないほど膨らんだ楔が一気に弾ける。一際大きな波が体内に押し寄せ、千鶴はかつてないほど意識を遠くに流される気がした。

咳き込むほどの息苦しさを感じ、びくびくと身体を跳ねさせる。ただ背後から圧し掛かかる重みだけが、思考を現実に繋ぎ止めてくれていた。

先に回復したのはやはり正也の方で、ふっと大きく息を吐くと、いまだに快感の波に身を委ねている千鶴を背中から抱きしめる。汗ばむ肌をぴったりと寄せ合い、あやすように千鶴の身体を撫でた。

まるで眠りへと誘うような優しい手の動きに、千鶴はゆっくりと息を吐き、少しずつ時間をかけて落ち着きを取り戻していく。

そうして肌の上を滑る指の感触へのくすぐったさで笑い声を漏らすまでに回復すると、正也はゆっくりと二人の結合を解いた。そして二人は示し合わせたように向き合い、ぎゅっと強く抱きしめ合って床の上に崩れ落ちていった。

彼の重みが、愛おしくて仕方がない。正也の首に腕を回し、その匂いを胸いっぱいに吸い込む。正也もまた同じ気持ちなのか、千鶴の髪に顔を埋めていた。

幸せな時間を共有しながらまどろんでいると、遠くから子供の声や近所の飼い犬の鳴き声が聞こえてくる。それらによって突然現実感が襲ってきて、千鶴は慌てて正也を見上げた。

「そっ、そういえばお仕事は……」

今からここを出て、仕事に間に合うのだろうか。血の気が引いて問うと、正也はなぜかくつと喉を鳴らし始めた。呑気とも取れる態度に、千鶴は目尻を吊り上げた。

恋人に会うために職務を放棄した。そんな話が広まれば、失脚させられてしまうかもしれない。彼がその職を失わないため、誰にも文句を言われずに職務を全うできるようにと離れたのに。

だが、千鶴が小言を口にするよりも先に、正也は笑い声混じりに言い放った。

「お前は、いい政治家の妻になるな」

思いもよらない言葉に、千鶴は呆気にとられてしまう。

知らぬ間に、頭を打ったりでもしたのだろうか。そう思うも、何度も見たことのある愉快そうに細められた目を見て、今度こそ口を尖らせた。

「冗談を言っている場合ではありません」

ぽんっと力を込めて胸を叩き、自分の上から退くようにと訴える。すると、その意に従うつもりはないとばかりに、正也は千鶴の耳元に唇を寄せた。

「冗談とはひどいな。真面目に言っているつもりだが？」

「正也さんっ！」

千鶴が本気で怒っていることを察したのか、正也は降参したように手を上げて、今度こそ千鶴から身を離す。

周囲に散らかった服をかき集める千鶴から自身の服を受け取り、素直に身にまとう。

それから正也はようやく真面目な口調で説明した。

「勉強会は欠席するが、委員会からはちゃんと顔を出すつもりだから、問題にならないさ」

昨夜のうちに、体調が思わしくないので、朝方に薬を貰(もら)ってくると連絡は入れてあるらしい。

仮病(けびょう)を使ったという話に、千鶴が額(ひたい)に手を当てる一方で、正也は能天気に笑って見せた。

「俺の秘書は優秀だからな。これまで散々党のために尽くしてきたんだ。たった一回のことくらい、大目に見てくれるだろうさ。それに病っていうところに嘘はないしな」

他人任せな言葉を告(つ)げた後、正也は一瞬真剣な瞳を見せた。

「お前がいないと死にそうだったということに違いはない」

薬とは千鶴のことを指している。物は言いようだが、嘘は吐いていない。そう宣言する正也に、千鶴は呆(あき)れ顔を見せつつも瞳を潤(うる)ませる。

いつだって、彼に口で敵(かな)うはずがない。降参(こうさん)とばかりに、笑って見せた。

「仙堂さんにお礼をしなくちゃいけませんね。それから、京也さんにも。なにかお二人が好きな……きゃっ」

さすがに、お礼は和菓子ではなく、別の物がいいだろう。そう思い立ち、二人の好みを聞こうとした途端、強い力で抱き竦められ、千鶴は悲鳴を上げた。

「突然なにを……」

息苦しさに抗議の声を上げようとするが、皆まで言う前に正也が言葉を被せてきた。

「俺と一緒にいる時に他の男のことに頭を使うとは、いい度胸だな」

わざとらしい、低く脅すような声が耳をつく。同時に大きな手が身体を撫で回し始めたので、千鶴は慌てて身を捩った。

「ダメっ、んっ」

いつまでもこんなことをしていては、正也の言う委員会とやらにも間に合わなくなってしまう。手を突っぱねて拒んでみるものの、力の差は歴然としていて、まったく歯が立たない。

正也は千鶴の唇を塞ぎ、抵抗の意を削ぐように激しい口づけを仕掛けてくる。そしてついに脱力したのを確認すると、唇を軽く触れ合わせたまま物騒な顔で言い放った。

「まだ迎えの時間まで少し余裕があるからな」

ぎりぎりまでこんな格好でいるなんて、恥ずかしすぎる。迎えが来るなら、きちんと挨拶くらいはさせてほしい。そう訴えようとする声も、いとも簡単に呑み込まれてしまい——

結局その後、迎えに来た仙堂と顔を合わせることなく、それどころか、休日一日をほぼ寝て過ごす羽目となり、数ヶ月ぶりの再会劇は幕を閉じたのだった。

最終話

「ご心配とご迷惑をおかけしてしまい、すみませんでした」

正也との再会を果たしてから約三ヶ月の月日が流れた頃。千鶴は美羽の店を訪れ、京也と美羽、それから仙堂に向かって深々と頭を下げた。

本当はすぐにでもここに来たかったのだが、千鶴が正也のもとに帰って来られたのは、つい先週のことだった。

戻って来るまでに長い時間を要したのは、向こうでお世話になった人たちへの義理があったからだ。

元の和菓子屋に戻るにしても、新しく雇い入れたアルバイトの都合もある。移動販売に使っていた車は、そのままこちらで使わせて貰う(もら)ことになった。

また、手配して貰った(もら)アパートの方も、空き(あ)の広告を出してから次の住人が決まるまで待っていたため、時間がかかったのだ。

そして今日、ようやく一件の立役者(たてやくしゃ)となってくれた面々に謝罪することができた。これで一つ、重い枷が外れたようだと千鶴は深い息を吐く。一方、三人はそんな千鶴を穏やかな瞳で見守っていた。

テーブルの上には、所狭しと美羽の手料理が並んでいる。その一角には、千鶴が手土産に持ってきた和菓子も彩りを添えていた。

「和食ばっかりになっちゃいましたけど、どんどん食べてくださいね」

「そうだね。兄さんと一緒にいるには、体力が必要だからね」

京也と美羽に勧められ、千鶴は涙を拭って笑顔でうなずき返す。そして大好物であるかぼちゃの煮つけやさんまの角煮、それからこの日のために取り寄せてくれたのだという、のどぐろが載った小丼を次々に平らげていった。

正也と再会してからも、実際に戻ってこられるまで不安が燻っていた千鶴だが、久しぶりに食べ物をおいしく感じたと本音を零す。その様子に目を細め、三人も次々に美羽の料理に箸を伸ばした。

時々、千鶴が料理のレシピを聞いてはメモを取る。そして各々が味の好みについて話しつつ、すぐに一時間以上が経過していった。

そしてお腹が満たされたところで、京也が仙堂に小声で問いかけた。

「兄さんは、まだ仕事ですか？」

「ああ、後援会の方に顔を出してくると言っていた」

「とうとう動き出したってわけですね」

意味深な呟きに、仙堂は小さく口角を上げた。

父である博正が議員だった時代から付き合いのある後援会の面々には、正也が手を焼く者も少なくない。そんな正也があえて後援会の面々を呼び出した理由、それには千鶴が深く関係しているのだと話す。

「どんな頑固親父も、兄さんの芯の強さには敵わないでしょう」

「違いない。それに彼女は後援会の面々にすでに気に入られているからな」

千鶴がアルバイトを始めてから三回ほど、後援会の面々が集う機会があった。その際、千鶴が提供した上生菓子やカステラ、羊羹や大福などの和菓子には、古参の者たちも喉を唸らせた。

正也の懸念通り、天邪鬼な数名が重箱の隅をつつくようなことを言ったようだが、千鶴は自分の知識で可能な限りの受け答えをする。そして次の機会には、必ず文句をつけられたところを改善してくるのだ。

「元々、孫娘くらいの年の差があるからな。そんな女性が床に片膝をついて目線を下げ、一人一人丁寧にお茶と菓子を手渡しする。その上、なにを言われても笑顔だ。早々に陥落するだろうよ」

現に、菓子作りに追われて千鶴がなかなか姿を現さなかった時は、多くの者たちがそわそわと視線を彷徨わせていた。これまで彼らに泣かされてきた正也の家の使用人たちは、今やこぞって千鶴に感謝しているのだと語る。

「へぇ、色々な意味で兄さんの理想の女性なんですね」

「そうだな。しかも、彼女はすでに大きな味方まで得ているからな」

仙堂の意味深な発言に、京也が興味深そうに説明を促す。対して、仙堂はここ一ヶ月ほどで、千鶴が後援会の重鎮らの妻の心まで掴んだのだと説明した。

それは正也の母に勧められて参加した、婦人会でのこと。後援会の会長夫人や様々な企業の役員夫人らを相手に、そうとは知らず、千鶴は和菓子作りのレッスンを行った。

初めての和菓子作りとあって、なかなか手際よくいかない夫人らに、千鶴は優しく懇切丁寧に指導した。そしてその後に開かれたお茶会の中では、恋愛話を好む彼女たちの格好の標的となり、正也との出会いから今日に至るまでを根ほり葉ほり聞き出されることとなった。

正也との付き合いの中で感じた戸惑いや喜び。照れながら一つ一つ大切な思い出として語っていく。しかし話がつい先日のことに及ぶと、千鶴は眉尻を下げた。

『私の意気地のなさで、正也さんやたくさんの周りの人に迷惑をかけてしまいました』

自分を排除しようとした議員を責めるでもなく、正也との環境の違いを嘆くでもない。千鶴はただ、自分の不甲斐なさを反省した。

『でも、これからは正也さんにどこまでもついていけるように、自分の精一杯で頑張りますす。ですから、至らない部分もたくさんありますが、色々ご指導いただけると嬉しいです』

迷いを捨てた笑顔を見せ、正也の母とその友人たちに向かって深々と一礼する。その言動から、千鶴の人となりや健気さは十分に伝わったのだろう。その会がきっかけとなり、それぞれ地位のある夫を持つ苦労を味わってきた夫人らは、こぞって千鶴を守るために立ち上がったのだ。

昨今、女性の社会進出を強く訴えておきながら、政治家の妻が仕事を持つことを否定するなど言語道断。ましてや、妻の実家の財力に頼ろうなどと、そんな志の低い議員に未来が託せるのかと息巻いた。

そんな妻たちに、長年苦労を掛けてきた夫たちはもちろん頭が上がらない。毎日過去の所業を責められ、政治家の妻の心得や千鶴の健気さを説かれる、そんな毎日を送っているると聞く。だからこそ、今日の会合で正也が不機嫌になることはないだろうと、仙堂は小さく笑った。

ネタばらしを聞いた京也は、感嘆したように呟いた。

「女性は強いですね。俺たちも頑張らないと、情けないと一喝されてしまいそうだ」

「まったくだ」

守っているつもりでも、相手はいつの間にか自分の脚で立って先を歩いている。寄り添うどころか、置いていかれないように気を付けなくてはいけない。そう零す京也に、仙堂も同意した。

それから京也は話題を変えた。

「そうそう千鶴さん、父が謝っておいて欲しいと言ってましたよ。絶対に口を割らないつもりだったのに、母さんに根負けしてしまったってね」

「そんな……」

博正には足を向けて寝られないくらい感謝している。彼のお陰でワガママを通せたのだし、正也と強い絆を持って戻ってこられた。

感謝こそすれ、謝罪などまったく必要ない。そう訴えようとすると、京也は笑みを浮かべながら手を上げて制した。

「わかってますから、大丈夫ですよ」

家族を顧みなかった数十年の反省から、本人が望んでやっていることだから気にする必要はない。そう言われ、千鶴はおずおずと返した。

「でも、なにかお礼くらいはさせていただきたいです」

「それなら、これで十分だと思いますよ」

言いながら、千鶴が手土産に持ってきた和菓子の数々を指差してウインクする。それから忍び笑いをしつつ一つの暴露話をした。

「兄さんは似ていると言われると心外だと怒りますが、父も甘い物は得意じゃない癖に、和菓子は好きなんですよ」

「そうなんですか？」

「ええ。厳格な政治家というイメージを保ちたいから、マスコミにひた隠しにするってところまでそっくりです」

　性格も遺伝するのだろうかと、京也は自分のことを棚に上げて笑い声を上げる。すると間もなく、後方から低い声が響いた。

「ずいぶんと楽しそうだが、まさか俺の悪口で盛り上がっているわけじゃないよな？」

　話が聞こえていたのか、それともただの虫の知らせか。黒い笑みを張り付けて店の中に入ってきたのは、話題の人である正也だった。

　威圧感のある視線にも慣れているのだろう。京也は睨まれても涼しい顔でやり過ごす。

　一方、その姿を見つけた千鶴は席を立ち、正也のもとに駆け寄った。

「おかえりなさい」

「ああ、ただいま」

　千鶴が微笑むと、一瞬で正也の表情が柔らかいものに変わる。あからさまな変化に、他の三人は突っ込むような野暮はせず、顔を見合わせて微笑んだ。

「ところで兄さん、そろそろ後援会だけじゃなくて、あの人も黙らせてくれませんか？　別件でも色々と動いたみたいで、よそから連絡が来て迷惑しているんですよ」

美羽が正也のために取り分けておいた料理を準備している間、京也が肩を竦めて苦情を述べる。

あの人とは、いわずと知れた博正のことだ。京也に伝令を頼んでからというもの、逐一、二人の状況を知らせろと連絡が入ってきて、うんざりしているのだと続ける。

対して、正也は漬物と煮物を交互に口にしつつ、苦虫を噛み潰したような顔をした。

「親父が不在の時に、母さんに事情を話しに行くさ」

事情を伝えて貰えば納得するだろう。素直ではない返しに、京也はまたくすくすと笑い出し、隣で仙堂が溜息を吐いた。

やはりよく似た親子だ。二人の顔にはありありとそんな言葉が書かれていたが、正也はあえてそれに気付かぬふりをしているようだった。そんな三人の様子に、千鶴は口元に手を当てて笑いを噛み殺した。

後で正也を説得して、二人でお礼を伝えに行こう。自分の母親とは違い、過去はどうであっても、博正からは正也に対する溢れんばかりの愛情が感じられる。

自分が得られなかった家族としての温かな関係を、彼には取り戻してもらいたいと思う。誰よりも、幸せであってほしい人だから。その権利を、誰よりも持っているはずの人だから。

慈しむような目で正也を見つめる千鶴を一瞥し、京也は溜息まじりに一言告げた。

「まぁ、兄さんが俺の後に続くのもそう遠くないようですからね。前祝いだと思って、もう少しは我慢します」

「ああ、そうしてくれ」

遠くない未来、二人が他人ではなくなることを宣言する言葉に、千鶴が頬を赤らめる。美羽はそんな千鶴の背に手を当て、「よかったですね」と優しく微笑んだ。

一方、仙堂はおもむろに腕時計を一瞥し、感心したように呟いた。

「思いの外、早かったですね」

後援会の面々との話し合いを指しているのだろう。仙堂に向かい、正也は当然だと言いたげに返した。

「もう二度と、あんな想いをするのはごめんだからな」

言い終えると、テーブルの下で千鶴の手をぐっと握りしめる。

彼がどんな話し合いをしていたかなど知る由もない。でもその手の力強さから、千鶴は正也がまた自分のために尽力してくれたのだと悟る。

「ありがとうございます」

これからは謝罪よりも多くの感謝を伝えていこう。そんな決心と共に囁くと、正也は疲れが吹き飛んだと言わんばかりに、晴れ渡った空のような笑みを見せた。

美羽の店を出て、仙堂の車には乗らずに少し街を歩いてからタクシーで帰ろうと、正也と千鶴は夜の街を歩いて行く。その途中、電器店の前を通ったところで、何台も並んだテレビ画面いっぱいに流れた映像に思わず足を止めた。

そこに映し出されたのは、数ヶ月前、千鶴に正也と別れるように迫った男、板倉だ。記者に追いかけられて立ち去る彼の姿は、最近週刊誌に取りざたされた、不貞行為を糾弾しているものだった。

「この人……」

千鶴の呟きに、少し前に進んでいた正也が足を止める。振り返って画面を見ると、片眉を吊り上げた。

「人になにかを言う前に、自分の所業を反省しろってことだな」

吐き捨てるような言葉は、まるで自分と板倉の間になにがあったかを知っているようだ。

だが、あえてそれに言及することはせず、終わったことだと自分を納得させ、千鶴は正也のもとへ足早に駆け寄る。そして、その腕にきゅっとしがみついた。

「どうした？」

正也が柔らかい声で問いかけると、千鶴は顔を上げて、どうしても言いたくなった言葉を告げた。

「いつも守ってくれて、ありがとうございます」

はにかみながら感謝を告げると、正也は一瞬面食らった顔を見せた。次いで、なぜか呆れたような溜息を吐き、千鶴の額にこつんと拳を当てた。

「そうでもないさ。最初のだって、それこそかなり遅れた『鶴の恩返し』ってやつだからな」

「え？」

二人の本当の最初の出会いについて知らない千鶴は、正也の言葉の真意を理解することができなかった。

疑問の声を上げ、説明を求めるように正也の横顔を見上げる。けれども正也はそれに答えるつもりはないらしく、ふっと笑みを零した後、先を急ぐように促した。

「こんなところでうだうだ言ってないで、さっさと行くぞ」

一言言い残して歩き出す正也を見て、千鶴はそれ以上の追及を諦め、慌てて彼の背を追った。ようやく隣に追いつくと、正也は少し息を乱した千鶴の背に手を添える。そしてほんの一瞬だけ、背後のテレビ画面を振り返った。

「親父のやつ、余計なことを」

苦々しく呟いた一言は、街の喧騒に消えていった。

そのまま寄り添って歩くこと数分の後、千鶴は不意にガラスのショーウインドウに映る自分の姿を見てぽつりと呟いた。

「髪、伸ばそうかな」

正也のもとを離れてから一度も美容室に行っていない。そのため、肩より拳一つ分、髪が伸びていた。

これまでは母親と少しでも似た部分をなくすため、一生髪は伸ばさないつもりでいた。でも、髪を伸ばせば少しは大人っぽく見えるかもしれない。

過去の確執にとらわれるよりも、今は正也に女性らしく見られたいという欲求の方が勝っていた。

いつまでも彼の傍にいられるようにという、願掛けの意味も含ませた呟き。そんな女心はわかるまい。そう思いつつ、千鶴は小声で正也に問いかけた。

「正也さんは長い髪と短い髪の女性、どっちが好きですか?」

その質問に、正也は悩む様子も見せずに即答で返した。

「お前なら、どっちでも似合うだろう。だがそうだな、長い方が白いドレスに映えるかもしれないな」

この日二度目となる、二人の未来を予感させる言葉。はっきり告げられたそれに、千鶴は胸に込み上げてくる熱い想いを伝えようと、正也の指に自分のそれを強く絡めた。

この手を二度と離さない。そんな決意が込められた行動に、正也は決して他の者には見せない柔(やわ)らかで幸せに満ちた笑みを返した。

書き下ろし番外編

敏腕代議士の最高の好物

すっと大きく息を吸って止め、小麦粉の入った大袋を担(かつ)ぎ上げる。はかりの上のボウルに規定量を入れ終えたら、次は上白糖(じょうはくとう)だ。

調理場の中で、千鶴は小さな身体を忙しく動かしては、額(ひたい)に浮かぶ汗を拭(ぬぐ)う。そして二、三時間後、あらかたの作業を終えて顔を上げると、扉越しに同じく一息吐いた様子の美羽の姿が見えた。

「お疲れ様です。腰とか肩とか、大丈夫ですか？」

調理場から出て、淹れたてのお茶を差し出しながら千鶴が問うと、美羽はにっこりと微笑んだ。

「大丈夫です。でも、こういうのも準備しなきゃいけないなんて、大変ですね」

感心したように話す美羽の前には、丁寧に折られた菓子箱が山のように積まれている。そう、彼女は今日、千鶴の仕事を手伝いに来てくれていたのだ。

正也のもとに戻ってきた千鶴は、職場もまた以前勤めていた和菓子屋へと移したのだが、離れていた間にお世話になった店との交流も続けていた。

双方の店主や女将同士も人がよく真面目という共通点で馬が合い、今ではコラボ企画を立ち上げるまでの仲になっていた。

その目玉商品が、月に一日だけ販売する、限定のどら焼きセットだ。

各月毎に共同開発した限定餡のどら焼きを各店百箱のみ販売する。

千鶴のいた和菓子店は、もともとご利益のあるどら焼きで有名な店だ。それ故、このプレミア感のあるどら焼きの話題は、ＳＮＳで瞬く間に拡散。毎月、販売開始から一時間と経たずに売り切れる人気商品となっていた。

和菓子屋に限らず、街の菓子店がコンビニやスーパーに押されている中、それは嬉しい悲鳴だった。だが一方で、通常業務の傍らとあって、毎月の販売前には残業続きとなってしまう。

その上、正也の後援会のご婦人たちの力もあってか、年明けからずっとはなびら餅や苺大福といった季節商品にまとまった数の注文が相次いでおり、まさに猫の手も借りたい状況だった。

自らの都合で周りを巻き込み迷惑をかけてしまった。そんな自覚もあり、千鶴は無意識のうちに進んでいくつもの任を負っている節がある。

そんな状況を見かねて、この日、美羽が手伝いにきてくれたのだ。

「本当に助かりました。さすがに今日は徹夜しないと間に合わないと思っていたので」

ほぉっと息を吐き、肩の力を抜いて心からの感謝を告げた。

美羽も自ら（みずか）の仕事を持ちながら立派に夫を支えているのに、疲れているところを手伝わせて申し訳ないと、千鶴は眉尻を下げる。対して、美羽は首を左右に振り、壁に視線を移した。

「家族なんだから、大変な時に協力するのは当たり前です」

彼女の視線の先には、美羽夫婦と千鶴に正也、そして正也たちの両親とが写った写真が飾られていた。

先日、美羽の誕生日に集まって食事をした際、京也の提案で撮った一枚だ。カメラを目にした瞬間の、正也の苦虫を噛み潰したような顔を思い出し、千鶴はくすっと声に出して笑った。

不本意とは思いつつも、美羽の誕生祝いの席とあっては、正也も表立って反対できなかったのだろう。

「正也たちの結婚式の予行演習にもなるわね」

さらに母から満面の笑みでそう言われ、二の句を継げなかった。

今年の六月に、千鶴は晴れて正也の花嫁となる。

派手なことが苦手な千鶴に配慮してか、あるいはトラブルに巻き込まれる危険性も考慮したのか、披露宴は行わず、近親者のみで式を執り行うこととなったのだが……

長年政界でその名を轟かせてきた博正が反対するだろうと予想していたものの、二つ返事で了承してくれたのは、正也の母の功績と言って間違いない。だから余計に、彼女には頭が上がらないのだ。

海外の小さなチャペルで結婚式を挙げ、写真を撮る。三泊四日のコンパクトなスケジュールに収まったのも、正也の両親や京也たちの協力のおかげだ。

写真に収まる正也の表情は、その一瞬前までとは一転して柔和に見える。それこそが感謝の気持ちの表れなのだろうと、千鶴は理解していた。

「そうですね。家族……ですもんね」

父を亡くし、それと同時に母と呼べる人も無くした。そんな自分にこんなに素敵な家族ができる。

あの日、こんな未来を誰が予想できただろうか。

家族という言葉を噛みしめるように、千鶴は瞼をギュッと閉じてうつむく。次いで幸せに満ちた、澄んだ瞳を美羽に向けた。

「美羽さんも頼ってくださいね。私も少しはお姉さん面がしてみたいので」

茶目っ気たっぷりにウインクすると、美羽は丸い目をクリっと揺らす。そして口元に手を当てて、笑い声を漏らした。

「それなら、早速お願いしたいことがあるんですけど」

二人しかいない室内にもかかわらず、そっと小声で話す。千鶴が自然と耳を彼女の口元に寄せると、可愛らしいお願いが告げられた。

「今度お買い物に付き合ってもらえませんか？」

「買い物？」

どこか恥ずかしそうにしている美羽に聞き返すと、ほんのり頬を染めて返した。

「もうすぐ京也さんの誕生日なんですけど、まだ買い物に行けてなくて」

大切な人だから、贈り物はじっくりと選びたい。しかし、京也も正也と同様に、いい意味でも悪い意味でも目立つ存在だ。

彼らを眩しく思う人たちからすれば、隣に立つ千鶴や美羽は疎まれる立場だという自覚もある。実際に被害を受けた事実もあるからこそ、一人で長時間の外出には難色を示されるし、実行にも移せない。でも、二人揃って出掛けるとなれば、少しは安心してくれるだろうし、反対もしづらいだろう。

美羽の提案は、千鶴にとっても渡りに船だった。

「それは私からもお願いしたいです。服を新調したいと思っていたので」

結婚式のため、海外に行くための準備もある。正也の両親も一緒なのだから、特に礼に欠かないよう、身だしなみをきちんとしたいと思っていた。

同意が得られ、美羽も嬉しそうに返した。

「私も色々見て回りたいです。じゃあ、次にお休みが合う日で大丈夫ですか？」

「はい。来週に予定が出るので、連絡しますね」

一つの予定が決まると、今度は別の欲も湧いてくる。最近評判の映画や、オープンしたばかりのカフェなど、女性同士じゃないと行きづらい店の情報も交換し合う。

正也のもとに戻ってきてからというもの、千鶴はこういった何気ない日常により幸せを感じるようになった。

幸せすぎて怖いと思ったのも、正也と出会ってからだ。

それでも、自分たちと境遇がよく似た義弟夫婦が、まるで見本を見せてくれているかのように幸せでいてくれる。勇気づけてくれているかのように思えた。

心の中で何度目かも数えきれない感謝を告げながら、千鶴はこれからもっと大きくなるであろう幸せに夢を馳せた。


仕事を終えて迎えに来た京也の車に乗る美羽を見送ってから、三時間ほどが経過した頃。千鶴は肩に感じる重みに、うっすらと瞼を開いた。

目の前の机には、書きかけの伝票が散らばっている。予約注文品の発送準備をしている間に転寝をしてしまったようだ。

慌てて時計に目をやれば、あと数分で日付が変わる時間となっていた。

正也はまだ帰ってきていないのだろうか。そう思い、身体を起こしかけたところで、肩からなにかが床に落ちる感覚がした。

ぱさりと軽い音を立てて落下したそれに手を伸ばせば、朝方見送った正也が身に着けていた上着だと気づく。

「これ……」

寝ぼけ眼で瞼を擦りながらそれを手中に収めると、背後からくすりと笑う声が聞こえてくる。

慌てて声のした方に視線を移せば、傍のチェストに身体を預けて立つ、正也の姿が見えた。

いつからそこにいたのか。スーツ姿のままということは、帰宅からそれほど経ってはいないのだろう。

思いがけず寝姿を見られてしまったことに、千鶴は急に恥ずかしくなってうつむく。

寝癖はついていないかと、必死で髪をとかしつつ、近づいてくる足音に胸が高鳴った。

ここから先、自分の身になにが起こるのか。それは予感ではなく、確信だ。

ふわりとした浮遊感に次いで、固く安定感のある膝の上に抱き上げられた。

「んっ」

顎に指を添えて、正也は千鶴の顔を上げさせる。恥ずかしげに震えるまつ毛にそっと息を吹きかけてから、薄い唇を軽く触れ合わせた。

「風呂上がりに根を詰めると、風邪をひくぞ」

とんとんと机上を指で弾きながら紡がれる抗議に、千鶴は上目遣いに言い訳をした。

「ほんの数枚だったので、手を出しちゃっただけです。今日は美羽さんが手伝ってくだれので、ご飯もちゃんと食べてお風呂もゆっくり入れましたから」

リラックスしすぎて、思わず眠ってしまったのだ。

真剣な目で告げると、正也は仕方がないなという表情で返した。

「そうか、じゃあ彼女には今度お礼をしないとな」

「そうですね。京也さんも一緒に、皆でお食事とか、お出かけするのもいいですね」

数刻前の「家族」という言葉を思い出し、千鶴が頬を緩ませる。その表情につられるように正也も目尻を下げ、千鶴の額に自分のそれを合わせた。

「あいつはいいだろう。この前も、不本意なことを我慢してやったんだ。礼をされるのはこっちの方だろ？」

少し口を尖らせて紡がれた不平不満に、千鶴は耐え切れず声に出して笑った。

あの写真のことを言っているのだろうが、それがポーズであることはわかっている。

そして千鶴は、思いがけず美羽から聞いたばかりの事実を告げた。

「あの写真、お義父さんもすごく喜んでいたみたいで。スマホの待ち受けにして、色々な人に見せているみたいですよ。自慢の息子たちと嫁だって」

思いがけない密告に、正也は目を見開く。次いで眉間を揉み解し、ふっと溜息を吐いた。

「年を取ってから、恥の上塗りをしなくてもいいだろうに」

ただでさえ、政界を引退してから妻にべったりとなった様子に、頭を打ったのではないかと週刊誌に書かれそうになったことのある男だ。

抗議を入れておくかと呟いたが、それも本気でないことを千鶴はよくわかっていた。

彼もまた、あの写真を保存し、時折目にしていることを知っていたからだ。

不機嫌になるとわかっているから口には出さないが、本当に似ている親子だと思う。

でも、正也はまだ恋人になる前からずっと千鶴を大事にしてくれている。なにも持たない自分に、精一杯の愛情を贈ってくれる。

それがどれだけ千鶴を救い、満たしてくれているか。きっと正也本人には伝わりきれていないだろう。

千鶴は胸の奥底に広がる温かい感覚に促され、両手を広げて正也を抱きしめた。

一瞬驚きつつも、正也は千鶴の行動に目尻を下げ、洗いたての柔らかな髪を撫でる。

そして不意に千鶴の心を読んだかのごとくの言葉が紡がれた。

「千鶴に出会えて、もうすぐ妻になってもらえる。俺は果報者だな」

その言葉に、千鶴は目を丸くしながら正也を見る。それこそ、こちらの台詞だと言いたいが、上手く言葉にできなくてはくはくと唇だけを動かしてしまう。

まるで陸に上がった魚のような様に、正也ははっと笑い声を漏らした。

「どうした？　可愛い顔をして、ものまねの練習か？」

「正也さんが驚かせるからです」

千鶴が頬を膨らませて抗議する。

「本音を言っただけだけどな」

そう言って頬をつつかれるが、千鶴は拗ねた顔を続けた。

「好物のどら焼きがいつでも食べられるからですか？」

自分でも可愛くない返しだとわかっていて問う。そんな千鶴の心情などお見通しだと、正也は穏やかな口調で答えた。

「どら焼き以上の、最高の、好物が手に入った」

最高の好物がなにかなど、聞くまでもない。

千鶴は顔を真っ赤に染めながら、誤魔化すように問いかけた。

「そういえば、正也さんはいつからどら焼きが好物になったんですか？」

今の今まで理由を聞いていなかったが、以前から気になっていたことだ。

千鶴の問いかけに、正也はいたずらっ子のような笑みを見せた。

「いつか……、お前と俺が共に過ごした時間を振り返る時がきたら、その時に教えてやるさ」

「今は内緒ってことですか？」

そんなに大事なのだろうか。不思議に思って首を傾げると、正也の大きな手が千鶴の髪をくしゃりと一撫でした。

「年季の入った想いを告白するには、それなりの準備が必要ってことだ」

どら焼きのことを語っているとは思えない大げさな物言いに、千鶴はくすくすと声に出して笑う。正也もつられたように口元を緩めると、ほんのりと朱に染まる千鶴の頬に、少しざらついたそれを摺り寄せた。

この人は時々、飼い犬が甘えるような仕草を見せる。それがたまらなく愛しい。

耐え切れず、千鶴が再びぎゅっと抱きつくと、その身体を抱えたまま正也は軽々と立ち上がった。

「さて、時間も遅いし、千鶴の体も冷えてしまったようだし、好物を食べさせてもらうとするかな」

耳元に掠れた声で囁かれ、こめかみに軽く唇が触れる。

いいよなと紡がれる誘いに、千鶴は潤んだ瞳で応えた。

「夜食はいいんですか？」

　気の抜けない会食の時は、あまり食事をとらないしお酒も飲まない。だからなるべく消化にいい夜食を用意するのが、千鶴の日課となっていた。

　今日は必要ないのかと問うと、正也はすっと口角を上げた。

「そうだな。それじゃあ、食後のデザートにいただくか」

　食事とデザートが逆じゃないのか。そう言い返しそうになったが、墓穴を掘りそうだと思い、千鶴は寸前で押し黙った。

「千鶴が寝てから、温め直して食べるとしよう」

　弾む声で言い切られてしまっては、恥ずかしさで彼の首元に顔を埋めることしかできず。

　今度は千鶴の方が猫のように背を丸めると、承諾の意を込めて正也の頬に濡れた唇を寄せた。

母から定食屋を継いだ天涯孤独の栗原美羽(くりはらみう)は、
る日、弁護士の赤坂京也(あかさかきょうや)と出会う。自分の作っ
料理を美味しそうに食べる彼の笑顔に、心惹
れる美羽。けれど、エリートな彼と自分では釣
合わない……そう思ってこの恋をあきらめよう
した矢先、突然、彼が熱烈なアプローチを仕
けてきて——!?

6判　定価：640円＋税　　ISBN 978-4-434-21547-6

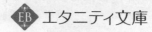

恋愛小説「エタニティブックス」の人気作を漫画化!

敏腕社長はベタがお好き

漫画 *Moneko Shibuya* **渋谷百音子**　原作 *Aoi Kaduki* **嘉月 葵**

尊敬する加賀社長を亡くし、
気落ちしていた高城朱里の前に現れたのは、
大企業の若き社長・相良蓮。
あれよあれよという間に、蓮の会社に転職させられ、おまけに彼が住む超豪華マンションで同棲(?)することに。強引な蓮に、
初めは反発していた朱里だけど……?

B6判　定価：640円+税　ISBN 978-4-434-20384-8

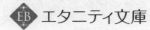

化粧品会社で働く二十七歳の碧(あおい)。ある日彼女は、双子の妹の身代わりとして面倒なお見合いに駆り出される。渋々お見合い場所のホテルへ赴いた碧だったけど…そこに待っていたのは、超絶イケメンながらも、一目でクセ者とわかる身勝手＆ヘンタイ!!? しかも思わず素でキレたら、なぜか気に入られてしまったみたいで…!?

B6判　定価：本体640円＋税　ISBN 978-4-434-26847-2

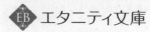

本書は、2016年11月当社より単行本として刊行されたものに、書き下ろしを加えて文庫化したものです。


この作品に対する皆様のご意見・ご感想をお待ちしております。

おハガキ・お手紙は以下の宛先にお送りください。

【宛先】

〒150-6008 東京都渋谷区恵比寿4-20-3 恵比寿ｶﾞｰﾃﾞﾝﾌﾟﾚｲｽﾀﾜｰ 8F
（株）アルファポリス　書籍感想係

メールフォームでのご意見・ご感想は右のＱＲコードから、
あるいは以下のワードで検索をかけてください。

アルファポリス　書籍の感想　検索

ご感想はこちらから

エタニティ文庫

敏腕代議士は甘いのがお好き

嘉月葵

2020年4月15日初版発行

文庫編集ー熊澤菜々子・塙綾子
発行者ー梶本雄介
発行所ー株式会社アルファポリス
〒150-6008 東京都渋谷区恵比寿4-20-3 恵比寿ｶﾞｰﾃﾞﾝﾌﾟﾚｲｽﾀﾜｰ8F
TEL 03-6277-1601（営業）　03-6277-1602（編集）
URL https://www.alphapolis.co.jp/
発売元ー株式会社星雲社（共同出版社・流通責任出版社）
〒112-0005 東京都文京区水道1-3-30
TEL 03-3868-3275
装丁イラストー園見亜季
装丁デザインーansyyqdesign
印刷ー中央精版印刷株式会社

ISBN978-4-434-27305-6 C0193